국회의원 이방원

국회의원 이방원

이도형 장편소설

북레시피

차례

프롤로그   7

1   의원님이 이상해요   9

2   국회의원이잖아   73

3   경거망동한 자들의 부박함   114

4   아직도 정치를 모르는 건가   164

5   공포심이 우리의 무기네   191

6   더 좋은 세상   237

7   처갓집 게이트   256

8   공자가 말했다   291

9   열아홉 해의 호랑이 등   316

에필로그   329

작가의 말   332

프롤로그

"태상왕*이 연화방蓮花坊** 신궁新宮에서 훙薨하였다. 춘추는 56세였다. 태상왕은 총명하고 영특하며 강직하고 너그러우며 경전과 사기를 두루 많이 읽어 고금의 일을 밝게 알았다. 어려운 일을 많이 겪어 사물의 진위도 능히 알았다. 한 가지 재주와 한 가지 선행이 있더라도 등용하였다. 선대의 제사에는 반드시 친히 참석했고 중국과의 교제에는 반드시 정성을 다했다. 재상에게 국사를 위임하였으며 환관은 억제하였다. 상을 줄 곳에는 상을 주고 벌을 줄 곳에는 벌을 주었으되 친분 관계로 말미암아 차등을 두지 않았다. 학문을 숭상하되, 무력을 경시하지 않았다. 검박한 덕을 향하고 사치와 화려한 것을 없앴다. 20년 동안 백성이 편하고 산물이 풍부하여 창고가 가득 차 있고 적들

---

* 1418년 세종에게 왕위를 물려주고 상왕上王이 된 태종 이방원은 형인 정종이 사망한 후 태상왕으로 존칭이 바뀌었다.

** 태조 이성계가 정한 한양의 52개 동 중 한 곳. 오늘날의 창덕궁 및 연지동 일대.

이 와서 굴복하였다. 예의가 바르고 음악이 고르며 모든 법의 강령이 서고 조목을 제정했다. 태상왕의 성품은 신선과 부처의 도를 좋아하지 않았다. 절의 노비를 거두고 전답을 감하였다."
― 〈세종실록 4년(1422년) 5월 10일 병인 1번째 기사, '태상왕이 연화방 신궁에서 훙하다'〉

다시 생각해도, 왕이 우리에게 온 것은 천행이었다.

선호는 키보드의 커서가 깜빡거리는 동안 '천행' 뒤에 天幸이라고 붙일지 고민했다. 그리고 변한 자신을 느끼며 살짝 웃었다. 어느덧 몸에 밴 습관이었다. 왕은 자신의 생각을 강요하지 않았다. 선호도 왕의 계획에 무조건 복종하지 않았다. 둘은 변화했을 따름이었다.

선호가 다시 키보드에 손을 댔다. 두 번째 문장을 썼다.

아무리 생각해도, 천행이었다.

1. 의원님이 이상해요

"의원님, 다음 일정 가시려면 준비해야 해요."

검은색 소파에 앉아 졸던 동진은 다혜의 목소리에 정신을 차렸다. 아니 잠깐 졸았다고 생각했다. 다혜는 그가 한 시간 동안 잤다고 했다. 고개를 드니 의원회관 사무실 안으로 햇빛이 비치고 있었다. 동진의 사무실은 의원회관 5층이었다. 의사당 앞 잔디밭을 내려다보는 자리다. 암묵적으로 당선 횟수에 따라 회관 사무실을 잡는 국회 풍토에서 초선의원인 동진에겐 좋은 자리였다.

늦봄의 햇살이 눈을 어지럽혔다. 어느덧 1시다. 동진은 점심 약속이 있는지를 생각해보았다. 없었다. 새삼 끈 떨어진 신세가 됐음을 자각했다.

동진은 여당의 비례대표 국회의원이었다. 전엔 서울 소재 한 대학교 교수였다. 수많은 방송에서 여당이었던 지금의 야당을 공격했다. 논리는 정연했고 말은 매서웠다. 대통령이 된 그때의 야당 대표가 동진을 주목했다. 대선을 여덟 달 정도 앞두고 치러진 총선에서 동진은 영입 인재로 여의도에 입성했다. 환한 웃음을 짓고 있는 당 대표이자 공동 선대위원장, 지금의 대통령 옆에서 사진을 찍었다. 그는 당선권보다 뒷순위 비례대표 순번을 받았다. 동진은 앞 순번을 받으려 악다구니를 쓴 다른 비례대표와 힘겨루기하는 것을 버거워했다. 아니 피했다고 보는 게 옳았다. 순진함은 이상한 방식으로 보답받았다. 그가 몸담은 당이 총선에서 약진했다. 동진은 총선 다음 날 새벽 1시 자신의 사진 옆에 국회의원 배지가 붙는 걸 봤다. 동진의 제자로 같이 선거유세를 뛰어다닌 다혜가 살짝 눈물을 보였다.

그 후 여덟 달 동안의 대선 레이스에서 동진은 야당 대선후보의 '스피커'였다. 정권교체를 원하는 사람들에게 '논리'를 보급했다. 때로는 창이었다. 여당 후보의 잘못을 파고들었다. 그래서 정권교체가 필요하다고 외쳤다. 그의 말재주 때문인지, 아니면 시대가 그걸 원했던 것인지 야당 대선후보는 다음 해 1월 대선에서 5% 차로 승리했다. 지금의 대통령이었다. 초봄에 열린 대통령 취임식은 황홀했다.

정권 실세들은 내부적으로 개국공신을 뽑았다. 전공을 다투는 악다구니 속, 동진은 '1등 공신' 언저리쯤이었다. 정권교체 논리를 탄탄히 세웠다는 치사가 이뤄졌다. 성공의 증표가 눈앞에 보였다. 사람들이 그에게 몰려들었다. 동진에게 민원을 하려는 사람들이 연신 허리를 굽혔다. 동진의 의원실 복사기에도

90도로 절을 했다. 같이 국회로 들어온 다혜가 그런 이야기를 들려줬을 때 동진은 피식했다.

　권력의 무서움을 미처 몰랐다. 공신이 배신자가 되기까지 1년 반이 걸리지 않았다. 집권 2년 차, 다가온 지방선거에서 야당은 정권 실세 양종훈 문화부 장관 재산에 문제가 있다는 의혹을 제기했다. 유력한 차기 여당 대선후보를 향한 공세였다.

　동진은 처음에는 싸움에 가담하지 않으려 했다. 아니 양 장관이 문제가 있다고 생각했다. 오래된 방송패널 경험이 경고등을 울렸다. 언론이 보도하는 양종훈의 차명재산은 상당했다. 동진은 나서달라는 양종훈 쪽 사람에게 가만히 있겠다고 했다. 동진은 이후 '단독'이라는 제목으로 동진을 공격하는 기사가 나오는 걸 보았다. "이 당에 들어온 걸 양심상 후회한다"라는 기사였다. 양종훈을 수호하자는 집회가 여의도 국회의사당 앞에서 열린 다음 날이었다. 동진은 기사의 행간에서 자신의 편에 서지 않으면 죽이겠다는 종훈의 눈빛을 보았다. 아니, 그렇게 해석한 보좌관 장선호의 말을 믿었다. 장선호는 자기보다 10년 일찍 국회에 들어왔고 양종훈이라는 거물 정치인이 자신의 반대편에 선 사람들을 어떻게 파멸시켰는지 이미 경험했었다.

　해명은 필요 없었다. 하루 만에 동진은 벼랑에 선 자신을 보았다. 정권 초기. 여당은 대통령의 당이었지만, 또한 대통령과 손을 잡은 양종훈의 당이었다. 동진을 이해해주는 의원은 없었다. 의원들은 반환점을 돈 자신의 임기를 새삼 생각했고, 2년 뒤 공천을 의식했다. 언론은 동진에게 초선 비례대표 의원의 양심적 행보라는 찬사를 보냈지만, 장선호는 "언론은 이 싸움에 관전자이지 행위자가 아닙니다. 의원님 행보에 도움이 되진 않아요."라고 말했고, 동진도 그 말이 맞다고 생각했다.

그때 멈췄어야 했을까? 가끔 동진은 자신의 선택을 생각해보곤 했다. 선호는 양종훈에게 사과해야 한다고 했고, 몇 명의 중진 의원들은 전화로 "무릎을 꿇어야 한다"고 했다. 그 말에 동진은 오기가 솟았다. 동진은 양 장관과의 대립각을 더 세웠다. 기자회견을 열고 양 장관의 사퇴를 주장했다. 당의 가장 큰 자산인 '정의'가 무력화됐기 때문에 양 장관이 물러나야 한다고 했다.

오만이고, 만용이었다. 동료 의원 하나 없는 초선 비례대표 의원의 외침은 치기 어린 소장파 정치인의 객기로 해석됐다. 정권 지지자들은 "뜨고 싶어 안달이 난 관종"이라는 낙인을 찍었다. 후원금 계좌에 18원이 무수히 찍히기 시작했다. 기대와 응원의 목소리가 넘쳐나던 의원실에 전화벨 소리만 가득했다. 수화기를 들면 무분별한 욕이 쏟아졌다.

동진이 그쯤에서 멈췄으면 그나마 좋았을지도 몰랐다. 하지만 동진은 그러지 못했다. 양 장관을 넘어 대통령실을 직격했다. 지방선거 사전투표일 이틀 전이었다. 국회 5분 발언에서였다. 언론은 "양심적 의원"이라고 썼지만, 5분 발언을 말렸던 선호는 동진에게 냉소적 태도로 말했다. "언론이 의원님 의원 배지를 다시 달아주지는 않죠. 저들은 책임지지 않는 존재들이에요." 그의 말은 이번에도 맞았다. 여당 내에서 탈당하라는 압력이 쏟아졌다. 여권의 차세대 유력 정치인은 순식간에 관종이 됐다. 여당이 지방선거에서 승리했다. 수도권 3곳 광역자치단체장 중 두 곳을 이겼다. 결국 끈 떨어진 젊은 정치인을 찾을 어떤 관료도, 언론인도, 정치인도 없었다. 그는 2년 뒤 자신의 운명이 '낙선'으로 결정됐음을 알았다. '악플'을 넘어 '무플' 신세가 되었다.

"종묘를 꼭 가야 해?"

"장 보좌관이 말한 거잖아요. 반드시는 아니지만 지금은 어떻게든 얼굴 한 번이라도 비춰야 한다고. 종묘잖아요. 지역구로 가야죠. 빨리 씻고 준비하세요." 다혜가 말했다.

선호는 동진이 종로에 출마해야 한다고 했다. 보좌진 회의에서 선호는 죽으려면 제대로 죽어야 한다고 했다. 그리고 종로 출마를 제안했다. 동진은 뻔히 죽으러 가는 그 수가 마뜩잖았지만, 방법이 없다는 사실도 알았다. 선호의 말 이후 보좌관 한 명이 "같이 죽을 수는 없다"라며 그만뒀고, 세 명의 비서관이 연달아 그만뒀다. 동진은 이번 주 안에 다시 보좌진을 뽑아야 했다. 그들과 선거를 치를 예정이었다. 동진은 문득 어떻게 이렇게까지 오게 된 걸까 하는 생각을 하곤 했다. 그는 다른 사람에게 패배의 책임을 떠넘기지 않을 정도의 도량은 있었다.

동진은 의원실 방을 나가다 말고 선호의 자리를 보았다. 비어 있었다.

"어디 갔어?"

"잠깐 은행 가셨어요." 다혜가 대답했다.

동진은 고개를 끄덕거렸다.

"종묘 갔다 와서 잠깐 보자고 해. 같이 회의나 합시다."

사별한 아내가 사주었던 검은색 봄 코트, 파란색 넥타이. 동진은 넥타이를 만지며 구두를 내려다보았다. 왠지 좋은 기분이 들었다.

* * *

"대출 완료됐습니다."

"다 됐어요?"

선호는 은행 직원이 내미는 용지를 물끄러미 바라보았다. 이번 대출로는 또 언제까지 버틸 수 있을까라는 생각이 스쳐 지나갔다. '여의도'는 더 이상 자신을 용납하지 않을 것 같았다. 선호는 영화 속 주인공이 낭떠러지 절벽에 밧줄 하나를 맨 채 가까스로 버티고 있는 모습을 떠올렸다. 그 배우가 지금 자신 같았다.

15년 전에는 그렇지 않았다. 열망과 욕망, 의지와 희망, 잔인함과 선량함이 섞여 있던 시절이었다. 선호는 모든 것을 가지고 있었다. 세상을 바꾸겠다는 희망이 있었고, 권력을 누려보겠다는 자만이 있었다. '배지'를 달겠다는 열망과 초선만으로는 끝내지 않을 것이라는 욕망이 있었다. 욕망의 불꽃은 네 명의 국회의원을 거치면서 재로 변했다.

자신이 보좌한 모든 의원들은 '올해의 의원' 상을 받았다. 선호는 때로는 피감기관*에 갑질을 했고, 때로는 기자들을 줄 세웠다. 거짓말과 모략이 늘었다. 충성을 다했다. 다음 선거에서 '공천'을 기다렸다. 매번 선거가 끝나고 나면 의원들은 선호에게 "그동안 고마웠네."라고 말하며 함박웃음을 지어 보였는데, 그들의 웃는 눈빛에는 '함께해서 더러웠고 다시는 만나지 말자'라는 메시지가 담겨 있었다. 그는 매번 의원들에게 버림받았다.

그때는 의원들이 왜 자신을 쳐내는지 이해하지 못했다. 충성을 다했고, 비위도 맞췄다. 의원의 아들이 등교할 때 운전기사를 자청했고, 술자리에는 끝까지 항상 남아 의원을 보필했다. 의원이 내놓는 어이없는 의견에 어떠한 반대도 하지 않았다. 그럼에도 그가 모신 의원들은 그의 부상을 번번이 저지했다. 알음알음 희망했던 구청장 공천이 모신 의원의 노골적 반대로 신청부터 좌절됐을 때, 좌절의 경험이 이로 인해 세 번째가 되었을 때, 그는 여의도 단골 술집에서 아침부터 소주를 들이켰고 병원에 실려 갔다. 응급실에서 깨어났을 때 네 번째 해고 통지를 받았다. 자신을 병원에 데려온 동료가 말했다. "네가 공천을 못 받는 이유를 아직도 모른단 말이야?"

그때 깨달았다. '배지'들이 원했던 건 충성을 가장한 욕망이 아니었다. 하루 24시간, 1년 365일 자신의 수족이 될 만한 도구

---

* 국정감사 기간 국회의원으로부터 감사를 받는 정부 기관. 국회의원이 배정받는 상임위원회별로 피감기관이 다르다.

를 원한 것이다. 선호도 자신이 '도구'라고 말했지만, 그의 눈빛에서 흘러나오는 야망은 감출 수 없었다. 가끔 술 취해서 주절거렸던 취중진담은 의원들이 자신을 내쫓을 때 쓰는 '명분'이 되어 돌아왔다. 정치적 후각이 발달한 의원들은 선호의 설익은 욕망을 단번에 파악했다.

선호는 자신의 마음을 감추는 데에는 재주가 없었다. 그것이 그가 여의도에서 15년 동안 실패한 이유였다. 중진 의원실에서 시작한 그의 커리어는 재선의원과 초선의원의 보좌관을 거쳐 결국 끈 떨어진 비례대표 국회의원 보좌관으로 이어졌다.

그러는 동안 한 번의 연애와 사랑, 그리고 결혼은 삶의 무게를 더했다. 그사이 대출만 늘어갔다. 이혼서류에 도장을 찍은 아내가 현관 앞에서 자신을 쳐다봤을 때, 선호는 두 번째 해고를 막기 위해 동분서주하던 중이었다. 정치를 하겠다고 발버둥친 대가는 바닥으로 떨어진 자신의 시장가치였다.

선호는 자신의 앞날을 어렴풋이 점칠 수 있었다. 동진의 선거를 제대로 치러낸다면 앞으로 10년에서 15년 정도는 어느쪽에서나 비례대표 의원의 보좌관은 할 수 있다. 이번 선거에 질 것임을 알면서도 종로 출마를 권유한 건 사실, 1년 앞둔 총선 뒤 자신의 거취를 생각해서였다.

"전화 오는데요?"

창구 직원이 선호의 휴대전화를 보면서 말했다. 선호는 부르르하고 떠는 휴대전화를 쳐다보았다.

다혜의 이름이 찍혀 있다. 시계를 보았다. 오후 3시 34분. 동진이 종묘 행사에 참석하고 난 뒤 돌아올 시간이다. 종묘에 안치된 조선왕조 국왕의 위패를 옮기는 행사에 참석하는 것이 좋겠다고 자신이 제안했었다. 내일부터는 종로구 당 조직을 방문할 생각이었다.

"장 보좌관님!"

"왜."

"의원님이…… 의원님이 이상해요!"

"뭐가?"

"그게…… 일단 의원실로 오셔야 할 거 같아요. 지금 어디세요?"

"은행인데."

"아무한테도 말하지 말고 빨리 회관으로 오세요. 빨리요!"

다혜는 그 말만 하고 전화를 끊었다. 선호는 휴대전화를 들여다보았다. 다혜한테 온 전화 외에는 아무런 연락이 없었다. 의원님이 이상하다고? 근데 왜 아직 아무런 연락이 없었던 거지? 종묘에서 무슨 일이 있었나? 하고 선호는 생각했다. 그때 다혜의 메시지가 떴다.

'의원님이 다치셨어요.'

선호는 바로 은행을 나와 뛰기 시작했다.

* * *

"그러니까……."

숨을 헐떡이며 의원실에 도착한 선호는 굳게 닫혀 있는 의원실의 방문을 흘끗 보며 말했다. 다혜와 동진을 따라 종묘에 갔던 수찬이 보였다. 두 사람 모두 동진과 같이 국회에 들어왔다. 다혜는 동진의 지도 학생이었고 수찬은 다혜의 소개로 들어왔다. 다혜는 초조한 얼굴이었다. 오피스룩에 몇 년은 신은 듯한 작은 단화. 어깨에 닿을 듯한 단발머리에 오밀조밀한 얼굴. 원래부터 작은 체구의 다혜였지만 지금은 더 작아 보였다.

"다쳤다니? 그러면 병원에 가야지. 지금 병원에 계셔? 아직 여기야? 크게 다쳤어? 무슨 일이야? 이상하다는 게 무슨 말이야?"

다혜의 눈빛이 질문을 쏟아내는 선호를 넘어 수찬을 향했다. 사회초년생임을 티내는 듯한 와이셔츠에 넥타이를 맨 수찬이 흠칫했다. 수찬은 선호에게 휴대전화를 보였다. 수찬의 표정은 웃는 건지, 우는 건지 가늠하기 어려웠다.

"일단 보셔야 할 거 같아요."

수찬이 동영상 재생 버튼을 눌렀다. 곧 동진의 목소리가 들렸다.

"그냥 고개 숙이고 있으면 돼?"

"그렇다는데요?"

장중한 음악이 들렸다. 종묘제례악이었다. 양복을 차려입은 동진이 살짝 고개를 숙이는 모습이 비쳤다. 위패를 옮기는 사람들 뒤에 선 동진의 모습을 찍으려고 수찬이 잠시 꼼지락거렸다. 음악 소리가 다시 들렸고 그 위로 투덜거리는 동진의 목소리가 얹혔다.

"이런 거 한다고 뭐 되겠어?"

"어?"

수찬의 놀란 듯한 목소리가 뒤이어 들렸다. 카메라 앵글 위쪽에서부터 뭔가가 다가왔다. 노란색 보자기, 정확히는 위패를 감싼 보자기를 든 사람이 동진을 향해 다가오고 있었다. 그런데 갑자기 발을 헛디디는 것 같았다. 비틀거렸다. 모든 것이 순식간에 일어났다. 동진을 향해 노란색 보자기를 든 사람이 정면으로 부딪칠 듯 빠르게 다가왔다. 동영상이 흔들거렸다. 그러면서 영상이 끝났다.

선호가 고개를 들었다.

"그래서 이게 뭐. 이 사람과 부딪혔어? 그러곤 쓰러지신 거야? 응급실은 갔어?"

다혜는 고개를 저으며 눈짓으로 방 안을 가리켰다.

"바로 일어나시긴 했는데, 그 뒤로 이상해요."

"왜?"

"의원님 같지 않으세요."

"뭔 소리야? 영혼이라도 바뀌었어?"

선호는 재치 있는 농담을 던졌다고 생각하며 다혜를 바라보았다. 다혜의 눈은 금방이라도 울음을 터뜨릴 듯했다. 한 번도 보지 못했던 흔들리는 눈빛이었다. 심각함을 감지한 선호가 의원실 방문을 두드렸다. 그의 등 뒤로 수찬이 동영상을 다시 재생하는 소리가 들렸다. 동영상 속 동진의 목소리가 들렸다. 그리고 방 너머에서도 목소리가 들렸다. 둘의 목소리는 같았다.

"누구인가?"

방 가운데 놓인 소파에 한 남자가 앉아 있었다. 저녁노을이 이동진 의원실의 창문을 뚫고 남자의 등 뒤로 번졌다. 파란색 넥타이는 풀어 헤쳐졌고, 와이셔츠는 구겨져 있었다. 아침에 보았던 검은색 롱코트가 버려진 듯 소파에 널브러져 있었고 양복 윗도리가 그 옆에 있었다. 줄무늬, 강남 양복점에서 빼왔던 거라고 했던가. 선호는 양복 가격이 어느 정도일지를 생각하다 앉아 있는 사람의 얼굴을 쳐다보았다.

가지런한 눈썹, 적당하게 솟은 코, 아담한 눈망울, 그리고 열망을 감추려 애쓰는 얼굴. 동진이 맞았다. 50대 초반이지만 40대처럼 보이는 외모. 옷에 돈 쓰는 것을 아까워하지 않는 사람. 국회의원 중 가장 양복을 잘 입는다고 소문난 이. 그 동진이 맞았다.

하지만 평소의 이동진이 아니었다. 선호는 바로 알았다. 겉은 같았겠지만, 알맹이는 달랐다. 매서운 눈빛이 그를 향해 날아왔다. 남자가 입을 열었다.

"과인이 연화방에서 눈 감은 지 어제와 같거늘, 영락* 오뉴월

---

* 명나라 3대 황제 영락제(永樂帝, 1402~1424)의 연호.

의 비는 어디로 가고 지금 과인은 어디에 있는 건가. 자네들은 누구인가!"

"예?"

"상감은 어디에 있는가! 과인이 눈을 떴는데 상감은 어디에 있는가? 공비恭妃*는 어디에 있는가! 신료들은 어디에 있는가!"

"예??"

"두 번 말하게 하지 말라고 이르지 않던가! 지금 과인은 어디에 있는 건가? 그리고 이 기물들은 다 무엇이며, 과인이 왜 이런 옷을 입고 있는가. 어서 철릭**을 가지고 오지 않고 무엇하는가!"

"예??"

선호는 다시 뒤를 돌아보았다. 이제 선호의 표정도 다혜와 같아졌다.

"어디서 연극 대본이라도 받은 거야?"

다혜가 고개를 저으며 턱짓했다.

"30분째예요. 저렇게 앉아서 상감이라는 사람만 찾아요."

"상감이 도대체 누구고, 연화방은 뭐야?"

"저도 모른다니까요. 종묘 갔다 와서부터 저래요. 종묘에서 부딪힌 이후부터 저런다니까요. 첫 마디부터 저래서 수찬이가 병원도 못 가고 급하게 모시고 온 거예요. 어떻게 해요, 보좌관님?"

---

* 세종의 왕비인 소헌왕후의 칭호. 조선왕조 초기에는 왕이 왕비에게 별도의 칭호를 내렸다.

** 고려 말·조선시대, 왕과 사대부가 입었던 생활복.

앉아 있는 남자가 다시 고성을 질러대기 시작했다. 선호가
빠른 결정을 내렸다.

"지칠 때까지 일단 두자. 어떻게 할 수가 없네, 지금은. 혹시
방문객이 찾아와도 조용히 돌려보내고."

다행히 의원실 문은 튼튼했다. 방음이 잘됐다.

선호가 다혜와 함께 문을 닫고 나가려던 참이었다. 남자가
다시 크게 외쳤다.

"상감이 나랏일 때문에 바쁘다면 효령이라도 불러라! 내 양
녕은 차마 부르지 못하겠지만, 효령이라도 불러야겠다."

선호는 문을 닫지 못했다. 스쳐 지나가는 생각이 있었기 때
문이다. 급하게 수찬을 찾았다.

"수찬아, 그 동영상 좀 다시 틀어봐."

수찬은 알 수 없다는 표정으로 휴대전화를 건넸다.

동영상이 재생되었다. 선호는 영상을 앞으로 돌리면서 화면
을 살피다 일시 정지 버튼을 눌렀다. 선호의 얼굴이 딱딱하게
굳었다. 휴대전화가 떨어졌다. 선호는 메마른 목소리로 말했다.

"젠장…… 대출금이 풀인데……."

정지된 화면에는 동진과 맞닿기 직전 조선왕조 임금의 위패
가 보였다. 그 위패를 싼 노란색 보자기엔 선명한 한자체로 '태
종대왕太宗大王'이라고 쓰여 있었다.

* * *

"어떻게 해야 해요?"

다혜의 물음에 선호는 머리를 벅벅 긁었다. 다혜의 말끝에는 난감함이 묻어났다. 보좌진 대부분이 그만둔 터라 제대로 된 의사결정을 내릴 사람은 선호뿐이었다.

"나도 난감해. 정신적으로 문제가 있는 영감을 어떻게 대해야 하는지는 나도 모른다고."

"근데…… 진짜 태종 이방원의 영혼이 의원님한테 들어온 걸까요?"

수찬이 의원실 문을 힐끔거리면서 물었다. 방 안에는 아직 동진이 있었다. 문은 밖에서 잠가놓았다. 방금까지 뭔가 웅얼거리는 소리가 났고 손잡이가 달그락거리는 소리도 났지만, 지금은 잠잠했다. 이동진 의원의 방과 보좌관들이 일하는 공간을 분리하는 문은 잠긴 상태였다.

"야, 지금은 2024년이라고. 그게 말이 되는 소리야? 종묘 위패 한번 부딪혔다고 육백 년 전 왕이 현세에 들어와? 그러면 우리 영감은 어떡하는데."

선호가 정색했다.

"혹시, 의원님이 우리한테 장난치는 거 아닐까요?"

"장난?"

"뭐 종로 출마를 하시는 거니까, 이방원의 영혼이 들어와서 종로를 위해 열심히 일하겠다, 그런 식의 홍보영상을 찍는 거 아닐까요? 우리까지 속이면서."

선호가 황당하다는 반응을 보이자 다혜는 얼른 말을 고쳤다.

"아니, 하도 말이 안 되니까요."

"모르지. 그럴 수도 있어."

"예?"

"부딪히고 난 뒤에 장난을 치려는 생각이 들었을 수도 있……을까?"

세 사람의 눈이 함께 문으로 향했다. 방 안이 조용해진 것 같았다.

수찬이 이동진 의원의 방문을 조심스레 열었다. 바로 뒤를 선호가 따랐다. 다혜가 자그마한 쟁반에 물 한 잔을 받치고 그 뒤에 섰다.

"의원님?"

세 사람의 눈앞에 보이는 것은 언제나 그랬듯 조용하고 정갈한 방이었다. 동진은 평소 의원실 방을 깔끔하게 써왔다. 깔끔하다 못해 먼지 한 톨 없을 정도였다. 햇빛이 잘 비치는 곳에 책상을 두고 양옆에 책장을 세웠다. 사무처에서 일괄 지급하는 갈색 책상과 책장이었다. 동진은 기본적인 원칙을 지키는 사람이었다.

마찬가지로 사무처에서 준 검은색 소파를 책상 앞에 ㅠ 자 모양으로 배열했다. 동진이 앉는 소파는 책상 바로 앞에 있었다. 책들은 언제나 책장에 꽂아놓았지, 책상 위에 올려두는 적이 없었다. 마치 언제라도 이사를 할 수 있도록 정리해놓은 듯했다.

그런데 정작 소파에 앉아 있어야 하는 동진이 없었다. 조금 전까지만 해도 내관을 불러달라고 소리치던 사람이었다. 주변을 살펴보니 책상 너머로 창문이 열려 있었다. 평소 찬 바람을 싫어하는 동진은 창문을 꼭 닫아두곤 했다.

혹시나 싶은 생각에 선호는 창가로 달려가 아래 화단을 살펴보았다. 다행이었다. 떨어진 사람의 흔적은 없었다. 사람의 몸이 빠져나갈 정도의 창문 크기는 아니지만, 그래도 모르는 일이다.

"장 보좌관님, 화장실에서 무슨 소리가 나는데요?"

다혜의 말에 선호가 의원실에 딸린 의원 전용 화장실로 달려갔다. 누군가 소리치는 소리가 들렸다. 문을 열었다. 와이셔츠가 물에 흠뻑 젖은 채 변기를 노려보며 마구 손을 휘두르고 있는 동진이 보였다. 변기에 달린 비데 노즐에서 물이 힘차게 솟구치고 있었다. 동진은 그 물을 흠뻑 맞은 것이 분명했다. 기척을 느낀 동진이 고개를 들어 선호와 다혜, 수찬을 바라보며 말했다.

"과인이 세수를 위해 세안통을 대령하라고 명하려다 여기에 이런 매끈한 하얀 돌 항아리 같은 것이 있어 무엇인가 싶어 문질러보았는데 갑자기 물줄기가 솟아오르지 않나! 무엇이길래 이렇듯 맑은 물이 가득 고여 있고 마구 솟아오르는 건가? 발이라도 닦는 건가?"

뒤에서 다혜의 신음과 함께 유리잔이 깨지는 소리가 들렸다. 선호의 입이 빼끔 벌어졌다.

다시 동진이 말했다.

"뭐 하고 있는 건가, 어서 닦을 것을 갖고 오지 않고!"

다혜가 반사적으로 수건을 찾으러 나갔다. 동진이 두 손으로 얼굴의 물기를 쓸어내리며 화장실 밖으로 나왔고 선호와 수찬 두 사람은 자연스레 뒤를 따르는 듯한 모양새를 갖췄다. 다혜가 수건을 가지고 왔다.

"과인이 눈을 떴을 때 지금이 영락 연간이 아니라는 것쯤은 알았네. 그래 지금은 언제쯤인가. 금상의 시절도 지난 거 같고."

수건으로 얼굴을 닦은 동진이 소파에 앉으면서 입을 열었다. 앞에 선 세 사람이 서로의 눈을 마주치며 눈치를 살폈다. 왠지 동진과 같이 앉으면 안 될 것 같았다. 잠시 침묵이 흐른 뒤 선호가 마지못한 표정으로 답했다.

"이천…… 2024년입니다."

"2024년? 왜 연호를 말하지 않는가? 지금 세상엔 상국*의 황제가 없는가? 그리고 자네는 왜 자기가 누군지, 무슨 일을 하는지 칭하지 않는가?"

"아…… 그, 그게."

당황하며 뭐라 답을 찾지 못하고 더듬거리는 선호에게 동진이 화장실 옆에 걸린 거울을 가리키며 다시 말했다.

"아까 저기에 여余의 얼굴을 비춰보니, 내 얼굴이 아니더군. 그래서 상감과 효령을 부르지 않아도 된다고 생각했네. 눈을 감을 때는 분명 죽었다 생각했는데 다시 눈떠보니 세상이 이리

---

* 중국.

변해 있네. 혹시나 하여 한번 씻어보았는데도 변함이 없고. 상투도 없고 수염도 없다니…… 괴이한 세상이군. 불가에서 말하는 지옥인가? 그건 또 아닌 것 같은 게 확실하니, 과인이 누군가의 몸을 빌려 내세에 다시 현신한 것이 틀림없지 않나. 괴력난신怪力亂神*이 일어나다니. 이것은 음양의 조화가 무너진 탓인가. 이런 괴이한 세상이 어디 있나. 성인이 나타날 때야만 출연한다는 기린이 혹 출몰한 건가? 지금 여기서 이렇게 자네들과 이야기를 통변 없이 나눌 수 있는 걸 보니 여기가 아조我朝**라는 생각도 들더군. 다시 묻겠네! 지금이 어느 때인가?"

"여기는 대한민국이라는 곳입니다. 조선의 뒤를 이은……."

"뒤를 이은? 아조가 망했다는 건가?"

"그렇습니다."

동진의 얼굴이 딱딱하게 굳었다.

"설마 금상이 망가뜨렸나? 아조는 몇 년이나 갔는가?"

"저기, 그런데……."

선호가 눈을 들어 동진을 바로 바라보았다. 동진이 뭔가 말하려는 순간 선호가 먼저 입을 열었다.

"근데…… 누구십니까? 말씀하신 것처럼, 지금 저희가 알고 있던 사람과 완전히 다른 말씀을 하셔서요. 저희도 당황스럽습니다."

"과인? 흠…… 모를 수도 있겠군."

---

* 괴이한 힘과 난잡한 귀신. 초자연적 현상을 의미한다.
** 우리 왕조. 조선왕조를 뜻한다.

동진이 가슴을 살짝 펴냈다.

"과인은, 아조의 신민을 다스렸지. 평소 같았으면 이리 물어 보는 자에게 치도곤을 놓았을 테지만…… 과인의 자字는 유덕 일세."

세 사람의 눈이 동그래졌다.

"유덕……이요?"

동진은 어리둥절한 얼굴이었다.

"여기는 전조 임금들의 자도 모르는가? 허허. 하긴 아조에 서도 전조의 임금들을 홀대하긴 했었지. 그래도 제는 올렸는 데……."

"혹시, 이름이……."

"이 사람들아, 어찌 처음 만난 이들에게 서로 예를 갖추지 않 고 이름을 말하고 통성을 한단 말인가. 허허. 작금의 예절이 이 상하군. 예가 아닌 것은 듣지도, 말하지도, 행하지도 말라고 하 였거늘. 그래도 후인들의 예가 아조의 예와 다를 수 있으니 작 금의 예에 대해 말하는 건 나중으로 미루도록 하고…… 우선 과인의 이름은 꽃다울 방芳, 멀 원遠, 방원일세."

세 사람의 표정이 기이하게 변하기 시작했다. 동진이 그런 세 사람을 보며 고개를 갸웃했다.

"무엇이 그리 이상한가? 과인의 휘를 처음 듣는가?"

* * *

"열 갑자나 지난 뒤란 말인가. 허…… 참."

선호는 짧게나마 방원에게 지금이 본인이 죽은 뒤 육백 년도 더 지난 2024년이라는 것과 그리고 방원이 다시 눈을 뜬 곳이 대한민국의 수도인 서울이라고 했다. 설명을 들은 뒤 방원은 당황스럽다는 반응을 보였다.

"그럼 과인은 어쩌다 다시 깨어난 건가?"

"저희도 모르겠습니다. 원래 몸, 그러니까 본인께서는 국회 의원 자격으로 종묘 행사에 가셨는데……."

"종묘? 종묘가 아직 있단 말인가? 아조가 멸망하였는데 이씨 사람들도 죽지 않았고, 종묘도 계속? 어허. 이 대한민국이라는 나라의 임금은 덕이 퍽 높고 좋은 사람인가 보군. 마치 금상을 보는 듯해."

"뭐 지금 이 나라 임금의 덕이 퍽 높고 그런 건 아닙니다만 아무튼, 종묘에서 행사를 했는데 그…… 상감마마의 위패를 들고 있던 사람과 부딪혔고, 그런 뒤 우리가 모시던 의원의 몸에 들어오신 것 같습니다."

"뭐라고? 위패를 든 사람과 부딪혔다고? 어찌 그런 망령된 짓이 벌어졌던 말인가! 군병들은 무얼 하고 예조의 관리들이 어찌 행했길래 그런 사달이 벌어져? 삼정승은 무엇을 하고 있었는가?"

방원이 벌컥 화를 냈다. 꽤 오랜 시간 선호와 다혜, 수찬은 도저히 알아들을 수 없는 옛사람의 욕을 들어야 했다. 넋이 나간 선호가 입을 열려 했지만 방원이 말할 여지를 주지 않았다.

"과인이 다시 돌아가야 하지 않겠는가?"

"저희도 그게 맞을 듯합니다만…… 어떻게 돌아가게 해드릴지."

"아니 위패에 다시 부딪치면 되는 거 아닌가?"

선호가 놀랍다는 표정을 지었고 수찬이 옳다는 듯 손바닥을 마주쳤다. 선호가 고개를 돌려 수찬에게 낮게 말했다.

"지금 위패는 어디 있지? 아까 종묘에서 담당자를 만났을 테니 확인해보고."

수찬이 휴대전화로 검색을 한 뒤 담당자와 통화하려는 듯 방문을 닫고 나갔다. 방원이 의아해하면서 말했다.

"그런데…… 자네들…….'

"예?"

"왜 계속 서 있나?"

선호와 다혜는 엉거주춤하게 소파에 앉았다. 방원이 고개를 갸우뚱했다.

"근데 왜 과인만 말을 하는 건가? 자네들은 성명을 말하지 않는가? 자는 어떻게들 되는가? 작금도 이름을 말할 때는 서로 일어서는가?"

"아, 전 장선호라고 합니다."

"……전 류다혜라고 해요."

불안한 얼굴로 다혜가 자신의 이름을 말하자 방원이 뭔가 말하려는 듯 입을 씰룩거렸다.

"어떻게 된 나라이길래 아녀자가 그리 쉽게 자신의 이름을 말하는가. 예법에는 아녀자가 앞에 나서 말하는 법이 없거늘…… 그런데 저기 있는 것들은 또 뭔가?"

선호가 반사적으로 방원이 가리킨 쪽을 향해 고개를 돌렸다. 방원은 책장에 꽂힌 책을 가리키고 있었다.

"책……입니다만."

"누가 그걸 모르나? 왜 저렇게 이상하게 생긴 글자들이 쓰여 있느냐는 거네. 익히 아는 문자는 없고 죄다 이상하지 않은가?"

선호는 무슨 대답을 해야 할지 잠시 헷갈렸다. 다혜가 말을 꺼냈다. 떨린 음성이었다.

"한글……인데요?"

"한글? 그건 또 뭔가?"

선호가 재빨리 다혜를 대신했다.

"한자 대신 대한민국 사람들이 쓰는 문자입니다. 한글이라고 하죠. 그…… 세종대왕께서 만드셨습니다."

"세…… 종…… 대왕? 그 사람은 누군가? 한무제*는 문자를 안 만든 걸로 아는데 누가 대국의 문자를 제치고 우리만의 글을 만들려고 했는가?"

"그…… 임금님의 아드님 되십니다."

"내 아들?"

"네, 임금님의 셋째 아들인 충녕대군 말입니다. 충녕대군이 세종입니다."

---

* 중국 한나라 7대 임금인 한무제의 묘호가 세종世宗이다.

방원은 잠시 할 말을 잃은 듯 보였다. 선호가 틈을 타서 수찬이 나간 문 쪽을 살폈다. 수찬이 손짓하는 모습이 보였다. 선호는 나갈까 하다 그냥 수찬을 불렀다. 수찬은 쭈뼛하면서 다가섰다.

"위패는 창덕궁에 있다는데요……."

"창덕궁? 허허 과인이 거기서 훙했는데 아직 있구먼?"

방원의 목소리가 들렸다. 방원의 말을 무시한 채 선호가 수찬에게 물었다.

"그래서? 다시 위패를 볼 수는 있대?"

"그게, 어렵다 합니다. 종묘 공사를 하려고 위패를 잠시 창덕궁으로 옮긴 거라…… 창덕궁에서 공개는 안 해준다고 합니다."

선호는 다시 고개를 돌려 방원을 보았다. 방원은 평온해 보였다.

"왕명을 내리면 되지 않는가? 지금도 왕이 있을 터이니. 아무리 전조의 임금이라 하더라도 과인의 말은 들어주기도 할 터. 지금의 왕을 만나러 가야겠군. 그러면 과인을 뭐로 말하면 되나? 묘호는 뭐였는가?"

"……묘호가 뭡니까?"

"과인의 아들이 세종이 되었다고 자네들이 말하지 않았나. 그게 묘호지 뭔가. 아니 이 왕조에서는 묘호도 안 세우나?"

"아니, 그건 아닌데요. 아무튼 그…… 태종이십니다."

태종이라는 이름을 들은 방원이 기묘해했다. 그의 얼굴이 선호, 다혜의 혼란스러움과 닮아갔다.

"과인의 아이가 나를 태종이라고 칭했단 말인가?"

선호는 어지러움을 느꼈다. 태종은 태종이고 세종은 세종인데, 이걸 어떻게 설명해야 하는 걸까. 선호의 감정을 알거나 모르거나, 동진의 몸을 한 방원이 다시 말했다. 확신에 찬 어조였다.

"내 작금의 음양 이치를 알지는 못하지만, 모든 인간의 기운이 선할 때 양이 강해지고 음이 쇠락한다는 것 따위는 알 수 있네. 자고로 인간의 품성을 지극히 갈고 닦을 때 하늘이 그 품성에 감동해 이치를 내리지. 저절로 물이 솟아 나오는 저 신기한 기물도 그렇고 지금의 이 시대는 아조가 멸한 뒤 세워진 나라이긴 하지만, 선한 기운의 사람들이 모여 만들어진 좋은 나라인 것 정도는 알겠네. 그런 가운데 알지 못하는 이유로 태종이라는 묘호를 받은 내가 불려 나온 거 같군. 이것도 천명의 이치이겠군. 허허."

선호는 정말로 미칠 것 같다는 표정을 지었다. 방원의 말이 이어졌다.

"그런데 태극도太極圖가 왜 저기 걸려 있나?"

"예?"

방원은 태극기를 손가락질했다. 동진이 소파 맞은편에 걸어두었었다.

"그런데 저 태극도는 왜 8괘 중 4괘만 있나?"

"아 저 그게……."

굳어진 표정으로 다혜가 말했다.

"저건 태극기라고…… 우리나라, 대한민국의 국기예요."

"국기?"

"한 나라를 상징하는 기예요."

"어허. 정말로 이 나라는 음양의 이치가 성한 나라구먼. 4괘도 그렇고, 내 생전 그리 음양의 이치를 살폈었는데, 그런 이유로 이리 불려온 건가. 천지신명의 뜻이 더해져서?"

"저기, 의원…… 아니 임금님……."

더는 참을 수 없다는 표정으로 선호가 말했다. 방원이 고개를 돌렸다.

"무슨 말을 하고자 하나? 고하게."

"음양의 이치나 태극 같은 것, 저희는 솔직히 잘 모릅니다. 다만 지금은 임금님께서 원래 있던 곳으로 돌아가시는 게 가장 좋을 듯합니다. 이치와 상관없이 저희에게는 중대한 문제라서요. 어찌 됐든 창덕궁으로 가서 방법을 찾아보겠습니다. 근데 지금 들어가 계신 몸이…… 지금 시대에서는 꽤 중요한 분이라…… 임금님께서 그 몸에 들어갔다는 소식이 퍼지면 꽤 큰 논란이 일어날 겁니다. 그러니까 저희가 방법을 찾아낼 때까지 임금님께서 원래 그분인 척 잠시 다른 분들을 속여주셔야겠습니다."

"속이라? 연기를 말하는 것인가? 대저 군자란 언제나 남을 속이지 않고 표표한 뜻으로 세상을 감화하는 것인데 어찌 어겨? 나보고 간사한 눈빛과 음성으로 소인배가 되라는 건가?"

다혜가 놀라 선호를 쳐다보았다. 선호는 과거에서 현재로 온 자에게 말했다.

"당분간은 국회의원 이방원이 되시는 겁니다."

* * *

대한신문 정치부 유한주 기자는 정확히 마감 시한 3분 전에 기사를 회사로 보냈다. 자신의 기사를 봐야 하는 부장과 차장급 기자가 몇 번이나 전화를 걸어 기사를 언제 보내느냐고 닦달했지만, 한주는 곧 보낸다고만 했다. 그러고 싶은 날이었다. 데스크는 물론이고 부장하고 대판 싸운 날엔 그러곤 했다. 한주가 자주 취하는 나름의 반항이었다. 기자 생활 15년 차, 본인도 곧 현장 근무가 끝나감을 알고 있어서 더 그렇게 뻗대는 건지도 몰랐다.

"선배, 무슨 기사길래 그리 오래 걸렸어요?"

한주가 노트북을 닫자 같은 회사 정치부 후배 기자인 서효진이 다가왔다. 같이 여당 출입을 오래 한 효진은 한주의 기분을 잘 파악해내는 묘한 능력이 있었다. 한주가 화를 낼 때는 쓱 사라졌다가 좀 풀어질 때다 싶으면 다가오곤 했다. 한주는 그런 효진의 묘한 듯 자연스러운 배려심이 좋기도 하고, 싫기도 했다. 어떨 땐 자기를 이용하려는 것이 아닌가 하는 생각이 들었다가 또 어떨 때는 무덤덤해 보이는 태도가 마음에 들기도 했다. 오늘은 지금쯤이 화가 풀렸을 때라고 생각했던 모양이다.

"그냥 뭐 항상 같은 거였어. 여당 내분, 총선 앞두고 주류와 비주류의 격돌, 최고위원회의 어쩌고저쩌고. 아 지겹다."

한주는 고개를 젖히고 팔을 쭉 폈다. 지겨웠다. 15년 기자 생활 중 12년을 정치부에 있었다. 처음에는 정치부가 좋았다. 잘 모르는 초년병 때 사람들하고 어울리는 것도 좋았고 국회의원들이나 당 대표, 심지어 대통령실 사람들까지 자신의 전화를 받아주고 얘기를 나눈다는 것이 즐겁기도 했다. 권력욕은 아니었다. 한주는 정치 쪽에 관심을 두고 싶은 생각은 없었고 지금도 마찬가지였다. 단지 세상을 바꾸는 일을 하려고 기자를 했고, 가장 쉽게 세상을 바꾸는 것이 정치라는 생각을 했을 뿐이었다. 정치부 기자로서의 가장 큰 책무는 좋은 정치인들을 발견하고 그들이 세상을 바꿀 수 있게 일조하는 것. 한주는 10여 년 전이나 지금이나 같은 생각을 했다.

그리고 알았다. 세상은 그리 쉽게 바뀌지 않는다는 것을. 좋은 정치인이라고 생각했던 사람들이 권력 앞에서 무너져가는 것도 숱하게 봤다. 한주에게 있어 정치부 경력이란, 물살을 가르는 행위와도 같았다. 발버둥 쳐왔지만, 절대 벗어날 수 없는 심연과도 같았다. 회사를 그만두고 고향으로 내려갈까 하는 생각도 종종 하곤 했다. 물론 그럴 때마다 아직 절반 이상 남아 있는 대출금과 자신의 월급만 쳐다보는 부모님이 떠올랐지만.

그래서 오늘도 이 빌어먹을 밥버러지 같은 일을 해야 한다. 한주는 일단 일이 끝났으니 아무 생각도 하지 않기로 했다. 화를 내다가도 또 금방 풀어지는 게 한주의 장점이기도 했다. 본인은 알지 못했지만.

"선배, 이 동영상 보셨어요?"

효진이 한주의 눈치를 살피며 자신의 휴대전화를 앞으로 내밀었다.

"뭔데?"

"누가 보내준 건데요…… 오늘 오후 종묘에서 있었던 일인가 봐요."

"종묘?"

한주는 무심히 동영상을 보았다. 종묘에서 무슨 행사를 벌이는 모양이었다. 의관을 차려입은 나이 든 사람들 몇 명이 노란 보자기를 싸안고 가고 있었다. 음악 소리가 들렸다. 종묘제례악인가? 그런 류였다. 한주는 고개를 들어 효진을 쳐다보았다.

"이것 좀 보세요." 효진은 동영상의 시간 트랙을 한 곳에 맞추고는 재생하였다. 어떤 이가 노란 보자기를 품에 안고 움직이다가 한 남자와 부딪히는 영상이었다.

"이게 왜?"

"여기서 부딪힌 사람이 이동진 의원인가 봐요. 그런데……."

효진이 동영상과 함께 온 메시지를 보여줬다. 한주는 심드렁하게 읽다가 효진을 바라보았다.

"뭐야 이게? 부딪힌 후에 이상한 사람처럼 횡설수설했다고? '누구인가.' '여기가 어디냐.' '과인이 왜 다시 일어났느냐.' '왜 다들 이상한 옷을 입고 있느냐.' ……이런 말들을 했다고?"

"정확히는 사극 대사 같은 말투라고 하네요."

"거참. 동진 선배 어딨어?"

정치부 기자들은 의원들을 대부분 선배라고 불렀다. 한주도 이 호칭에 익숙했다. 효진의 얼굴은 심드렁해 보였다.

"저도 이거 본 이후에 동진 선배한테 전화해봤는데 안 받아요. 장 보좌관도 안 받고요. 의원실은 가봤는데 문이 닫혀 있고."

한주가 일어섰다.

"고마워. 내가 한번 알아볼게. 그 뒤에 연락해줄게."

몸을 일으키는 한주를 바라보며 효진이 슬쩍 웃었다. 저 선배는 저렇게 지겹다고 하면서도 궁금한 건 확인해봐야 직성이 풀리는 사람이었다.

하이힐을 신은 한주가 또각또각 발소리를 내며 회관으로 향했다. 가는 동안 이동진에게 전화를 걸어보았지만 응답하지 않았다. 의아했다. 동진은 자신의 전화를 피한 적이 없었다. 오히려 자신에게 먼저 전화를 하면 했지. 초선의원이라면 더더욱 한주의 전화를 피할 이유는 없었지만, 동진과 한주는 그것보다 더 특별한 관계였다. 둘은 동진이 국회의원이 되기 전부터 알고 지냈다. 한주는 기사를 쓰면서 종종 동진에게 정치적 현안에 대한 의견을 구했고 그때마다 동진은 그에 대한 답을 성심껏 해주었다. 국회의원이 된 이후에도 동진은 한주와 종종 술자리에서 만나 이야기를 나누었다. 특별한 일이 아니어도. 그런 동진이 전화를 받지 않는다? 평소 같았으면 동진이 '미안하다', '전화를 못 받는 상황이다', '곧 연락주겠다'라는 문자라도 바로 보냈을 것이다. 하지만 그런 답도 없다. 한주는 장선호에게도 전화를 걸었다. 장선호 역시 한주의 전화를 받지 않았다. 이상했다. 한주의 걸음걸이가 빨라졌다.

한주가 선호를 만난 건 의원회관 엘리베이터에서 내린 직후였다. 선호는 엘리베이터를 타려고 서 있다가 마침 올라오는 한주와 마주쳤다. 한주는 선호를 흘끗 바라보며 "왜 이렇게 연락이 안 돼?"라고 말하려다 흠칫 놀란 표정을 지었다. 오랫동안 보아왔지만 선호가 이렇듯 지친 표정을 한 건 처음이었다.

"왜? 무슨 일 있어?"

둘은 동갑이었고 한주와 선호는 처음 만났을 때부터 서로 말을 놓았다.

"그냥 좀 힘들어서 먼저 들어가려고."

"동진 선배는? 종일 전화가 안 되는데?"

한주가 묻자 선호가 피곤한 듯 힘없는 목소리로 말했다.

"의원님 들어가셨다. 오늘 종묘에서 부딪쳐 좀 다치셨어. 당분간은 보기 어려울 거야."

"무슨 말이야? 영상이 사실이라는 거야?"

"영상이라니?"

"지금 돌고 있는 거야. 봐봐."

한주는 효진에게서 받은 영상을 선호에게 보여주었다. 회관으로 가는 동안 효진에게 부탁해 전송받았다. 선호가 동영상을 보는 동안 제보 내용도 알려주었다.

선호가 힐끗거리면서 말했다.

"저런 얘기 한두 번이 아니잖아. 영감 욕 먹이려는 사람들이 한두 명이냐. 어디 무슨 개소리를."

"아니 그러면 동진 선배가 나한테 전화해서 얘기하면 되잖아. 많이 다쳤어? 영상에서는 그냥 주저앉은 수준이던데?"

"아니 뭐 좀 복잡한 사정이 있어. 나중에 설명해주면 안 되냐. 오늘은 피곤하다."

"선호야."

엘리베이터 안에서 닫힘 버튼을 누르려던 선호가 잠깐 움찔했다. 속마음까지 꿰뚫어 보는 듯한 한주의 눈빛이 차갑게 반짝였다. 저 표정이 무서웠다. 그 어떤 정치부 기자보다도 선호가 한주를 무서워하는 이유는 자신의 정치적 욕망으로 현장에 있는 사람이 아니었기 때문이다. 말하자면 한주는 '거래'가 안 되는 기자였다.

"너 뭐 숨기는 거 있지?"

"그런 거 진짜 아냐. 너무 피곤해서 그렇다. 아침부터 힘들었거든. 영감 아프다는 소식에 하던 일 멈추고 뛰어 올라왔다. 힘들어."

한주의 표정이 묘해졌다. 선호는 한주가 다그쳐 물을 것을 알았다. 하지만 지금만큼은 어떻게든 넘어가고 싶었다. 오늘만 무사히 넘어가면 내일은 또 어떻게 되겠지라고 생각했다. 한주가 낮은 음성으로 말했다.

"그래. 알았어. 내일 얘기해."

"응." 선호가 닫힘 버튼을 눌렀고 곧 한주의 얼굴이 사라졌다. 다행이었다.

선호는 재빨리 의원실에서 동진을 나오게 한 것은 잘한 결정이라고 생각했다. 그는 수찬의 영상에서 수많은 사람이 현장에서 휴대전화로 촬영하는 걸 보았다. 수찬만큼 가까이 있지는 않았기에 동진의 목소리까지 담긴 영상은 없겠지만 부자연스러운 행동들이 찍혔을 수도 있다. 그래서 수찬을 시켜 의원실에서 동진을, 아니 이방원을 오피스텔로 모시게 했다. 그곳은 동진이 10여 년 전 아내와 사별하고 마련한 작은 거처였다. 아내와의 기억에서 벗어나고자 했고, 둘 사이에 아이가 없었기에 선택 가능한 공간이었다. 선호는 한숨을 내쉬었다. 오늘 안에 모든 걸 제자리로 돌려놔야 했다. 30분 전 일을 다시금 떠올려 보았다.

다혜의 목소리가 의원실에 쩌렁쩌렁 울려 퍼졌다.

"장 보좌관님! 그게 말이 된다고 생각하세요? 조선의 왕이 국회의원이라뇨. 당장 들킬 거예요. 그리고 우리 모두 다 수사를 받을지도 모른다고요! 위증과 사기죄로 직위 해제는 물론 구속될 수도 있어요!"

"다혜야. 잠깐 내 말을 들어봐."

다혜가 붉어진 얼굴로 뭐라고 대꾸하려 할 때 가만히 앉아 이야기를 듣고 있던 방원이 동진의 음성으로 입을 열었다.

"맘에 드는군."

41

"예?"

"저 앉아 있는 처자의 말이 무슨 뜻인지는 잘 모르겠네만, 말하는 거로 봐선 이자가 무척이나 중요한 자였나 보군. 국회의원이라는 지위가 이 대한민국이라는 곳을 좌지우지하는가 보네. 의정부 정도의 권한을 가진 겐가? 과인은 한번 내세를 떠난 몸이니 두 번째 생을 사는 데엔 별로 욕심이 없네만, 예전에 호랑이 등에 한 번 타봤으니 두 번 타보는 것도 나쁘지는 않겠지. 하지만 좋을 대로 결정을 내리시게. 내 이 시대는 낯설기만 하니 결정하는 대로 따라는 주지."

방원은 마지막 말을 한 뒤 특이한 웃음을 지어 보였다. 의도가 있어 보이는 웃음. 동진이었다면 하지 않았을 얼굴 근육의 움직임이었다. 선호는 다혜의 팔을 잡고 밖으로 나갔다. 방원이 당황하는 표정을 지었지만, 무시했다.

선호는 다혜, 수찬과 삼각형 형태로 섰다.

"자, 다른 것 다 제쳐두고, 종묘 위패에 부딪쳐서 이방원의 영혼이 빙의되었다는 게 말이 안 된다는 거 다들 인정하지?"

다혜는 화난 얼굴로, 수찬은 어두운 얼굴로 고개를 끄덕였다.

"그러면, 말이 안 되는 일에 우리가 힘쓸 필요는 없잖아. 위패에서 영혼이 넘어온 게 맞는다고 치자. 그러면 위패에 한 번 더 부딪치게 하면 될 일이잖아. 정말로 이방원의 영혼이 넘어온 거라면 다시 넘어가겠지. 만약에 아니라면? 그러면 의원님이 우리를 속이려고 연기를 하는 거지. 다혜 너도 인정하잖아.

저 얼굴과 몸은 이방원이 아냐. 이동진이지."

"하루면 돼. 오늘 안에 어떻게든 위패를 가지고 올 거야." 선호는 스스로 다짐하듯 말했다.

엘리베이터가 의원회관 지하 2층 주차장에 설 때까지 선호는 벽에 기대 눈가를 주물렀다. 머리가 복잡하기도 했지만 황당하고 당황스러웠다. 정말로 말도 안 되는 일이 벌어지고 있었다. 문득 정신과 상담이나 굿을 해볼까 하는 생각도 떠올랐지만 곧 안 된다는 결론이 나왔다. 괜스레 일만 더 키울 것 같았다. 우선 어떻게든 위패를 먼저 확보해야만 했다. 문제는 위패를 어떻게 확보하느냐였다.

"왕이 다시 과거로 돌아가야 하니 위패를 빌려달라고 하나? 말이 안 되는 이야기지, 누가 그 말을 믿겠어. 전주이씨 종친회에서 미친 소리라고 하겠지."

엘리베이터 안에서 선호는 중얼거렸다. 도저히 방법이 없었다. 담이라도 넘을까? 문화유산을 훔치려고 담을 넘다 걸리기라도 하면…… 다음 날 한주가 신문에 한 바닥 기사를 쓰겠지, 이동진 미친놈이라고…… 다혜를 설득할 때만 하더라도 방법이 있다고 생각했지만 하나하나 현실성을 따져보니 점점 선택지가 줄었다. 그냥 모든 것을 포기하고 여의도를 떠날까 하는 생각도 스멀스멀 피어올랐다.

선호는 주차장을 돌면서 무의식중에 전자담배 한 대를 피웠다. 분명 다음 날 국회 사무처에서 경고를 내릴 게 뻔했지만 도저히 진정할 방법이 없었다.

수찬에게서 전화가 온 건 그때였다. 수찬을 동진의 오피스텔로 먼저 보내고 자신은 곧 뒤따라가겠다고 말한 것이 기억났다. 가정이 있는 다혜는 집으로 돌아갔다. 다혜는 마지막까지 불만 섞인 표정이었지만 하루 정도 고민해보자는 말에 동의했다.

"저…… 장 보좌관님."

"왜? 영감이 이번엔 머리를 가스레인지에 갖다 대기라도 하시냐?"

"……제가 화장실 간 사이에 의원님이 비상벨을 울렸어요."

선호는 두 손을 얼굴에 감쌌다. 곧 비명이 터져 나왔다.

선호가 오피스텔에 도착하자 하얗게 질린 수찬이 밖에 나와 있었다. 선호가 급하게 물었다.

"119나 112가 왔니?"

"아뇨…… 일단 제가 실수해서 비상벨을 울린 걸로 했어요. 실수라서 대피를 하거나 그런 건 없었고 관리인이 왔는데, 의원님은 방 안에 들이고 적당히 둘러댔어요. 근데 어차피 알긴 알아야 할 거 같아서 말씀드린 거예요."

선호는 깊은 한숨을 토해냈다. 일단 오피스텔로 올라가기로 했다. 엘리베이터 안에서 수찬이 선호의 눈치를 살폈다.

"위패는…… 어떻게 할지 결정하셨어요?"

"글쎄. 찾아봐야지." 선호는 방법이 없다고 말하려던 걸 간신히 억눌렀다.

"방법은 있으시고요?"

선호의 침묵이 길어졌고 그사이 엘리베이터가 동진의 방이 있는 층에 도착했다. 선호는 수찬에게 고개를 돌렸다.

"솔직히 말하면…… 없어."

"제가 아는 홍신소에 맡겨보는 건 어떨까요?"

수찬이 목소리를 더 낮추더니 말했다. 미리 생각하고 있었던 모양이었다.

동진의 오피스텔로 들어갔을 때 먼저 눈에 들어온 건 양복을 벗고 티셔츠와 추리닝만 입은 채 뭔가를 열심히 쳐다보는 방원의 모습이었다. 무얼 그리 집중하여 보나 싶어 고개를 돌려보았더니 거실 맞은편 TV에서는 음악방송이 나오고 있었다. 방원은 흐뭇하게 웃으면서 여자 아이돌들이 춤추는 모습을 바라보고 있었다.

"리모컨 사용법을 아는 건가?"

"비상벨 소동 후 소파에 앉혀드렸는데 리모컨이 깔려서 갑자기 켜졌어요. 마침 음악프로가 재방송 중이었고요. 그 뒤로 저거만 보여달라고 하시길래…… 유튜브로 돌려서 한 시간짜리 재생 클립을 틀어주고 있어요. 그 뒤로는 알고리즘으로 관련된 영상이 재생되고 있고요. 아무 말도 안 하고 저렇게 화면만 보고 있어요."

선호를 본 방원이 뭔가 말하려 하였지만, 선호는 못 본 체 수찬을 데리고 작은 방으로 들어갔다. 컴퓨터와 자그마한 책장이 있는 방이었다. 평소에 동진이 서재 겸용으로 썼다. 선호가 빠르게 물었다.

"흥신소는?"

"의뢰 건에 대해서는 단 한 번도 실수한 적이 없어요. 비밀보장도 확실하고요. 징역 1년 이하의 일이라면 묻지도 따지지도 않는 편이에요. 다만 의뢰비가 좀 비싸고, 아는 사람이 아니면 계약하지 않죠."

"어떻게 아는 곳이지?"

수찬이 난처해했다.

"그건…… 말씀드리기 좀……."

"왜?"

"개인적인 사정이라서요. 아무튼 의뢰하려면 지금 결정하셔야 해요. 8시면 문 닫거든요."

선호가 반사적으로 시계를 쳐다보았다. 7시 50분이었다. 선호는 바로 결정했다.

"비밀보장은 확실한 거지?"

* * *

흥신소 사장은 자기를 조일선이라 불러달라고 했다. 선호는 조일선이 건네준 명함을 한참 들여다보았고 다시 조일선의 얼굴을 한참 동안 들여다보았다. 진짜 이름인지 궁금하지 않고, 궁금할 이유도 없었다. 밤늦게 전화로 생면부지 사람 방 안에 들어온 것치고 조일선은 차분했다.

"아까 말씀드린 사안…… 비밀 지켜주실 수 있죠?"

"뭐, 돈만 주신다면 할 일 하오."

"언제까지 가능하십니까?"

선호가 다짐하듯이 물었다. 조일선이 즉각 대답했다.

"오늘 밤 내로."

선호가 고개를 끄덕였다.

조일선이 곧바로 일어났다. 검은색 점퍼에 검은색 바지 차림이었다. 무표정한 얼굴은 마치 저승사자 같았다. 문이 닫히는 소리가 나자 선호가 굳은 표정으로 말했다.

"저자가 돌아올 때까지 육백 년 전 노인네가 진짜인지 연기인지 확인해봐야겠어."

음악방송을 볼 만큼 보았는지 방원이 작은 방으로 슬며시 들어서며 말했다.

"저 상자는 무엇이길래 저렇게 많은 사람이 들어가 있는 건가?"

"티브이라고 하는 겁니다."

"티비? 이상한 말이군. 그러면 사람들이 저 상자 안에 들어가서 움직이는 건가? 내 보았던 건 진짜 사람이었는데, 진짜 사람이 저런 작은 상자에 들어가서 쉼 없이 공연한다는 건가. 신기하군."

선호는 일일이 대답해주려면 끝이 없으리라 생각했다. 현대로 온 방원은 이제 막, 말을 배우기 시작하는 어린아이였다.

"사람들이 하는 행동을 기록하고 저장해둔 뒤 그걸 다시 보여주는 겁니다. 안에 사람이 있지는 않습니다."

방원이 놀라워했다.

"참으로 기묘하고 신묘한 세계로군. 내 깨어날 때부터 짐작은 하였네만 이 세계는 어찌 이리 놀라운 일들만 가득한지 모르겠네. 말과 소 없이도 움직이는 수레가 있지 않나, 집들은 층층이 쌓여 있고, 반짝거리는 철 상자에 사람을 태우더니 잠깐 사이에 높이 있는 집으로 올려보내질 않나, 손바닥만 한 철 상자를 가지고 이야기를 나누지 않나, 마냥 신기해. 장영실이 이것들을 직접 보면 무척 좋아할 것 같네."

"장영실이라고 하셨습니까?"

"아, 기술이 뛰어나 내가 직접 발탁한 관료였네. 사물의 이치를 옳게 깨닫고 잘 다루었지."

방원의 답을 듣고 무슨 생각이 떠올랐는지 선호는 책상 한쪽의 컴퓨터 전원을 켰다. 모니터에 신호가 들어왔고, 방원은 다시 놀라는 표정이 되었다.

"전하께서는 큰 업적을 이룬 분이라서 현재에도 전하의 기록이 남아 있지요. 혹시 즉위하시고 가장 처음 한 말씀을 기억하십니까?"

그는 인터넷 창에서 조선왕조실록을 검색했다. 실록 화면으로 전환될 때 왕이 말했다.

"글쎄. 20여 년 전 일을 내가 어찌 기억하나 싶은데, 음······ 하늘을 두려워하겠다는 말을 한 것 같네. 마냥 스물두 해를 그렇게 보내었지. 두려워하며······ 경외한 거지."

"그러면 재위하시면서 가장 기억에 남는 일은 무엇입니까?"

실록 검색 화면을 띄우면서 선호가 물었다. 방원은 선호의 질문에는 답하지 않고 화면에 가까이 다가가 앉았다.

"그런데 이 꼬불꼬불한 글씨는 무엇인가?"

선호는 황당하다는 표정으로 왕을 빤히 쳐다보았다. 선호의 반응 따윈 중요하지 않은 듯 방원은 말을 쏟아내었다.

"아무튼, 내 가장 기억에 남는 일은…… 재위할 때를 떠올려 보니 아무래도 금상에게 대보를 넘겨줄 때이네. 과인으로선 금상이 잘해낼 수 있을지 무척 걱정했거든. 비가 두어 번 정도 왔나, 그랬던 거 같네. 내가 중신들에게 그랬거든, 호랑이 등에서 그만 내려오고 싶다고. 음, 그거 외엔 손귀생인가, 어떤 사람이 궁궐 안까지 들어왔다가 붙잡혔던 일도 기억나네. 별일 아니라서 방면했지."

선호는 자판을 두드렸다. 의자에 앉은 방원이 차분히 말했다. "그저 난생처음 보는 아름다운 궁궐을 구경하려고 그랬다던가, 그런 기억이 나는군. 무지한 사람들이지. 무지렁이 백성들이고. 요새도 그렇게 범궐을 하는 이들은 풀어주고 그러나? 법률에 따르면 마땅히 처벌하는 게 맞지만, 그런 무지렁이 백성들을 죽인들 무슨 득이 있겠나. 대간*들에 발견되기 전에 빨리 나가라고 했었지."

선호는 망연히 화면을 쳐다보았다.

---

* 관료를 감찰하고 탄핵하는 사헌부의 대관臺官과, 국왕의 정치에 대한 의견을 내는 사간원의 간관諫官을 함께 일컫는 용어. 여기에 국왕에 자문을 하는 홍문관의 관리를 합쳐 '삼사'라고 칭한다.

"왜 그런가?"

선호는 아무 말 없이 방원에게 모니터 화면을 넘겨주었다. 방원은 의아해했다.

"어쩌라는 건가?"

선호가 원문으로 변환했다. 왕이 반색했다.

"아니 이건, 손귀생이 들어왔을 때 기록 아닌가. 이걸 실록에 적었다는 건가?"

"실록을 연결해서 한 번에 볼 수 있도록 했거든요."

선호의 말투는 건조했지만 무엇이 그리 좋은지 왕은 얼굴에 미소를 띠며 말했다.

"이거, 다음은 어떻게 보나?"

열심히 실록을 읽고 있는 방원을 혼자 두고 방을 나온 선호에게 수찬이 물었다.

"어떻게 하실 거예요?"

선호의 표정이 어두웠다.

"일단…… 그 사람들이 제대로 일 처리를 해주길 기다려봐야겠지."

"일 처리는 제대로 할 거예요. 그 사람들 주어진 일을 어기는 걸 본 적이 없어요."

수찬의 말투는 확신에 차 있었다. 선호는 고개를 갸웃했다.

"뭐, 아무튼 그 사람들이 일 처리를 제대로 해준다면 위패라는 게 올 거고, 다시 위패에 부딪치게 한 다음 의원님이 돌아오길 기다려야겠지."

"아니면요?"

"그 이후까지는 생각해보지 않았어. 답답해. 이해하기 어려울 뿐이야. 영혼이라는 게 있다는 건가. 신이라는 게 존재하는 걸까?"

수찬은 선호를 물끄러미 바라보다 말했다.

"실패할 때를 대비해야 하지 않을까요? 어떻게 하죠?"

"아프다고 했으니 당분간은 그 핑계를 대야겠지. 그 수밖에 없어."

조일선이 위패를 갖고 돌아온 것은 자정이 넘은 시간이었다. '해남 절임 배추'라고 쓰인 큰 상자를 내밀었다. 수찬이 상자를 받았다. 묵직했다.

조일선이 느릿하게 말했다.

"위패를 찾느라 예상보다 시간이 지체되었소. 청구서는 내일 보내드리지요. 영수증 처리는 안 해도 됩니다. 한 시간 뒤에 배추 상자를 내놓으면 다시 가져가겠소."

오피스텔 문이 닫히고 조일선이 사라지자 수찬이 말했다.

"다혜 비서관님을 불러야 하지 않을까요?"

내내 컴퓨터 앞에 앉아 실록을 읽고 있던 방원을 불러낸 건 30분 뒤였다. 근처에 살고 있던 다혜가 헐레벌떡 달려왔다. 방원은 기분 좋은 듯 쾌활하게 말했다.

"허허, 과인의 신하들이 이렇게 생각했다니 말이야…… 이거 마치 매사냥을 할 때 같은 기분이군."

들떠 있는 방원의 말을 무시하고 선호가 입을 열었다.

"위패를 모셔왔습니다. 이제 돌아가실 때입니다. 꺼내겠습니다."

"어허, 무엄하게 제례*도 안 치르고 위패를 꺼낸다고?"

"예?"

어리둥절해진 선호와 다혜가 방원을 바라보았다.

"역시 작금의 왕조에서는 제대로 된 예를 갖추어 제사를 지내지 않는군! 저 티브이인가 뭔가 하는 걸 보면서 알아챘지. 영신에서 망료**까지는 아니더라도 어느 정도의 절차는 해야 하는데…… 곤복***은 어디 두었나?"

선호가 말을 잘랐다.

"저희가 옛 예절을 몰라서 죄송하긴 하지만, 그래도 지금 말씀하시는 걸 일일이 들어드릴 여유가 없습니다. 만나서 반가웠습니다. 평안히 돌아가시길 바랍니다, 주상전하."

선호는 결연한 얼굴로 배추 상자를 집었다. 상자 안에는 영상에서 보았던 노란 보자기가 들어 있었다. 선호가 식탁 위에 보자기를 놓은 뒤 풀었다. 위는 둥글고 아래는 평평한 조그마한 나무토막이 모습을 드러냈다. 가운데가 동그랗게 뚫려 있었다. 한자가 적혀 있었는데, 선호는 '太宗(태종)'이라는 글자만 알아보았다. 방원의 얼굴은 웃는 듯 우는 듯 했다.

---

* 제사.

** 종묘제례 절차의 시작과 끝.

*** 국왕이 중요 행사 때 면류관과 함께 입는 옷.

"과인이 과인의 위패를 과인의 눈으로 다시 보게 될 줄은 몰랐군. 근데 지금이야 내 혼이 여기에 있으니 상관없네만, 저기로 다시 흘러가게 되면 어떻게 다시 모시나?"

"저희가 알아서 할 겁니다."

선호의 답에 이어 다혜가 선호에게 조그맣게 속삭였다.

"잘 되겠지요?"

"글쎄……."

선호가 방원 쪽으로 고개를 돌렸다.

"자 이제, 부딪치시면……."

"잠깐. 내 조상과 고향에 절은 한번 하고 다시 들어가겠네."

"북쪽이 어디인가?"

방원이 물었고 수찬은 휴대전화를 열어 방위를 확인한 뒤 알려주었다. 왕은 추리닝 차림으로 북쪽을 향해 네 번 절을 올렸다.

"그러면, 내 이제 돌아가겠네."

방원이 결심을 한 듯 말했다. 선호는 다혜, 수찬과 차례로 눈빛을 교환했다.

절을 마친 방원이 위패에 머리를 쿵 하고 박은 뒤 가부좌를 틀고 앉았다.

선호와 다혜, 수찬은 정자세로 앉아 있는 임금 가까이 다가갔다. 그들은 동진이 눈을 뜨기를 기다렸다. 1분 정도가 흘렀는데 세 사람에겐 그 시간이 너무도 길게 느껴졌다. 곧이어 남자가 천천히 눈을 뜨더니 조심스레 입을 열었다.

"혼백이 위패로 옮겨가지 않았네…… 과인일세."

그 순간 정신을 잃고 쓰러진 건 다혜였다.

다혜가 눈을 떠보니 선호가 이마에 물수건을 올려놓고 있었다. 다혜가 벌떡 일어났다. 다혜가 덮고 있던 선호의 재킷이 바닥으로 스르륵 떨어졌다.

"의…… 의원님은요?"

선호가 턱짓했다. 수염도 없는 턱을 쓰다듬고 있는 남자가 보였다. 다혜는 직감했다. 외모는 동진이지만 태종 이방원이었다. 그가 입을 열었다.

"허허…… 내 무가武家의 자식이라 처치할 줄 알아 다행이었네. 천행이야 천행."

다혜는 그렁그렁한 눈으로 선호에게 따졌다.

"어떻게 해요? 위패에 다시 부딪게 해보세요!"

"너 쓰러진 뒤에도 계속했어. 열 번은 넘어. 근데 안 돼. 정말 나도 모르겠다. 미치겠어. 저걸 연기라고 볼 수 없잖아. 아니 이 세상에 시간여행이라니. 그것도 과거에서 현대로. 뭐 이런 개떡 같은 경우가……."

선호는 폭풍처럼 말을 쏟아낸 뒤 다혜를 쳐다보았다.

"괜찮아? 저 임금이 너 쓰러진 뒤에 응급처치했어. 그래봤자 뭐 턱짓으로 부리고 나랑 수찬이가 시키는 대로 했지만. 병원에 갈까?"

다혜는 손을 내저었다. 그러고는 간신히 몸을 일으켜 세운 뒤 왕과 마주했다. 왕이 움찔했다.

"진짜로 육백 년 전 태종 이방원이신가요? 제가 아는 이동진 의원님이 아니고요? 제발 장난이라고 말해주세요."

"아니라고 말하지 않았나. 나도 어찌 된 영문으로 내가 여기 이렇게 있는지는 모르겠네만 거짓말을 하고 싶진 않네. 나는 조선의 왕이라네."

다혜는 금방이라도 울음을 터뜨릴 듯했다. 얼굴을 감싼 채 다혜가 중얼거렸다.

"우리 의원님은 선량하고 좋은 분이었어요. 가끔 사람을 힘들게 할 때도 있었지만 세상 걱정 많이 하시고, 조금이라도 좋은 쪽으로 세상을 바꿔보려 노력했던 분이에요. 이제 제 앞에 그런 분은 없고 웬 이상한 정신 이상자, 머리를 변기에 박고 음양의 이치를 설교하는 미친 노인네가 있네요."

"미친 노인이라니…… 그 입을……."

방원이 버럭 화를 내려던 찰나 다시 다혜가 말을 이었다.

"정신병원에라도 보내고 싶어요. 본래대로 정신이 돌아올 수만 있다면 그렇게라도 하고 싶어요. 그런데 그랬다가 갑자기 의원님이 돌아오시기라도 하면 그분의 명예와 삶에 흠집을 남기게 되니…… 그럴 수가 없어요. 그럴 수가……."

말을 마친 다혜가 주저앉더니 왈칵 울음을 터뜨렸다. 선호가 손을 뻗어 다혜의 어깨를 다독여주려다 멈칫했다. 다혜의 어깨가 파르르 떨렸다. 방원도, 선호도, 수찬도 가만히 바라볼 뿐이었다. 잠시 뒤 감정을 추스른 다혜가 말했다.

"국회의원 이방원이라는 거…… 해야 할지도 모르겠어요."

선호와 수찬, 다혜가 식탁에 둘러앉았다. 방원은 잠시 방으로 들여보냈다. 셋의 의견이 합해져야 방원과 무슨 이야기라도 나눌 수 있을 것 같았다. 선호가 입을 열었다.

"의원님이 언젠가는 돌아오실지도 모른다는 건데, 그때까지 저 사람한테 의원 행세를 시키자는 거야?"

"어쩔 수 없잖아요. 현재로선 딱히 수가 보이지도 않고." 다혜가 메마른 목소리로 말했다.

"임기는? 임기 끝날 때까지 안 돌아오면 어떻게 하고? 아직 1년 남았잖아."

"모르겠어요. 그때까지는 생각해보지 않았어요."

"나도 지금 대출 생각하면 국회의원 이방원이 맞는 선택이야. 그런데……."

"어차피 그냥 비례대표 한 명이잖아요."

불쑥 말을 꺼낸 건 수찬이었다. 두 사람이 돌아봤다. 수찬은 굳은 얼굴로 말했다.

"동진 의원님 사퇴하면 다음 순번 기억나세요?"

선호가 생각하는 얼굴을 하다가 놀란 눈빛을 띠었다. 비례대표 승계상 동진이 사퇴하면 무슨 상공인 협회 이사장이 다음 순번인 것이 기억났다. 선호도 몇 번 대면한 적이 있는 사람이었다. 전형적인 지역 토호, 세상만사에 관심 없이 자기 재산 늘리는 데만 혈안이고, 비례대표 순번도 거액의 당비를 낸 대가로 받은 사람이었다.

수찬은 진지한 얼굴로 말했다.

"그 사람이 되느니 차라리 식물인간이 나아요. 그리고……
이방원이잖아요. 그 이방원."

세 사람이 눈빛을 교환했다. 착잡한 얼굴과 메마른 얼굴, 그
리고 진지한 얼굴이 교차했다. 선호가 착잡한 심정으로 말했
다.

"젠장. 내가 어쩌다가 통촉하여주시옵소서 신세가 됐지."

* * *

선호가 한주의 전화에 응답한 것은 다음 날 오전 7시 49분
이었다. 한주는 일어나 조간신문들을 대충 훑어본 뒤 커피머신
으로 커피를 내리면서 선호에게 전화를 걸었다. 연결음이 다섯
번 정도 울린 뒤 선호가 전화를 받았다.

"왜?"

"얘기해준다고 했잖아. 그럼 언제 전화하라는 거야?"

"어이쿠. 곧 백수 신세 될 사람인데 좀 편하게 대해주라."

"뭔 소리야?"

"영감, 공황장애가 와서 어제 숨을 못 쉬더라."

한주는 순간 자신의 숨이 멈춰진 것 같았다. 수화기 너머로
선호의 말이 들려왔다.

"어제 갑자기 쓰러진 뒤에 나도 경황이 없었는데 의원님 친
한 지인 가운데 의사가 있거든. 어젯밤 전화로 얘기해주더라

고. 종묘에서 쓰러진 거 때문에 그런 건 아니고, 그 이후 의원실에서 발작이 일어났어. 오늘 정신과 가서 다시 제대로 진찰받을 예정이야. 성격상 공황장애 진단을 받으면 국회의원 계속하려고 하겠냐?"

"아니 융단폭격으로 문자 공격도 받았던 사람이 멀쩡하게 자기 일하다가 갑자기 웬 공황장애?"

"몰라. 무슨 계기가 있었겠지. 내가 머릿속에 들어가보지도 않았는데 어찌 아냐. 잘 몰라."

선호는 한 템포 쉬었다가 다시 말을 이었다.

"전화 받는 걸 극도로 힘들어해. 전화를 받는다는 생각만으로도 질린다고 펄펄 뛰어. 전화 받는 도중에 무슨 일이 있었나 보던데. 당분간 전화하기 힘들 거야."

"얼마나? 내 전화도 안 받는 거야?"

"모르지. 내가 의사냐. 내 전화도 안 받는 걸 봐서는 네 전화도 뭐. 그런데 만나는 건 오죽하겠냐……."

"너는 어떻게 하고? 다혜 씨랑 수찬 씨는? 마지막까지 의원님 곁을 지켰잖아."

"지금 그런 거 신경 쓸 때냐. 오늘 병원 가는 게 우선이지. 그나마 친구니까 낫지 않을까 막연하게 생각할 뿐이야. 아무튼 난 알렸다. 웬만하면 기사화는 하지 말아줬음 좋겠다. 직접 국민에게 알리는 게 나을 것 같아. 그 정도는 기다려줄 수 있지?"

선호는 한주가 마음속으로 고민하고 있음을 알 수 있었다. 한주가 결론을 내렸다.

"정보 보고는 할게. 부장이랑 국장이 뭐라고 할지는 지켜보자. 나는 기사 가치는 안 된다고 생각하긴 해."

"그래. 하루 잘 보내고. 영감이 조만간 너랑 저녁 먹자고 하셨던 것 같은데 차차 얘기하자."

"알았다. 선배한테는 내가 따로 문자 넣을게."

"응."

전화가 끊어졌다. 한주는 한숨을 내쉬었다.

선호도 길게 한숨을 쉬었다. 한주가 믿어줄지는 모르겠지만, 일단은 넘어간 듯싶었다. 옆에 있던 다혜가 물었다. 다혜는 아침 일찍 곧바로 달려온 터였다.

"뭐래요?"

"일단은 알겠다고 하는데, 얼마나 시간을 벌지는 지켜봐야지."

선호는 다혜가 가지고 온 『한글, 이 책으로 하면 내 아이도 일주일 만에 세종대왕』이라는 책을 휘리릭 펼쳤다.

의외로 방원은 '교육'을 순순히 수락했다. 선호는 무례를 용서하시라는 표정으로 통촉해달라는 말까지 덧붙였는데, 그 말을 듣는 방원의 표정은 덤덤했다.

"괜찮네. 받아들였을 때부터 예견했네. 언제 돌아갈지는 모르겠네만, 작금과 익숙해지는 것도 나쁘지 않아 보이는군. 아조가 교체되었는데 과인을 언제까지 왕으로 칭할 수 없는 일 아닌가. 앞으로 자네들을 유심히 보고 또 말하는 걸 귀담아듣도록 하지. 자 이제 무엇을 해야 하는가?"

"지금 사람들이 사용하는 말투에 익숙해져야 합니다. 그리고 지금의 대한민국을 알아야 합니다. 당분간 이동진이라는 이름으로 살아야 하고요. 의원님과 친밀한 사람과 접촉을 하면 안 됩니다. 다행히 의원님은 진짜 친구라고 할 만한 사람은 별로 없었으니까. 몇 달 정도 숨어 있으면 됩니다."

선호는 방원의 눈을 똑바로 바라보았다. '이젠 너 왕 아니다' 라는 표현이었다. 방원이 고개를 끄덕였다.

"인생을 재차 사는 것이니 뭐 그렇게 좀 더 재미를 즐겨보는 것도 나쁘지는 않겠지. 전생의 기억이 나는 걸 보니 불씨佛氏* 가 말하는 연기緣起**나 뭐 그런 건 아닌 거 같군."

"불씨라니요? 불꽃을 말하나요, 연기가 나는……?"

불쑥 다혜가 묻자 방원이 고개를 갸웃했다.

"불씨? 모르는가? 작금은 무엇으로 표기하기에 그러나? 불자들이 말하지 않나, 현세에 덕을 쌓으면 내세에 태어나 그 복을 받는다고. 그런데 과인은 과거의 기억을 다 지니고 태어나지 않았나."

다혜가 알아들었다는 표정을 지었다. 방원이 선호를 묘한 표정으로 바라보았다.

"그러면 이제 맹약을 해야겠지? 문서로 남기는 건가?"

---

* 유학에서 부처를 낮게 부를 때 쓰는 말.
** 불교의 주요 사상 중 하나. 인연생기因緣生起의 줄임말이다. 모든 존재는 구조적으로 상호 의존 관계라는 뜻.

"문서요?"

"사내와 사내의 계약 아닌가. 회맹에서 단서철권을 하고 백마와 소를 잡아 피를 바르는 것* 정도는 하지 않더라도 마땅히 천지신명에게 우리의 믿음을 남겨야 하지 않겠는가?"

선호는 이마를 짚었다.

"아니 뭐 그걸 계약으로까지 할 필요는 없을 것 같습니다."

"그런가?"

"문서로 남기면 위험합니다."

"자네 말을 듣도록 하지. 작금의 법을 잘 아는 이는 아무래도 자네일 테니."

방원은 씩 웃었다. 그리고 한마디를 덧붙였다.

"자 무엇부터 배우면 되나?"

방원은 모든 걸 흥미로워했고, 습득은 빨랐다. 선호가 한글을 가르칠 때는 "오 이것이 내 아이가 만든 건가?"라며 반가워했고, 한 시간 만에 읽고 쓰는 것을 마친 뒤에는 의기양양했다. 방원은 탈 것과 날 것, 이동할 것과 이동하지 않는 것들의 원리와 방식에 깊은 관심을 보였다. 다혜가 가져다준 빨간색 모형 자동차가 움직이자 "어허허, 저렇게 움직이는 건가?"라며 큰 관심을 보였다. 방원은 모형 자동차의 움직임을 신기해하면서 자동차를 조종했는데 선호가 "한 시간만 갖고 노십시오."라고 제

---

* 왕조시대 국왕이 공신을 책봉할 때 내리는 일종의 증명서 및 상호 동맹 절차. 철로 만든 기와(鐵券)에 붉은 글씨(丹書)로 작성했다 하여 단서철권丹書鐵券이라 하며 상호 약속을 맺는 행사(회맹會盟)도 치른다.

재했다. 다혜는 다섯 살 난 자기 아들이 노는 모습과 똑같다고 했다. 선호는 도구와 기계의 작동원리를 설명하는 그림책을 하나 구해다 주었다. 방원은 그 책을 매우 좋아했다.

방원은 특히 사격, 그중에서도 기관총 발사 동영상을 접한 뒤 크게 관심을 보이며 총을 하나 구해볼 수 없겠냐고 물었다. 총의 작동원리와 발사 영상을 유심히 살펴보는 모습이었다. 선호는 "총을 사사롭게 가지는 것은 금지되어 있습니다."라고 거절하면서도 섬뜩한 기분을 느꼈다. 다혜나 수찬도 그 감정에 동의했다.

방원이 또 좋아한 건 지도였다. 그는 인공위성을 쏘아 한반도를 내려다본다는 개념을 매우 신기해했다. 비행기가 이륙해 착륙하기까지의 영상을 보여주자 상당히 놀라워했다. 한반도 지도를 보여주자 "어허, 우리가 이렇게 좁은 곳에 살았던가?" 라고 했고 유럽과 아메리카 대륙이 같이 나온 지도를 보여주자 고개를 갸웃하면서 말했다. "과인의 시절에 만들었던 지도와 같으면서도 다르군."

방원이 제일 충격을 받은 건 지구가 태양 주위를 도는 행성이라는 것이었다. 방원은 수많은 별과 은하의 개념에 연신 턱을 쓰다듬으며 감탄사를 내뱉었다.

주로 선호가 나서서 가르쳐주었지만 때로는 다혜와 수찬도 방원에게 이것저것 얘기했다. 방원은 다혜가 자신을 가르치는 것에 불편한 기색을 보이지 않았다. 처음에 다혜에게 거리를 두던 방원을 생각하며 그에 대해 선호가 묻자 방원이 답했다.

"이 세계는 과인이 만든 조선과 완전히 다르고 과인의 조선보다 훨씬 뛰어난데 내가 현세의 사람들에게서 가르침을 받는 건 당연하지 않나. 나보다 나이가 어리든, 성별이 다르든 무슨 상관이란 말인가."

방원은 눈으로 볼 수 있는 것은 쉽게 이해했지만, 보이지 않는 개념은 이해하지 못했다. 특히 민주주의나 공화제 같은 정치 체제에 대해서는 몇 번을 설명해도 받아들이지 못하며 고개를 갸우뚱할 뿐이었다. "나라의 중심은 마땅히 임금이고 왕이거늘, 어찌 백성들은 불쌍하게도 받아들이지 못하고 서로 편을 나누어 참담하게 싸우기만 하는 건가?"

선호는 손가락으로 머리를 긁적였다. 다혜가 슬쩍 말했다.

"저희가 왕 없는 나라가 된 게 말이죠, 나라가 한번 망해서 그렇거든요."

"나라가 한번 망하다니 무슨 소리인가?"

"그러니까 임금님 후손 중에 고종이라는 사람이 있는데요……."

"흠, 고종이라…… 안 좋은 왕이었겠구먼?"

"예?"

"전조의 임금이었던 고종도 그리 평가를 받았지. 몽골 침략을 제대로 막지도 못하고 신하들에 휘둘려…… 아니 됐네, 그래서?"

"그러니까 조선 고종 때 서구 열강들이 조선에 들어오는데 제대로 대처를 못 하다가 일본에 나라를 뺏깁니다. 36년 동안 일본이 우리나라를 다스렸어요."

"왜구들이 이 조선의 강역疆域*을 망령되이 침범하게 됐단 말인가? 아조가 망해도 싼 일이군."

다혜가 조심스레 방원의 눈치를 살피며 말했다.

"그 뒤에 미국이라는 나라의 도움을 받아 나라를 되찾는데 스스로 나라를 찾은 게 아니었고, 태조 이성계 같은 분이 없어 공화정이 된 거죠. 그 과정에서 둘로 쪼개져 위에는 다른 나라가 생겼고, 왕래를 못 하고 있죠."

"나라가 쪼개지다니? 삼한처럼? 고구려, 백제, 신라처럼 말인가? 어떻게 쪼개졌나?"

선호는 휴전선 지도와 함께 밤의 한반도 사진을 보여주었다. 남한은 찬란하게 빛나고 북한은 어둠에 잠겨 있는 위성사진에 방원의 얼굴은 굳어졌다.

"이 땅이 태양 주위를 한 바퀴 돈다는 사실을 알게 되었을 때보다, 아조가 물려준 저 영토가 둘로 나뉘었다는 사실이 더 과인을 아프게 하는군. 그렇다면 과인은 화령**으로는 갈 수가 없나? 할아버님의 능이 아직도 눈에 훤하다네."

"현재로는 아무래도 그렇습니다."

선호의 말에 방원은 짙게 아쉬워했다. 처음 보는 표정이었다.

"안타깝구먼. 이 땅에 다시 태어났으니 마땅히 조상 묘에 찾

* 동질적 집단이 살아가는 곳. 오늘날의 영토에 해당.
** 함경남도 함흥의 옛 이름. 이성계의 아버지인 이자춘의 능 정릉이 함흥에 있다.

아가서 제도 올리고 술도 한잔 바쳐야 하거늘…… 아바마마
능은 그대로 있는가?"

"예. 그대로 있습니다."

"내가 모셨던 곳에 그대로 있단 말인가?"

"그렇습니다."

"그러면 어찌 안 갈 수 있는가. 마땅히 찾아뵙고 제를 올리는
게 도리이겠지. 여보게, 내 행차할 테니 준비 좀 해주시게."

선호와 다혜, 수찬이 서로를 마주 보았다.

방원은 세 사람이 겨우 뜯어말린 후에야 건원릉*에 참배하
겠다는 계획을 철회했다. 하지만 그는 언젠가 찾아가겠다는 뜻
을 굽히지 않았고 선호는 약조를 해야 했다. 다음으로 방원은
국회와 역대 대통령들에 대해 배웠다. 방원은 대통령에 대해서
는 어느 정도 이해하는 모습을 보였지만, 국회에서 발생하는
여러 갈등과 문제들에 대해서는 쓸데없는 짓들을 왜 하는지 모
르겠다고 한소리 했다. "국회의원이라는 직책이 이리 무엄한
자리였다면 과인은 결코 받아들이지 않았네!"라고도 했다.

선호가 불쑥 물었다.

"임금님께서 승낙해주신다면 잠시 함께 행차를 하려는데 어
떠신지요?"

"응?"

다혜와 수찬이 바라보자 선호가 말했다.

---

* 태조 이성계의 능.

"왜 지금 우리가 이런 제도를 운용할 수밖에 없는지 알려드리려고요."

* * *

　선호가 방원을 차에 태우고 간 곳은 국회의사당 앞이었다. 정확히는 국회의사당을 건너기 전에 있는 횡단보도 앞이었다. 마포대교를 지나는 차 안에서 여의도의 높이 솟은 빌딩들을 바라보며 방원은 "놀랍구먼. 놀라워." 하며 연신 탄성을 내질렀다. 국회의사당 앞 정문에선 한 시민단체가 기자회견을 하고 있었다. 방원은 깊게 모자를 눌러쓴 채 마스크를 두르고 선글라스를 썼다. 시민단체는 대통령실과 여당을 비판하는 구호를 외치고 있었다. "대통령은 각성하라! 정부는 각성하라!"라는 외침이 연이어 울려 퍼졌다. 현수막을 들었고 앰프가 지지직거렸다. 카메라를 든 사람들은 심드렁한 표정을 지으면서 시민단체 사람들이 구호를 외치는 모습을 찍고 있었다. 그 뒤로는 형사 두 명이 카메라맨들과 똑같은 표정을 하면서 껌을 질겅질겅 씹었다. 방원과 선호의 뒤에는 현수막이 주렁주렁 걸려 있었다.

　"이게 뭔가? 여기는 또 어디인가?"

　선호는 방원에게 시민단체들이 시위를 하는 중이라고 설명했다.

　"저들은 먹고사는 문제를 해결해달라고 정부에, 국가에 항의하러 나온 사람들입니다. 많은 사람에게 자신들의 이야기를 전하기 위해 국회 앞에서 시위를 하는 것이죠. 대통령과 정부에 문제를 해결해달라고 요구도 하지요. 때론 격렬하게 비판하고 욕도 합니다. 지금 저 사람들이 하는 말, 대통령보고 책임지라고 하고 있지 않습니까? 육백 년 전이었다면 어떻게 하셨겠습니까?"

"감히 조정의 시책을 공개리에 반대하고 국왕에게 잘못되었으니 책임지라고 한다는 것인가? 이 조정엔 신문고가 없단 말인가. 아니지, 국왕에 대드는 거면 목숨은 걸어야 하지 않나? 저리하면 역심을 품었다고 볼 수도 있겠지. 과인이었으면 의금부에 명을 내려 당장 가두라고 했겠네."

"지금은 아닙니다. 예, 구속하지 않습니다. 아니, 그러지 못하지요. 모든 성인은 투표권을 가지고 있거든요."

"투표?"

"자신의 권리를 행사하는 겁니다. 지금 우리는 모든 사람의 의견을 모아서 정책을 집행하거나 국가 운영에 반영합니다. 국회와 대통령은 다양한 의견을 대행해 수행하는 직책이고요. 많은 사람의 지지를 받은 사람이 권한을 위임받아 국가와 정부를 운영하죠. 저 사람들의 의견이 맘에 안 든다고 잡아들이면 다른 사람들이 일어나 항의하겠죠. 그리고 누군가의 자유와 권리를 억압하는 사람은 다른 사람들의 저항과 비판을 받고 쫓겨날 거고요. 이런 것이 지금의 정치입니다."

선호가 두 손을 맞잡고 어깨 위로 죽 폈다. 순간 맞잡은 손가락에서 우두둑하는 소리가 났다.

"그래서 연기를 하고 흉내를 내시긴 하겠지만, 지금의 정치에 감놔라 배놔라 하시면 안 됩니다. 임금님은 여기 사정을 모르시지 않습니까. 조금 전에도 조정의 시책에 반대하는 게 이해가 안 된다고 하셨고요."

방원이 심각한 얼굴을 했다.

"그렇다면 이 나라는 양반과 천민의 경계도, 적자와 서자의 경계도, 남자와 아녀자의 경계도 없나? 모두가 함께 모여서 행복을 누리는 대동 사회인가? 그리고 그들에게 권력을 얻으려면 아양을 떨라는 건가?"

"일단은 그렇죠."

선호의 말을 들은 방원이 황당하다는 표정을 짓자 선호가 말을 이었다.

"대동 사회라고는 하지만…… 아시지 않습니까? 인간은 편협하고 언제나 시행착오를 겪는다는 걸요. 그래서 요즈음 정치는 패싸움에 가깝습니다. TV에서 몇 번 보신 거 같은데요?"

방원은 고개를 끄덕였다.

두 사람은 다시 오피스텔로 돌아왔다. 방원은 정치에 대한 시대적 괴리감에 충격을 받았는지 돌아오는 동안 말을 꺼내지 않았고 선호는 모르는 척했다.

"이제부턴 이동진 의원이 처한 현재 상황에 대해 말씀드리겠습니다. 대한민국은 국회가 법을 만들면 대통령이 집행하는 구조라는 것 말씀드렸죠? 그러니까 아무래도 대통령은 국회 내에 제 뜻을 지지하는 사람들을 더 많이 확보하려고 노력합니다. 대통령의 뜻을 따르는 사람들을 '여당'이라고 합니다. 그리고 국회 내에서 이에 반대하는 사람들을 '야당'이라고 부르죠. 여당 내에서도 대통령의 뜻을 최우선으로 받드는 사람들이 있는데 그 사람들을 '주류', 아닌 사람들은 '비주류'라 부르죠. 야당도 그런 식으로 나뉘어 있고요. 크게 보면 4개의 정파가 있는 셈입니다."

방원이 묘한 표정을 짓더니 물었다.

"그렇다면 숙번*이 이 시대에 왔다면 여당 주류였겠군? 이숭인**이 있었다면 야당 비주류였겠고."

"숙번과 이숭인에 대해 잘은 모르겠지만 대충 맞을 듯싶네요."

선호가 퉁명스럽게 대답한 뒤 다시 말을 이었다.

"이동진 의원은 여당 비주류였습니다. 대통령 핵심인 양종훈이라는 사람을 비판하면서 사이가 멀어졌죠. 그리고 양종훈이 당내 핵심이고요. 지금은 국회를 떠나 대통령 밑에서 장관······ 그러니까 판서를 하고 있는데 곧 국회로 돌아올 겁니다."

"그러면 과인이 깃든 자는 지금 누구의 밑에 있는가?"

방원이 자신의 몸을 보면서 선호에게 물었다. 왕의 눈빛은 호기심으로 반짝거리고 있었다.

"이동진 의원은 김태현이라는 사람과 친하게 지내려고 합니

---

* 이숙번(1373~1440). 태종 이방원의 최측근이자 제1차 왕자의 난 당시 주요 참여자.
** 이숭인(1347~1392). 고려 말 유학자. 이방원의 스승 중 한 명이었지만 조선왕조 개창에 반대하다 정도전의 지시로 매를 맞고 사망한다.

다. 김태현은 지금 이 당의 원내대표, 그러니까 국회에서 벌어지는 모든 일을 관리 감독하는 사람입니다."

"조금 전 이동진이 여당 비주류라고 하지 않았나? 설명을 듣자 하니 원내대표라는 작위가 굉장히 중요한 자리 같은데…… 그러면 원내대표는 주류일 테고. 이동진이 김태현이라는 자와 친해지려고 한다는 건 김태현이 비주류이거나 비주류에 호의적이라는 뜻일 텐데, 주류에 있는 자라면 마땅히 경계해야 할 행동 아닌가?"

당황한 선호는 사실을 말해버렸다.

"그게…… 김 원내대표는 지금 대통령과 척진 상태입니다."

"왜?"

"다음 대통령이 되고 싶으니까요. 그 과정에서 현 대통령과 갈라졌습니다. 자기주장이 옳다고 생각하거든요."

방원은 슬며시 웃었다.

"혹시 머리가 좋고, 계책을 내는 데 있어서 몇 수 앞을 내다보지 않던가. 툭하면 세상을 바꾸겠다고 말하고 말이지."

"……그렇긴 합니다."

"이 나라에도 삼봉 같은 이가 있었군."

"삼봉……이요?"

"아…… 여기서는 삼봉을 모르는가. 그런가. 내가 역적으로 만들어놔서 잊힌 이름이 된 건가. 삼봉이라 하면……."

선호가 말을 잘랐다.

"압니다. 삼봉 정도전 말씀하시는 겁니까?"

"삼봉을 아는군? 그래 이 나라에선 삼봉을 어떻게 여기는가?"

"임금님께서 죽이셨던 거 아니었습니까? 역적으로 만드셨잖아요."

"죽인 건 맞지만…… 그거야 새 나라를 세우려고 그런 거지. 과인은 삼봉에게 무슨 책임을 지울 생각은 없네. 역적으로 몰긴 했지만, 그 아들들도 등용시켰고. 과인이 나쁘게 보는 건 우리 아바마마의 그 첩실* 정도지. 과인은 삼봉은 높이 평가해."

방원이 팔짱을 끼고 말했다. 선호는 지난번에 잠시 생각하다가 제쳐두었던 한 가지 아이디어를 떠올렸다.

"그렇다면 혹시 우리가 모르거나 잘못 알고 있는 삼봉에 대한 이야기를 들려줄 수 있으신가요?"

"삼봉? 흐음…… 그러면 자네가 나한테 줄 것은 무엇인가?"

"예?"

"지금까지 자네들에게 배운 거야 내가 이 세계에서 이동진이라는 사람을 흉내 내기 위해서고 또 자네들한테도 유리하니까 내가 배우는 거 아닌가. 삼봉에 관해 묻는다는 건, 여기서도 삼봉에 대해 궁금해하는 사람들이 있다는 뜻일 터. 삼봉뿐만이 아니겠지. 내 오가며 보니 내 아이, 충녕으로 불렸던 주상에 대해서도 많이 궁금해하는 거 같던데. 이건 거래네. 자네들은 나한테 무엇을 줄 것인가?"

---

* 태조 이성계의 부인 중 한 명인 신덕왕후 강씨(1356~1396)를 뜻한다.

선호가 입을 딱 벌렸다. 방원이 다시 말했다.

"국회의원이라는 자리가 무슨 일을 하는지에 대해서 들어보니 이 시대는 과인과는 어울리지 않는 듯하네. 자네 말이 맞아. 과인은 이방인이야. 이방인은 세상을 움직여서는 안 되지. 그래서 난 흉내는 내겠네만 결정을 내리지는 않겠네. 자네들도 원하고 나도 원하니 그건 거래가 아니지. 그런데 자네들은 나에게 뭔가를 더 달라고 하고 있지 않은가. 묻겠네. 자네들은 나에게 무엇을 주겠는가?"

선호는 방원의 눈을 다시 보았다. 그는 확신했다. 이동진은 더는 없었고, 그 앞에 있는 사람은 분명 태종 이방원이었다.

2. 국회의원이잖아

"그래 선거 준비는 잘돼가고 있어?"

양종훈 장관은 서류에 사인하다가 머리를 들고 물었다. 눈빛이 날카롭게 번뜩였다. 그는 넥타이를 살짝 매만졌다. 대통령이 하사한 넥타이다. 서류를 힐끔거리던 정책 보좌관이 정색했다.

"아직 일주일 정도 남아서…… 혼전 상태라고 합니다."

"우리 애들은 뭐 하는 거야?"

"그게…… 예전에 그 차명재산 건도 있고 그래서 상대적으로 잘 안 뭉쳐지나 봅니다."

"돈만 갖다주면 꼬리 흔들고 헤헤거리면서 좋아 죽는 척할 때는 언제고! 내가 게네들 먹여 살리려고 만든 돈인 줄 알아? 전화 갖고 와!"

종훈이 벌컥 화를 냈다. 하얀색 와이셔츠에 달린 커프스가 반짝하고 빛이 났다. 보좌관이 고개를 숙인 채 휴대전화를 건넸다. 종훈이 거침없이 버튼을 눌렀다.

"한상경! 일을 어떻게 처리하길래 박빙이라는 얘기가 나와!"

수화기 너머 한상경의 쩔쩔매는 목소리가 들렸다.

"아…… 아직은 괜찮습니다. 대통령실도 지원사격 중입니다. 김태현만 눌러 앉히면 됩니다."

"몇 표 차이인데?"

"한…… 10표 정도 차이 나는 거 같습니다."

"20표까지 늘려."

"예?"

"돈을 주든, 여자로 구워삶든 아니면 협박하든 20표 차이로 벌리라는 말이야, 알았나?"

종훈은 거칠게 전화를 끊었다. 보좌관이 물었다.

"20표라면…… 한 의원이 힘드시겠는데요."

"그 새끼는 항상 내 앞에서 부풀려 말하는 습관이 있어. 10표 차이? 웃기고 앉았네. 뒤지고 있거나 아니면 2~3표 차이라는 얘기야…… 그렇게 단속하지 않으면 이길 수가 없어. 아니 내가 이런 거까지 일일이 지시하고 앉아 있어야 하나?"

종훈이 답답하다는 듯이 넥타이를 풀어 헤쳤다.

"내가 국회로 다시 돌아간 뒤 치를 첫 선거란 말이야. 그것도, 내가 만들어주는 국회 부의장 선거! 당연히 이겨야 해. 지면 언론들이 난도질하겠지. 주류 교체랍시고 주저리주저리 떠들어대겠지. 김태현을 눌러놔야 해. 납작 죽여놔야 한다고. 대승! 대승이 필요해."

"돈을 좀 더 풀까요?"

"이젠 돈으로는 해결할 수 없어! 그놈의 돈, 돈, 돈. 100만 원을 주면 200만 원을 원하고, 200만 원을 주면 400만 원을 원하는 족속들! 김태현 쪽에서 사람을 빼와! 그 사람을 빼와서 우리 쪽에 앉혀!"

"누구를……."

종훈이 버럭 소리를 질렀다.

"이동진! 나한테 지랄한 그 이동진!"

* * *

"글쎄, 그때 아바마마가 내 교지*를 들고 두 번이나 읽으셨는데 그땐 참……."

방원이 말을 꺼내자 수찬이 열심히 키보드를 두드렸다. 다혜가 선호 옆으로 다가서며 말했다.

"그래서 어떻게 계약하셨는데요?"

"뭐 그때 당시 일들을 이야기해주면 그에 대한 보상으로 술과 고기를 좀 대접하기로 했지."

"그걸로 충분해요?"

"일단은 그렇게 했는데…… 모르지, 그 뒤로 또 어떤 조건을 내걸지는."

선호는 손을 비볐다.

---

* 국왕이 지시를 내리거나 관직을 수여할 때 작성하는 공문서.

선호와 방원의 계약은 간단했다. 방원이 얘기하는 옛날이야기를 선호와 수찬이 정리하고, 대신 선호는 이동진 의원이 받아 가는 월급의 10%를 방원에게 주어 알아서 쓰도록 하는 조건이었다. 선호는 방원의 이야기를 정리해서 책으로 낼 생각이었다.

그렇게 돈이 생기자 방원은 한복을 한 벌 샀다. "편하군." 수찬이 사온 한복을 입어본 방원의 반응이었다. 선호는 방원이 밖에 나갈 때는 양복을 입어야 한다는 단서를 붙였다.

휴대전화기가 울렸다. 동진의 전화기였다. 돌발행동을 방지하기 위해 그의 전화를 대신 갖고 있던 선호가 통화버튼을 눌렀다.

"여보세요. 이동진 의원 휴대전화입니다."

"이 의원님? 저 한상경이올시다."

"예? 의원님은 지금 자리에 안 계신데요."

"그 누군가?"

"저는 의원님 보좌관 장선호입니다."

"아, 선호…… 잘 지냈는가?"

"덕분에…… 무슨 일이십니까?"

"이 의원하고 이야기할 문제네. 어디 가셨어?"

"네, 개인적인 업무로 잠시 자리를 비우셨습니다. 돌아오시면 전화 왔었다고 말씀드리겠습니다."

선호는 전화를 끊고 생각에 잠겼다. 한상경은 국회 사람들 모두가 아는 양종훈의 심복이다. 이동진이 양종훈과 사이가 멀어진 후 연락이 온 적은 없었다. 양종훈의 말을 전할 때만 한상 경이 이동진에게 전화했던 사실을 기억해냈다. 그렇다면 이 전 화는?

선호는 통화버튼을 눌렀다.

"무슨 일이야?"

한주가 바로 전화를 받았다.

"요새 양종훈 무슨 일 있냐?"

"글쎄? 장관직 그만두고 곧 돌아오는 거 말고는 딱히 뭐⋯⋯ 국회 부의장 선거 정도?"

"그게 왜?"

"영감 때문에 정신없어서 요새 기사도 안 읽어? 양종훈하고 김태현하고 붙었잖아. 여당 몫 부의장 보궐선거가 치러지잖아, 일주일 뒤에. 둘이 내민 후보 중에 누가 되느냐가 쟁점이지. 김 태현이 미는 오민준이 되면 대통령실과 양종훈 쪽이 타격을 받 겠지. 뭐 지금 돌아가는 판세를 보면 양종훈 쪽 박현수가 될 거 같긴 하지만."

"그래?"

"근데 왜? 너야말로 무슨 일이야? 양종훈한테서 도와달라는 전화라도 왔어?"

"아니, 한상경 알지?"

"양종훈의 차지철? 왜?"

"전화가 왔거든. 보자고."

"너를? 아니면 영감을?"

"영감을. 근데 알잖아, 영감 아픈 거. 어떻게 대처해야 할지 몰라서."

"흐음…… 글쎄다. 잘 대처해봐."

"너도 수가 안 보이는구나?"

"수를 알면 내가 기자냐? 정치 9단이지. 암튼 잘해봐. 난 양종훈 쪽이나 한번 찔러봐야겠다."

한주가 전화를 끊자 선호는 다혜와 수찬을 불렀다. 자기가 어떻게 과거시험에 합격했는지 신나게 이야기하고 있던 방원이 "무슨 일인가?"라고 말하며 선호에게 다가왔다. 선호는 두 사람, 아니 방원까지 포함한 세 사람에게 양종훈이 전화한 사실을 알렸다.

"어떻게 할까요?"

다혜가 초조한 얼굴로 방원을 쳐다보았다. 네 사람은 동진이 평소 쓰던 탁자에 둘러앉아 있었다. 선호가 입을 열었다.

"정치적으로 좋은 기회이긴 하지. 양 의원이 다시 우리를 원하고 있으니. 하지만……."

선호는 방원을 흘깃 쳐다보곤 낮게 말했다.

"결국 거절할 수밖에 없겠지?"

선호가 손가락으로 탁자를 툭툭 두들겼다. 다혜가 말했다.

"어쩔 수 없잖아요. 모험을 할 수는 없어요. 들켰다간 의원님은 정신병자 신세가 되고 당에서 쫓겨나요."

선호가 한숨을 내쉬었다.

"어쩔 수 없는 건가."

"자네들, 김태현인가 뭔가 하는 자하고 얘기해봤나?"

방원이 불쑥 물었다.

"예?"

세 사람의 눈이 방원을 향했다.

"김태현이라는 사람하고 친하게 지내고 싶어 한다고 하지 않았나? 양종훈이라는 사람하고는 척졌다며?"

"그렇긴 한데요, 지금 가장 큰 실세는 누가 봐도 양종훈이니까요."

"실세가 맞기는 한 건가?"

"예??"

선호는 당황스러웠다. 방원이 팔짱을 꼈다.

"내 그 선거라는 건 잘 모르지만 사람의 마음은 대저 알지. 양종훈이라는 사람은 과인이 잘 모르지만 최근 몇 년 동안 권세를 누리고 있다 하지 않았나. 그러면 반드시 시기하고 질투하는 자들이 있기 마련이지. 과인이 재위할 때 숙번이가 그랬지. 과인이 숙번을 왜 귀양 보냈는지 아나? 숙번을 위한 거였어. 내 아이가 왕위에 오른 뒤에도 이숙번이 한양에 머물렀다면 무사하지 못했을 거야. 양종훈이라는 자도 마찬가지인 거같은데? 경쟁하는 자가 생겼고, 그 경쟁하는 자가 제법 세를 이루는 데까지 올라왔다면, 그 양가라는 사람의 힘에도 균열이 생겼다는 거지."

입이 떡 벌어진 다혜를 본 방원이 의기양양한 표정으로 말했다.

"지는 석양이 붉다고 하여 그 빛에 현혹돼서는 안 되네, 그 뒤에는 어두운 밤이 오기 마련이지."

* * *

김태현이 보좌관 송인혁으로부터 전화를 받은 건 의사당을 나와 잔디밭을 가로질러 가던 도중이었다. 태현은 걷기를 좋아했다. 뱃살을 빼기 위해 운동 삼아 걷는 것이었지만, 또한 복잡하게 얽힌 생각을 정리하는 시간이기도 했다. 붉은 얼굴을 한 태현이 전화를 받았다.

"무슨 일인가?"

인혁의 음성이 들렸다.

"이동진 방의 장선호 보좌관한테서 전화가 왔는데요."

"근데?"

"이 의원이 공황장애랍니다."

김태현이 우뚝 섰다.

"왜?"

"아무래도 댓글 공격이나 이런 거에 마음의 상처를 좀 입은 거 같답니다."

"그래서?"

인혁이 잠시 망설이다가 김태현에게 말했다.

"장 보좌관이 말하길, 아직 병원에 안 가서 아는 사람은 다행히 없는데 문제는 방금 양종훈 쪽에서 전화가 왔다고 합니다. 도와달라고 하는 거 아닐까요? 이동진 의원이 양종훈 쪽하고 손을 잡으면 일주일 앞의 선거가 이상하게 돌아갈 거 같습니다."

"이 이야기를 전달해주는 저의가 뭐지?"

"아직 우리와 손을 잡고 싶다는 뜻 아닐까요?"

"공황장애 걸린 의원이 무슨 도움이 되나?"

김태현이 코웃음을 치면서 다시 발걸음을 옮기려다 순간 멈칫 했다.

* * *

"이 전화라는 기물은 볼 때마다 참 신기하단 말이야."

방원이 어깨를 으쓱했다.

"김태현이 우리 편을 들어줄까요?"

수찬이 방원의 호기심은 모른 척하고 물었다. 방원은 고개를 저었다.

"우리 편을 들어주느냐 안 들어주느냐 그게 중요한 게 아니라네. 상대가 어떤 생각을 하느냐가 중요하지. 이런저런 생각이 들지 않겠나? 김태현이라는 자는 삼봉과 비슷하다고 하지 않았나. 주로 그런 자들은 혼자 판단하고 혼자 행동하기 일쑤지. 그러다 보면 자기 생각에서 벗어나기 어려워지지."

방원은 이어진 마지막 말에 힘을 주었다.

"오늘 안에 저쪽에서 연통이 오겠지."

5분도 지나지 않아 선호가 가진 동진의 휴대전화에 벨이 울렸다. 네 사람의 시선이 다시 휴대전화로 쏠렸다. '송인혁(김태현 쪽)'이라는 이름이 떴다. 선호가 재빨리 휴대전화를 들고선 속닥거렸다. 잠시 뒤 휴대전화를 탁자 위에 내려놓은 선호가 방원을 묘한 표정으로 바라보았다.

"김태현 쪽에서 보자는데요?"

방원이 흥겹게 말했다.

"그렇다면, 이제 과인의 증세를 알리게."

"예?"

선호가 황당해했다.

"무슨 말씀이세요? 아프다는 걸 스스로 알린다는 건가요?"

"증세가 길게 가는 건가? 아니면 당분간의 치료만 요구하는 건가?"

"당분간입니다만……." 선호가 말끝을 흐리자 방원이 웃으며 답했다.

"아예 밖으로 나갈 수 없다면 자네들이 공들여 공부시키지는 않았을 리 아닌가. 당분간 시간을 버는 정도겠지. 그렇다면 지금이야말로 증세를 알리고 숨어야 할 때가 아닌가. 김태현이라는 사람에게 도움을 줄 양이면 가장 필요한 때 도움을 주는 게 좋지 않겠는가? 사람들은 아픈 이에게 동정표를 주곤 하지. 과인도 사냥을 하고 후궁을 만나느라 경연에 참석하기 어려운 때 몇 번 써먹은 적이 있지. 양녕에게 대보를 물려줄 때도 그랬지 아마?"

SNS에 올릴 글은 수찬이 썼다. 선호는 수찬이 쓴 글을 고쳐 나갔다. 글을 완성한 후 컴퓨터 앞에 세 사람이 앉았다. 방원은 떨어져 있었다. 선호가 천천히 낭독했다. 마치 동진이 읽는 것처럼. 다혜는 수찬이 키보드를 두들기는 동안 컴퓨터 속 이동진 의원의 SNS 계정 사진을 보았다. 환한 얼굴의 동진이 사진 속에서 브이 자를 그리고 있었다. 다혜는 사진 속 동진의 얼굴에서 방원의 얼굴로 시선을 돌렸다. 방원은 눈을 감고 있었다.

존경하는 국민 여러분, 사랑하는 당원 동지 여러분.

국회의원 이동진입니다.

저는 오늘 일신상의 사정으로 잠시 국회를 떠나게 되었음을 알려드립니다.

지난해부터 저는 이른바 '양종훈 사태'의 한복판에 있었습니다. 많은 분이 저에게 의견을 주셨고, 그 과정에서 언어적으로 과도한 표현을 해주신 분들도 있었습니다.

저는 의연하게 대처하려 노력했지만, 저의 마음은 그렇지 않았던 것 같습니다.

어느 순간부터 그 마음이 저를 갉아먹었습니다.

최근 들어 저는 계속된 불면증과 함께 불안증세를 갖게 되었습니다.

밥을 제대로 먹지 못했고 전화기를 가까이하지 못했습니다.

친하게 지내는 주위 사람들과 상의한 결과 당분간 안정을 취해야 한다는 말을 들었습니다.

병원의 진단을 받아 저는 당분간 휴직하기로 했습니다.

휴직 기간에는 세비를 받지 않겠습니다.

세간에 저의 증세가 곧 국회로 돌아오는 양종훈 장관 때문이라는 말도 있는데 결코 그렇지 않습니다.

그에게로 향하는 근거 없는 비난은 자제해주시기 바랍니다.

늦지 않은 때에 국민 곁으로 돌아오겠습니다.

돌아와 여당 국회의원으로서, 그리고 책임 있는 이 나라의 시민으로서 의무를 다하도록 하겠습니다.

감사합니다. 고맙습니다.

방원은 '세비를 받지 않겠습니다.'라는 말에 눈을 치떠 선호를 노려보았다. 선호는 짐짓 모르는 척하였고 글을 다 읽은 뒤에야 방원의 눈빛을 마주 보았다.

"어쩔 수 없잖아요."

"그럼 의원 활동을 다시 시작하기 전까지 난 아무런 말도 하지 않겠네."

선호가 "다음에 합쳐서 계산해주겠다"라고 하자 그제야 방원은 못이기는 척 고개를 끄덕였다. 다혜가 슬며시 웃었다.

수찬이 선호에게 물었다.

"언제까지 숨어 지내야 할까요?"

"글쎄 모르겠네. 태종께서 이 시대와 현재 상황을 이해하실 때까지일 텐데, 그 기간은 나도 알 수 없지."

대화를 듣고 있던 방원이 유쾌하게 말했다.

"과인이 잡희를 해볼까?"

"예?

"내 흉내 하나는 그럴듯하게 내내만. 삼봉도 과인이 바보 흉내를 좀 내니까 깜빡 속아 넘어갔지. 어떤가?"

낄낄거리는 방원의 태도에 선호가 반문했다.

"환생하셨다고 주장해 봤자 아무도 안 믿을 거 같은데 그냥 이방원이 돌아왔다고 하는 건 어떨까요?"

"아 그래도 되나?"

"보좌관님!"

다혜가 버럭 소리를 질렀다. 방원이 싱글거렸다.

"그런데요, 임금님……."

수찬이 방원에게 말을 걸자 방원은 등을 돌려 수찬을 마주 바라보았다.

"뭔가?"

"근데…… 제가 아는 태종 이방원이 맞으신가요?"

"무슨 소리인가? 과인이 이방원이지 누가 이방원이란 말인가?"

"너무 뭐랄까, 저, 그게……."

수찬이 말을 잇지 못하고 쩔쩔맸다. 선호가 수찬을 바라봤다. 수찬이 입을 열었다.

"저희가 아는 이방원은 냉혹한 사람이거든요. 정몽주를 죽였고, 정도전을 죽였고…… 처가를 박살내고…… 사돈도 죽이신 분 아닙니까?"

"흐음, 그래서?"

수찬이 말을 이었다.

"그런데 뭔가 보통 사람처럼 웃기도 잘하시고 실없는 농담도 하시고 그래서요."

"실없이 농담하는 자는 사람을 못 죽인단 말인가?"

방원이 웃는 낯으로 되받았다. 수찬이 주저하며 말했다.

"이런저런 말씀 하시는 거 보면 이방원이 맞는 거 같긴 한데요, 저희가 알고 있는 이미지하곤 너무 달라서……."

"이미지? 그게 뭔가?"

방원이 되묻자 수찬이 기어들어가는 목소리로 답했다.

"인상 같은 거요."

"후대에선 나를 그렇게 본단 말인가. 무섭고 떨리고 뭐 그렇게?"

"아무래도 부인하긴 어렵겠네요."

선호가 퉁명스럽게 말했다. 방원이 턱을 긁적였다.

"아조가 망했는데 망한 나라의 왕이 내가 왕이랍시고 돌아다녀 봤자 밥 한 톨이라도 얻어먹을 수 있겠는가. 오히려 과인은 자네들이 나를 건사해주는 게 고맙다네."

"예?"

세 사람이 의아한 표정으로 말했다. 방원은 여전히 웃는 낯이었지만 목소리엔 쓸쓸함이 묻어났다.

"아바마마는 전조의 사람들을 죽였지. 과인이 풀어주긴 했지만 옳은 행동이라고 생각하지는 않았어. 아조의 안착을 위해서는 어쩔 수 없는 일이긴 했지. 내 다시 깨어났다고는 하나 전조의 국왕을 이리 신경 써 대우해주고 밥도 먹이고 숙소도 제공해주지 않았나. 마냥 고마울 따름이네."

방원이 눈을 찡긋했다. 세 사람은 서로를 쳐다보았다.

"그게…… 그렇게 좋게 받아들이셨군요."

"사농공상이 없어지고 소인배와 군자가 같이 대우받는다는 건 마뜩잖지만 옛 성현의 말씀이 작금에는 하나도 들어맞지 않으니 어쩌겠나. 그보다 자네들이 보여주는 기물들이 매우 놀라웠지. 과인은 기물에 적응하고 싶다네."

방원이 모니터 화면을 가리키며 말했다.

"육백 년 뒤에 깨어난 작금은 지극히 달라졌어. 저 컴퓨터라는 네모난 상자로 어디서건 사람들은 이야기를 나누고 자신들이 궁금한 걸 바로 확인한다네. 과인이 사는 이 집은 너무나 높아 종종 하늘 위를 걷는 기분이 들어 조마조마하네만, 자네들은 아무렇지도 않더군. 익숙해졌다는 뜻이지. 자네들이 '자동차'라고 부르는 걸 탈 때마다 과인이 얼마나 놀랐는지 아는가. 한도 끝도 없다네."

방원은 세 사람을 똑바로 바라보았다.

"결정적인 건 '식食'이었다네. 밥상 말일세."

"밥이요?"

다혜가 궁금한 듯 되물었다. 방원은 가만히 탁자를 내려다보았다.

"자네들은 왕의 밥을 아는가?"

세 사람은 방원을 다시 쳐다본 뒤 다 같이 "모……르는데요."
라고 답했다. 방원이 말했다.

"왕이 먹는 음식은 백성의 피와 살이고 눈물이네. 그래서 공
물貢物이라 하네. 왕은 백성이 바치는 공물에서 백성의 삶을 떠
올리고 백성이 어떻게 살아가는지를 생각한다네. 그런데 자네
들은 아무렇지도 않게 나와 같이 겸상하고 밥을 먹더군. 공물이
없다는 의미지. 더 놀라운 건 함께 놓여 있던 찬거리들이었어."

왕은 슬며시 거실 한복판에 있는 냉장고를 바라보았다. 그리
고 말을 이었다.

"냉장고라고 하나? 과인이 살던 시절에는 꿈도 꿀 수 없었던
저 상자에서 반찬거리가 나오더군. 저 안에 고기와 생선이 있
었지. 수찬인가? 저 청년에게 물어보니 고기는 만 리, 생선은
이만 리쯤 떨어진 곳에서 왔다고 하더군. 자네들의 나라는 그
멀리 떨어져 있는 곳에서 물품을 실어와 상하지 않은 상태로
과인이 먹을 수 있게 했네. 어찌 대단한 기예이고, 기술이지 않
겠는가. 과인이 먹었던 음식보다 더 나은 것을 이곳에선 평민
들이 먹더군. 내 아이가 살아 돌아왔어도 놀랐을 터이네. 작금
의 이 나라가 아조보다는 몇 배, 아니 몇백 배 나은 나라일세.
내가 아조의 왕이라고 해야 무슨 소용이 있겠는가. 적응해야
지. 적응해야 하고말고……."

잠시 침묵이 흐른 뒤 다혜가 낮게 말했다.

"그렇게까지 비관하지 않으셔도 돼요. 사람 사는 곳 다 똑같
지요."

"그럴 리 있는가. 아조의 많은 것들이 사라지지 않았나. 자네들이 과인을 업신여기지 않는 것만으로도 감사하네."

"예?"

"상투도 그러하고, 이 복장도 그러하지 않나. 수염도 기르지 않고. 아녀자가 길 위를 활보하지. 천인과 양인의 구분도 사라진 듯하고 벽제辟除*도 없지 않나."

"또 가보셔야 할 곳이 있겠네요."

다혜가 선호를 보며 말했다. 선호가 의아한 표정을 짓자 다혜가 다시 말했다.

"왕이 계셨던 곳이요."

네 사람은 한 시간 뒤 광화문에 나와 있었다.

광화문을 바라보며 방원은 반색했다.

"저기는 경복궁이 아닌가. 이제야 내가 이 조선, 한양에 돌아왔다는 것이 실감 나는군. 잠깐은 말이 통하는 다른 나라라는 생각도 했거든. 근데 저 뒤에도 건물이 있군. 저 파란 지붕은 뭔가. 그리고 저 월대 앞에 앉아 있는 저 황금빛 사람은 누군가? 가만 보아하니 임금의 상 같은데?"

네 사람은 세종대왕 동상 앞에 섰다. 방원이 물었다.

"이건 누군가?"

"셋째 아들, 세종대왕이세요."

---

* 높은 사람이 행차할 때 이를 알려 지위가 낮은 사람들의 통행을 금하던 일.

방원은 동상을 쳐다보았다. 다혜가 입을 열었다.

"한글을 만드셨죠. 대한민국이 없어지지 않는 한 영원히 쓰일 문자를요. 세종은 지금 대한민국의 기초를 다지셨어요. 영토를 확장하고 과학을 발전시키셨죠. 제도를 확립하고 백성들에 혜택을 베풀었어요. 그래서 대한민국 사람들은 세종대왕을 기리기 위해 그분의 동상을 이렇게 여기 우리나라의 중심에 세웠죠."

다혜가 방원을 쳐다보았다.

"우리는 조선의 역사와 문화를 잊지 않고 있어요."

방원은 세종대왕 동상을 한참 쳐다보았다. 주위는 차량들 소리로 시끄러웠다. 오토바이 경적도 들렸다. 늦봄으로 넘어가는 때였다. 매미는 울지 않았지만 더위는 찾아왔다. 파란 하늘을 배경 삼아 흰 뭉게구름이 떠다녔다. 방원은 선글라스를 쓴 채 자신의 아들을 한참 바라보았다. 이윽고 방원이 고개를 돌렸다.

"내 아이의 모습과는 다른데."

다혜는 웃었다. 선호가 말했다.

"왕의 얼굴을 그린 어진御眞이 외침 때 불타 없어져서요."

"그러한가."

왕은 아들의 동상을 쳐다보며 그 주위를 천천히 한 바퀴 돌았다. 세 사람이 뒤를 따랐다. 방원은 동상 뒤쪽 밑에 만들어진 계단을 발견했다. 밑으로 내려가도 되느냐는 물음에 선호와 다혜는 고개를 끄덕였다. 계단을 내려간 방원의 눈앞에 '백성은 나라의 근본이요, 밥은 백성의 하늘이다'라는 현수막 글귀가 보였다. 방원은 낮은 어투로 글귀를 중얼거렸는데 세 사람은 알아듣지 못했다. 왕은 고개를 돌려 세 사람에게 물었다.

"그래, 내 아이의 무덤은 어디에 있는가?"

* * *

다음 날 그들은 왕을 모시고 여주로 향했다. 선호는 글을 올리는 시점을 미뤘다. 기자들, 특히 한주가 어떻게 반응할지 좀 더 고민해봐야 할 것 같았다. 5월의 봄날이었다. 하늘거리는 녹색의 나뭇가지들이 도로를 따라 늘어섰고, 왕을 태운 차가 그 도로 위를 달렸다. 맑은 아침이었다. 남한강 옆을 달리는 도로 위 하늘엔 옅은 구름이 드리웠다. 때로는 그것이 안개처럼 여겨지기도 했다. 수찬이 운전했고 조수석에는 다혜가 앉았다. 뒷자리에는 국왕과 선호가 앉았다. 방원은 불편한 기색이 역력했지만, 차가 출발하자 금세 눈을 반짝거리며 호기심을 보였다. 선호가 방원에게 슬며시 물었다.

"재미있으십니까?"

방원의 대답은 엉뚱했다.

"자네는 말을 타봤는가?"

"말이요?"

"그래, 말."

"아뇨, 타본 적 없습니다."

"과인은 말을 많이도 타봤지. 그래서 말을 잘 안다네, 좋은 말인지 나쁜 말인지. 사람 말을 잘 듣는지 안 듣는지, 병에 걸렸는지 아닌지. 과인은 사람과 말을 구분하는 데엔 다른 이들보다 훨씬 안목이 있지. 그런데 지금 이 기물은, 작금의 말이 아닌가?"

수찬은 묵묵히 차를 몰았다. 스쳐 지나가는 봄철 나무의 그림자를 보면서 방원이 말했다.

"어찌 과인이 관심이 없겠나?"

방원은 싱긋 웃었다.

여주 세종대왕릉인 영릉에는 생각보다 일찍 도착했다. 주차장에 차를 댄 뒤 수찬이 문을 열어주려 하였지만 차 안의 방원은 고개를 가로젓고는 직접 문을 열고 내렸다. 네 사람은 왕릉 쪽으로 걸어갔다. '세종대왕 627주년 탄신일 숭모제'라고 쓰인 플래카드가 보였다. 선호가 다혜에게 물었다.

"숭모제?"

다혜도 모르겠다는 표정을 지었다.

"글쎄요?"

"숭모란 우러르고 사모한다는 뜻인데? 이 땅 위 백성들이 여태껏 제를 올리는 건가?"

방원의 목소리에 세 사람은 다시 플래카드를 쳐다보았다.

"오늘이……."

"5월 15일인데요. 스승의 날."

"스승의 날이 세종대왕이 태어난 날인가?"

두 사람의 대화를 듣고 있던 방원이 끼어들었다.

"그러고 보니…… 이때쯤 주상이 태어났을 텐데? 셋째가 태어났을 때가 한참 봄일 때니."

세 사람은 방원을 쳐다보고 플래카드를 보았다. 방원이 두 손을 펼치며 어깨를 으쓱거렸다.

"거참, 내 아이가 어떤 정치를 펼쳤기에 지금까지 이 나라 백성들이 잊지 않는 겐가?"

영릉에는 박물관도 있었다. 그들 일행은 주차장 한편에 있는 박물관으로 향했다. 선글라스를 벗은 방원은 모자를 푹 눌러썼다. 한글을 배운 방원은 세종의 치적에 대한 글을 천천히 읽었다. 이해가 되지 않는 문장은 세 사람에게 물어보았다. 네 사람이 한 바퀴를 돌 때쯤이었다. 방원이 발걸음을 멈췄다. 세 사람도 멈춰 방원의 시선이 머문 곳을 쳐다보았다. 영상 속 붉은 용포를 입은 늙은 사람이 세종의 치적을 말하고 있었다. 밑에는 '태종 이방원'이라는 글이 적혀 있었다. 방원이 한참을 쳐다보더니 말했다.

"내 아이 덕에 나도 칭찬을 받는 신세가 됐군. 근데 나는 파란 용포였는데?"

왠지 뿌듯해하는 듯한 말투였다.

세종대왕의 묘소로 가까이 갈수록 방원은 말수가 적어졌다. 뒷짐을 진 채로 주위를 둘러볼 뿐이었다. 일반인들이 그들을 지나쳐갔는데 방원은 묵묵히 땅만 바라보았다. 네 사람이 정자각 앞에 다가갔을 때 마침 행사가 시작되고 있었다. 정자각 안에 상이 차려져 있고 예복을 입은 사람들이 절을 하며 느릿느릿하게 축문을 낭독하고 있었다. 방원은 선글라스를 꼈음에도 이마에 손을 대고 잠시 그대로 서 있었다. 선호는 수찬을 불러 SNS에 올릴 글을 다시 한번 체크하고 있었다. 다혜만이 방원을 주시했다.

순간 방원은 성큼성큼 걸어 나갔다. 관람객들이 앉아 있는 곳을 지나쳐 정자각 안으로 다가갔다. 다혜는 멍하니 있다가 다급하게 선호를 불렀다.

"장 보좌관님!"

선호가 돌아보니 정자각으로 향하는 방원의 모습이 보였다. 사람들이 방원을 쳐다보는 모습도 보였다. 선호는 뛰어가 방원의 어깻죽지를 잡아채고 뒤로 당겼다.

"뭐 하시는 겁니까!"

"아비가 죽은 아들에게 술 한잔 따라주려 하는데 무엇이 문젠가!"

선호한테 붙잡힌 채로 버둥거리면서 방원이 말했다. 화가 난 말투였다.

"주위에 사람들이 있잖아요!"

"주위 사람이 뭐!"

선호와 방원이 실랑이를 벌이는 동안 그들 쪽으로 사람들이 다가왔다.

"무슨 일이십니까?"

문화재청 사람들인 듯했다. 다혜와 수찬이 가로막았다.

"아…… 아니에요. 같이 오신 분인데 원래 좀 문제가 있으신 분이라……."

다혜가 설명하는 동안 방원이 거세게 선호의 팔을 뿌리쳤다. 선호가 다시 방원의 팔을 붙들어 잡았다.

"놔두게. 내 아이에게 절을 올려야겠어!"

"이러시면 안 됩니다! 곤란해진다고요!"

사람들이 의아한 표정으로 네 사람을 지켜보았다. 선호가 어쩔 수 없다는 듯 고개를 한번 젓더니 방원의 명치 부위를 주먹으로 강하게 쳤다. 억 하는 소리와 함께 방원의 고개가 천천히 꺾였다.

"죄송합니다. 이분이 정신병적 증세가 있으셔서……."

세 사람은 축 늘어진 왕을 끌고 갔다. 문화재청 사람들은 멍하니 서로를 바라봤다.

방원이 정신을 차리자 하얀색 의자에 앉은 선호의 얼굴이 보였다. 다혜도 있었다. 행사장 밖이었고 간간이 새소리가 났다. 방원은 버럭 화를 냈다.

"감히 옥체에 손을 대!"

"의원님으로 안 돌아오셨군요."

선호의 무덤덤한 답이었다. 방원은 화난 얼굴이었다.

"이런 위험 그만 감수하겠습니다."

선호가 방원을 똑바로 바라보며 말했다. 무뚝뚝한 말투였다.

"무슨 소리인가?"

"세상은 그렇게 녹록하지 않습니다. 태종 이방원이 이동진 의원의 몸에 빙의됐다고 하면 정신병자가 되든 세상이 떠들썩하게 되든 의원직은 유지 못 하겠지요. 그렇게 하겠습니다."

선호는 진지했다. 방원이 뭔가 말을 꺼내려 했는데 선호가 이어 말했다.

"생각하면 말도 안 되는 얘기였어요. 육백 년 전 사람을 국회의원 자리에 갖다 앉히다니요. 솔직히 저는 이동진 의원님이 조만간 돌아올 거라고 생각해요. 그래서 잠시 이런 연기에, 영화 같은 일에 찬성한 거죠. 하지만 알았습니다. 언제 시한폭탄이 터질지 모른다는 걸요. 계속하다간 돌이킬 수 없는 일이 벌어지고 말 거예요."

선호는 한숨을 길게 내쉬고 말을 이었다.

"결국, 사실대로 이야기하는 수밖에 없을 듯하네요."

"전, 생각이 달라요."

선호가 어이없다는 듯 다혜를 보았다.

"무슨 말이야? 처음부터 이 일에 반대했던 건 너야."

"보좌관님은 아이를 키워보신 적이 있나요?"

생각지 못한 질문에 선호는 답을 못하였다.

"아이를 키워본 사람만 아는 감정이에요. 당연하죠. 저라도 그랬을 거 같아요."

무슨 말을 하는지 모르겠다는 듯한 표정을 짓는 선호에게 다혜가 진지한 표정으로 말했다.

"잠깐 자리 좀 비켜주시겠어요?"

선호가 뚱한 표정으로 전자담배를 챙겨 자리에서 일어났다. 옆에서 아메리카노를 홀짝거리던 수찬에게 다혜가 눈치를 줬고 그제야 수찬도 엉거주춤 일어났다. 두 사람이 멀어지자 다혜는 왕을 정면으로 바라보았다.

"돌려 말하지는 않겠어요. 현대에는 현대의 법도가 있는 것이고, 과거에는 과거의 법도가 있는 거예요. 저희가 여주까지 모신 이유는 조선이라는 나라가 그래도 지금의 우리나라와 어느 정도 연관이 있다는 걸 아셨으면 하는 바람이었죠. 그렇지만 결코 조선의 방식이어서는 안 돼요. 아시겠지요?"

방원은 우물쭈물하다가 "알겠네."라고 답했다.

"그러면 그렇게 행동하시면 안 되는 거였죠. 그것도 아시겠지요?"

"그것도 알겠네. 하지만 말이네……."

"아뇨. 잠깐 제 말을 들어주세요. 저한텐 다섯 살짜리 애가 있습니다. 남자아이죠. 엄청나게 속을 썩여요. 이루 말할 수가 없어요. 내가 쟤를 왜 낳았나 하는 생각이 하루에도 수십 번 들죠. 하지만……."

"하지만?"

"전쟁 같은 하루가 끝나고 애를 재우려고 누웠을 때 아이의 맑은 눈망울을 보면 내 하루가 온전히 채워졌음을 느껴요. 행복하고 감사할 따름이죠. 이 아이를 위해서라면 뭐라도 할 수 있겠구나, 대신 죽을 수도 있겠다 싶어요."

"……."

"그 감정을…… 아시나요?"

"알지. 그 보드랍고 말랑한 느낌. 아이의 몸에서 나는 그 달짝지근한 내음을 나도 아네."

"그렇다면 저도 이해할 수 있어요. 아들의 무덤에 술 한잔 올리려는 아비의 마음을요. 하지만 아까 하신 행동이 괜찮다는 뜻은 아닙니다. 그러면 의원님의 거취가 힘들어져요. 저는 그렇게 되는 걸 두고 볼 수 없어요."

"왜인가?"

"의원님을 존경했으니까요."

다혜는 하늘을 쳐다보았다. 5월의 봄 하늘은 흰 구름이 투명하게 보일 정도로 깨끗하였다. 방원은 자신 앞에 놓인 커피라는 검은 액체를 바라보았다.

"저는 정치학을 전공한 학생이었어요. 의원님은 저의 지도교수였고요."

다혜의 말이 이어졌다.

"정치를 공부한 사람들은 대부분 정치를 하고 싶어 해요. 세상을 바꾸려 한다는 거창한 이유를 대곤 하죠. 하지만 속내는 달라요. 관심받고 유명해지고 싶은 욕심이 마음속에 자리 잡고 있죠. 그걸 이해하지 못하는 것은 아니에요. 다만 저는 그럴 수 없었죠. 그래서 많은 고민을 했고 방황할 때 만난 분이 의원님이었죠."

다혜가 커피잔을 들어 한 모금 마셨다. 방원도 따라 마시다가 얼굴을 찡그렸다.

"의원님을 보면서 생각했어요. 뜻을 품는다는 게 무엇인지, 뜻을 이루는 정치라는 것이 무엇인지. 그분도 실수 많이 했고 제 마음에 안 드는 일들도 많이 하셨죠. 하지만 정치는 결국 세상을 좋아지게 만드는 거라는 걸 그분한테서 배웠어요."

다혜가 잠시 먼 곳을 응시하더니 말했다.

"예나 지금이나 교육에는 엄청난 돈이 들죠. 교육사업이란 갈퀴로 돈을 쓸어 모으는 사업이에요. 그래서 비리가 많죠. 그걸 사학비리라고 해요."

* * *

"아우 추워."

두껍게 옷을 껴입었어도 몸이 덜덜 떨리는 2022년 추운 겨울이었다. 언제나 그렇듯이 국회는 예산안 통과를 둘러싸고 양당이 지지고 볶고 싸우고 있었다. 동진은 하얀 입김을 내뱉으며 옆에 서 있던 다혜에게 물었다.

"나 뭐 잘못한 거 없지?"

"그럼요? 기자들이랑 언제나 관계 좋으시잖아요."

두 사람은 막 기자들과의 점심을 마치고 걸어서 의원회관으로 돌아가는 중이었다. 한주가 모아온 기자들이었다. 동진은 잘나가는 여당 초선의원이었고, 동시에 좋은 취재원이기도 했다.

기자들은 동진에게 입에 발린 의례적인 말과 함께 예산안 통과를 위한 전략을 물었고, 동진은 여러 루트로 전해들은 이야기를 자신의 관점으로 새롭게 정리하여 말했다.

기자들과의 자리가 끝나고 동진은 산책도 하고 소화도 시킬 겸 식사 자리에 동석한 다혜와 함께 회관까지 걸어가기로 했다. 그렇게 길을 걷던 그의 눈에 뭔가 들어왔다.

"저건 뭐야?"

횡단보도 신호가 초록으로 바뀌어 건너려던 찰나였다. 다혜가 고개를 돌렸다. 의사당 한편 지하철역 지붕 위에 앉은 30대 후반의 남자가 보였다. 용의 모습을 형상화해 만든 지붕 위였다. 한 장의 플래카드를 들고 지붕 위에 올라서 있는 남자의 옷차림은 추레했고 얼굴은 푸석했다. 지붕 밑으로 경찰과 방호원들이 늘어서서 뭐라 소리를 지르고 있었다. 보도를 건너자 남자가 외치는 소리가 들렸다. "양종훈 의원을 처벌해주십시오!" 동진은 약간의 실소를 지어 보이며 다혜에게 말했다.

"인터넷 게시판에 올리면 될걸 군이 이 추운 날씨에 여기까지, 힘들겠네."

하지만 동진은 남자의 다음 외침에 얼굴이 굳어졌다.

"양종훈 집안에서 운영하는 학교 재단이 공공연하게 비리를 저지르고 있습니다!"

다혜는 굳어진 동진의 표정을 살피면서 말을 꺼내야 하나 잠시 고민했지만 결국 말하기로 했다. 지붕 위에서 농성하던 오현호라는 남자가 동진을 만나고 돌아간 직후였다. "이런 식으로 사람을 들이기 시작하면 앞으로 더 몰려옵니다!"라고 하는 방호원의 제지에도 불구하고 동진은 남자를 자신의 방에 들였고 장시간에 걸쳐 이야기를 들었다. 이후 남자는 방문을 나서며 이야기를 들어주어 고맙다면서 크게 고개를 숙였다.

"꼭 문제 삼으셔야겠어요?"

"그러라고 국회의원 배지 단 거 아냐?" 동진이 되묻자 다혜가 다시 말했다.

"양 의원네 집안이 유명 사립학교를 운영하는 건 세상이 다 아는 일인데 사립학교 비리에 대해 언급하면 누구라 말 안 해도 양 의원 집안인 거 다 알잖아요."

한 시간에 걸친 오현호의 주장은 이랬다. 오현호의 부모는 오랫동안 양 의원 집안이 운영하는 재단에 식료품을 납품하고 있었다. 초등학교와 중학교, 고등학교까지 포괄하는 대인원이다 보니 식당도 네 곳이나 운영했고 그곳에 들어갈 식료품 양도 상당했다. 오현호의 부모는 양 의원네 집안 때문에 먹고살수 있게 됐다고 여러 번 감사해했다.

관계가 틀어지기 시작한 건 양 의원의 아들이 머리가 굵어지기 시작하면서였다. 아들은 공부를 제대로 하지 않았고 로스쿨도 간신히 들어갔다. 종훈의 힘으로 어찌어찌 변호사 자격은 따냈지만 실력은 형편없었다. 양 의원 아들은 변호사 일엔 관심이 없었고 점점 딴 일에 눈을 돌리기 시작했다. 그러다 눈에 들어온 것이 오현호 부모가 맡고 있던 식료품 납품 일이었다.

계속되는 현호의 말은 거침없었다.

"처음에는 단가를 낮추더군요. 나가라는 뜻인 줄 알았어야 했는데 저나 제 아버지나 양종훈의 의도를 몰랐어요. 최선을 다해서 단가를 맞췄죠. 허덕거리다가 어느 날인가 학교에서 식중독 사고가 발생하더군요. 큰 사고는 아니어서 아이들도 별다른 문제를 제기하지 않았는데…… 그걸 구실로 삼더군요. 재료 준비를 어떻게 하면 그런 일이 벌어지느냐고 저와 동갑인 양 의원 아들이 제 아버지에게 소리를 지르더군요. 다음 날 납품 업체가 바뀌었죠. 그런데 양종훈 쪽에서 몰래 상한 재료를 섞어서 식당에 들여보낸 걸 알게 된 건 한 8개월쯤 지나 양심에 찔렸던 영양사가 저한테 말해줘서였죠. 그때부터 경찰, 검찰, 신문사 어디라 할 것도 없이 다 돌아다녔어요. 하지만 그 사실을 밝혀주는 기자 하나 없고, 조사 착수한 검사나 경찰관도 한 명 없었죠. 양종훈의 힘을 그제야 알았죠."

동진은 다혜에게 조용히 되물었다.

"누가 익명으로 한다고 했어? 양 의원한테 직접 물어볼 건데?"

다혜가 놀란 표정으로 동진에게 말했다.

"그러니까 지금, 아버지가 세운 학교 재단 돈으로 큰 양 의원한테 그 재단의 비리를 말씀하신다는 거예요?"

다혜는 느긋한 표정으로 고개를 끄덕이는 동진을 이해할 수 없었다. 다혜는 목소리를 높일 뻔했다.

"양 의원이 퍽이나 들어줄까요? 의원님 정치적 입지만 줄어들겠지요!"

"나도 알아."

"근데 왜 그런 무모한 짓을 하신다는 거예요?"

동진이 아무 일 아니라는 듯 무덤덤한 얼굴로 말했다. 다혜가 가장 좋아하는 표정이었다.

"국회의원이잖아."

* * *

방원은 무언가 골똘히 생각하더니 다혜에게 물었다.

"그래서 그 사학비리 건은 어떻게 되었지?"

"실패로 끝났죠. 나중에 의원님이 말씀하시더라고요. 자기가 생각한 건 다음 대선 과정에서 어차피 그 사건이 불거질 테니 양종훈이 미리 대비해야 한다는 의도였다고. 그런데 그 얘기를 듣는 양 의원의 눈빛은 마치 사슴을 죽이려 드는 늑대 같았다고 그러더라고요. 어쩌면 그때부터였는지도 모르겠어요. 의원님이 주류에 찍혔던 게. 다음 해 '그 일' 이전부터도 사람들이 의원님을 약간씩 멀리하긴 했거든요."

다혜는 커피를 한 모금 마시고 다시 말을 이었다.

"그랬던 의원님의 마음을 지키고 싶어요. 전 언젠가 의원님이 다시 돌아오실 거라고 믿어요. 지금의 현실이 믿기 어려운 건 사실이지만 소망을 현실로 이뤄내는 게 정치라면, 의원님도 언젠가는 돌아오시겠죠. 그때까지 당신을 지키고 싶어요."

방원은 자세를 가다듬었다. 다혜가 싱긋 웃었다.

* * *

"판세는?"

자리에 앉은 태현이 물었다. 탁자에는 보좌관 인혁이 만든 판세 보고서가 있었는데 태현은 그 보고서를 한 눈으로 빠르게 훑었다.

"박빙입니다." 인혁이 말했다.

"양종훈의 돈이 위력을 떨치고 있나 보군." 태현이 피식했다.

"어떻게 좀 더 기자들한테 흘릴까요?"

"아니 됐어. 이 정도 흘렸는데도 기사화가 안 된다는 건 그쪽에서도 막는다는 거야. 돈이 됐든 정보가 됐든, 언론들도 기사를 쓰긴 어렵겠지."

태현이 고개를 들어 인혁을 바라보았다.

"그래서 우리는?"

인혁이 즉각 답했다.

"우리 조직을 총동원했고, 의원들을 설득하고 있습니다. 원내대표 표 받았던 것에서 분석해봤는데 10표 정도 빠졌습니다. 그러니까…… 표는 대등하게 모았습니다."

태현은 탁자에 손을 올려놓은 뒤 손가락으로 가볍게 탁탁 두들겼다. 태현이 말했다.

"아무래도 돈으로 대결하면 우리는 양종훈한테 밀릴 수밖에…… 의원들을 압박할 거대한 명분이 필요한데, 그게 뭘까……."

태현이 손가락을 튕기면서 생각에 잠겼다. 문득 그는 이동진을 기억했다. 무심결에 태현은 중얼거렸다. '이동진.' 그는 휴대 전화를 켜고 인터넷 애플리케이션을 눌렀다. 그의 눈에 기사 하나가 들어왔다. "이동진 의원, 공황장애 고백"이라는 제목이었다. 태현은 클릭하여 기사의 첫 줄부터 읽어 내려갔다.

'과거 양종훈 장관과 거세게 대립했던 이동진 의원이 자신의 SNS로 공황장애 사실을 알려 주위를 놀라게 하였습니다. 이 의원은 자신의 SNS에 올린 글에서 며칠 전부터 상당한 정신적 고통을 겪었다며…….'

＊＊＊

"어느 정도 시간을 번 걸까요?"

다혜의 물음에 선호가 팔짱을 낀 채 대답했다.

"한 석 달 정도 벌지 않았을까?"

"그 기간 동안 가능할까요?"

"글쎄 또 사고가 발생한다면 그땐 나도 모르겠는데……." 수찬의 물음에 답한 선호의 눈이 다혜를 향했다. 수찬이 뭔가 들뜬 목소리로 말했다.

"그래도 의원님이 열심히 공부하시니까요."

세 사람은 닫힌 방문을 동시에 쳐다보았다.

여주에서 돌아오는 동안 방원은 한마디 말도 하지 않았다. 방원과 무슨 이야기를 나누었는지 물었지만, 다혜는 "다시는 엉뚱한 행동 하지 않기로 약속했어요."라고만 답했다. 선호는 굳이 다혜에게 캐묻고 싶지는 않아 그냥 알았다고만 했다. 동진의 오피스텔로 돌아온 후 방원은 석 달의 말미를 달라고 했다. 무엇을 위한 말미냐고 묻자, 방원이 답했다.

"자네들을 위한 말미일세."

그리고 왕은 방으로 들어갔다. 세 사람은 논의 끝에 SNS에 글을 올리기로 했다. 그게 시간을 벌 수 있는 가장 좋은 방법이라고 판단했다. SNS에 글을 올린 후 전화와 문자가 쏟아지기 시작했다. 선호가 기자들을 상대했다. "의원님은 지금 몸 상태가 안 좋아 연락을 받기 어려우십니다."라는 말을 반복했다. 한 차례 취재 바람이 휘몰아치고 지나간 뒤 선호는 소파에 쓰러지듯 앉았다. 선호의 눈치를 살피던 수찬이 말했다.

"그런데 유 기자는 왜 전화를 하지 않을까요?"

선호가 어깨를 들썩거렸다.

"직접 찾아오는 거 아닐까?"

"유 기자가 여길 알아요?"

"아니 모를걸. 근데 걔가 모르는 게 뭐가 있냐."

그의 말이 끝나기가 무섭게 벨소리가 지르릉 하고 울렸다.

"호랑이도 제 말 하면 온다던데, 설마……."

수찬이 안전고리를 채운 채로 문을 열자 보이는 얼굴은 놀랍게도 한주였다. 그녀가 열린 문틈 사이로 얼굴을 들이밀며 화를 억제하는 듯한 목소리로 말했다.

"동진 선배 어디 있어?"

"지금 여기엔 없어."

수찬의 뒤에 선 선호의 답이었다. 한주가 다시 말했다.

"본인 결정이야? 아니면 선호 네가 한 거야?"

"무슨 소리야?"

"SNS."

"그게 뭐."

"그걸 올리기 전에 나한테 알려줬었어야지!"

"알려줬잖아."

"기사를 못 썼잖아."

"기사 욕심이야?"

"아니. 나한테 얘기했으면 전후 사정을 더 상세히 썼을 거 아냐."

"그게 그 소리지 뭐야."

"김태현하고 통화한 건 뭔데!"

선호가 움찔했다. 한주가 목소리를 키웠다.

"동진 선배 여기 있지!"

"없어."

"들어가서 확인할 거야."

"무단침입이야."

"취재권리야!"

"무단침입이에요. 경찰 부를 겁니다, 유 기자님."

선호 뒤에 서 있던 다혜의 낮고 강한 목소리에 움찔한 한주가 조심스러운 목소리로 다시 말했다.

"……그러면 동진 선배 만나게 해줘."

"알았어. 근데 의원님이 허락을 해줘야지."

"못 만나게 한다면 기사 쓸 거야. 공황장애에 걸려 의정 활동을 못 한다는 이동진 의원 측이 김태현 원내대표하고 연락했다고."

"알았어. 의원님한테 물어보고 알려줄게."

자신의 뜻을 관철하였는지 한주는 더 이상 문제를 일으키지 않고 순순히 떠났다. 한주의 하이힐 소리가 멀어져갔다. 그녀가 떠나고 닫힌 문을 바라보며 선호는 머리를 벅벅 긁었다. 수찬이 물었다.

"어떻게 하실 거예요?"

그때 벌컥 하고 방문이 열렸다.

"뭘 어떻게 한다는 건가?"

방원의 목소리였다. 세 사람은 방원을 쳐다보았다. 방원이 궁금하다는 표정으로 말했다.

"나가면 안 될 거 같아서 안에 있었네. 좀 조용해져서 나와보았네."

방원이 팔짱을 꼈다. 세 사람은 방원의 주위에 모여 앉았다. 한주와 오간 얘기를 들은 방원은 눈을 감았다.

"SNS에 글 올리는 걸 의원님은 반대하셨다고 하면 됩니다. 유 기자의 성격상……."

"기자라는 게, 내 때로 하면 뭔가?"

방원이 눈을 감은 채 물었다. 선호가 말했다.

"글쎄요?"

"대간요. 대간이랑 비슷할 겁니다." 수찬의 말이었다.

"대간이라……." 방원이 중얼거렸다. 다혜가 수찬을 바라봤다. 수찬이 다시 말했다.

"유 기자를 피하는 게 맞지 않을까요?"

"아니." 방원은 고개를 도리질했다.

"그러면?"

선호가 묻자, 방원이 답했다.

"때로는, 큰 거짓말을 위해 작은 거짓말은 버려야 할 때가 있는 법이지. 특히 대간을 상대로 할 때는 말이야. 권력을 취할 때는 특히 대간을 잘 사용해야 하네. 대간이 가지는 힘, 그들의 논리, 그들의 욕심과 욕망을 잘 이용해야지. 그게 정치일세."

선호의 목소리가 커졌다.

"위험합니다. 그러다가 들키면요?"

"아까만 하더라도 스스로 정체를 밝히자고 하지 않았나?"

선호가 마른침을 삼켰다.

*　*　*

한주는 잔을 만지작거렸다. 선호가 이야기한 시간까지는 아직 10여 분이 남았다. 한주는 선호가 동진과 같이 나오는 것을 양해했고, 선호는 두 사람이 자주 가던 음식점에서 저녁에 보자는 제안을 받아들였다. 한주는 왠지 모르는 긴장감을 느꼈다.

5분 뒤 문이 열리는 소리가 들렸다. 한주가 천천히 고개를 들었다.

"오랜만이네?"

동진이었다. 동진은 한주의 맞은편에 앉았다. 베이지색 재킷에 파란색 라운드 티를 걸치고 면바지에 짧은 단화를 신었다. 동진이 좋아하는 옷차림이었다. 동진은 자리에 앉은 뒤 테이블을 손바닥으로 죽 훑었다. 동진이 늘 하던 습관적인 행동이었다. 한주는 편안함을 느꼈다. 선호가 동진의 옆자리에 앉았다. 한주가 입을 열었다.

"아픈 건 어때요, 선배?"

"뭐 다 그저 그렇지. 이 공황장애라는 게 쉽게 드러나는 건 아니니까."

동진이 한주에게 대답하면서 한주 뒤에 서 있던 종업원에게 손을 들어 보였다.

세 사람은 한가로운 대화를 나눴다. 동진과 한주는 술을 마시지 않았고, 선호만 입을 좀 축이는 정도였다. 한주는 동진에게 껄끄러운 질문은 하지 않았다. 흔히 하는 일상의 이야기 정도가 오갔다. 이야기 중에 동진이 살짝 웃었는데, 한주는 그 웃음에서 묘한 이질감을 느꼈다.

식사를 하던 한주가 포크와 나이프를 가지런히 내려놓았다. 한참 문어 요리를 맛있게 먹던 동진이 한주를 쳐다보았다.

"왜?"

"공황장애 맞아요?"

"맞는데."

"너무 정상인데?"

"아픈 사람이 아프다고 말하는 건 믿어줘야지 않나?"

"솔직히 말해봐요. 뭔가 숨기는 게 있지."

"없어."

동진은 손바닥을 펴 보이며 장난스럽게 웃었다. 한주의 목소리는 굳어 있었다.

"그러면 김태현 원내대표와의 연락은 뭐죠?"

"그거야 뭐……."

동진이 선호를 보자 기다렸다는 듯 선호가 말했다.

"내가 그 방 보좌관이랑 친하잖아. 보좌관이 공 세운답시고 떠도는 말들을 그대로 보고한 모양이야."

"정말이에요?"

"믿든지 말든지 그건 네 자유야. 하지만 나는 너한테 거짓말 안 해. 의원님도 너한테는 거짓말 안 하고. 유한주한테 거짓말했다가 걸리면 무슨 사달이 나는지 뻔히 아는데 거짓말을 할까?"

한주는 고개를 숙이고는 동진의 눈을 보지 않은 채 말했다.

"의도한 거예요?"

동진이 답했다.

"뭐가?"

"SNS에 올린 글이요."

"무슨 소리지? 아픈 걸 아프다고 하는데 뭐가 의도라는 거야?"

"선배 그 글이 올라온 후 김태현 쪽에 동정이 일고 있어요. 기사 댓글도 그렇고 기사들 논조도 그렇고 그렇게까지 핍박한 양종훈이 옳았느냐는 말들이 돌아다녀요. 부의장 선거가 이틀 남았는데 마지막 변수가 될지도 모르겠어요."

한주가 다시 고개를 들었다.

"다시 묻겠어요. 의도한 건가요?"

"그럴 리가. 나는 정말로 아픈 사람이야. 갑자기 발현된 증세였고 숨이 쉬어지지 않아 곧 죽을 것 같았어. 세상이 무너지는 것만 같았지. 한데 그걸 어떻게 의도가 있다고 말할 수 있겠나. 그걸 이상하게 받아들이는 사람들이 문제지."

한주가 눈을 들어 동진을 똑바로 쳐다보았다. 동진이 마주 보고 웃었다. 두 사람은 10여 초간 그렇게 말없이 서로를 쳐다보기만 했다. 동진의 얼굴이 굳어지는 순간 한주가 차가운 목소리로 말했다.

"선배 처음 만났던 날 기억나요?"

"글쎄."

"처음 선배 만났을 때 나는 정치부 막내 기자였고 선배는 한 대학의 정치학부 교수였죠. 서로 마음이 통해서였는지 기분 좋게 대취해서 있는 얘기 없는 얘기 주고받았던 게 기억나요. 나중에는 가족 이야기까지 했었죠. 선배는 아버지 얘기를 길게 했어요. 아버지를 존경하였지만 어떤 이유로 크게 싸운 뒤에는 부자의 연을 끊겠다고까지 말해 아버지의 가슴에 대못을 박았다고 했지요. 하지만 마지막 돌아가시는 자리에서는 서로 화해했다고 했어요. 아버지께 부끄럽지 않은 삶을 살겠다고 하셨던 게 기억나요. 저도 제 인생 얘기를 했고요."

동진의 얼굴이 딱딱하게 굳나 싶더니 부드럽게 말을 받았다.

"돌아가시기 전 내 아버님의 눈빛을 잊지 못해. 청심환을 개어서 드렸는데 웃으며 나를 지그시 쳐다보셨지. 그때 나는 아버지와 화해를 한 거지. 그 당시를 생각하면……."

동진의 말이 채 끝나기도 전에 한주가 동진의 손목을 강하게 움켜쥐었다. 한주의 낮은 음성이 울려 퍼졌다.

"당신 누구야!"

그리고 한주는 선호를 거세게 노려보았다.

"동진 선배 아버지는 선배를 보지 못하고 돌아가셨어. 본인이 직접 나한테 해준 얘기지. 그런데 청심환은 무슨 얘기고…… 이 사람은 누구지? 장선호, 대답해!"

한주가 다시 동진을, 아니 방원을 노려보았다.

"당신, 도대체 왜 이동진을 연기하는 거지?"

동진, 아니 방원이 한주를 바라보았다.

3. 경거망동한 자들의 부박함

한주는 경계를 풀지 않고 계속하여 다그쳤다.

"당신 누구지? 내가 몰랐던 쌍둥이라도 되는 건가?"

선호는 당황스러움을 감추지 못한 채 방원을 쳐다보다가 깜짝 놀랐다. 방원의 눈동자에 눈물이 맺혀 흐르고 있었다. 한주도 놀랐다. 동진의 이런 감정적인 모습을 한 번도 본 적이 없었기 때문이다.

선호가 재빨리 끼어들었다.

"숨이 쉬어지십니까? 병원에 갈까요?"

"아니네. 그럴 일이 아냐."

낮게 그르렁거리는 목소리였다. 선호는 여러 번 들은 목소리였지만, 한주는 처음이었다. 낯설기보다는 당황스러웠다. 방원이 말했다.

"미안하군. 갑자기 옛날 생각이 났네. 아버님의 얼굴이 떠올라서 주체하지 못했어. 미안하네."

"무슨 말입니까? 당신이 이동진이 맞는다는 건가요?"

"이 얼굴과 목소리가 나인데 어째서 내가 아니라는 건가?"

"그런데 아버님에 대한 얘기가 다르잖아요!"

"그때는 내가 자네를 처음 보아 잘 모르지 않았나. 잘 몰랐으니 경계할 수밖에 없었고 경계할 수밖에 없으니 자세히 이야기할 수는 없었네. 당시에는 아버지에 대한 회한을 말하려던 것이었지."

그리고 방원은 다시 눈물을 보였다. 순간 선호는 섬뜩함을 느꼈다. 지금 방원의 행동은 자신이 가르쳐준 것이 아니었다.

출발 전 선호는 반복해 '동진처럼 보이는 방법'을 연습시켰다. 어투부터 시작해서 상황별 대처 요령 등 여러 가지였다. 선호에겐 익숙한 일이었다. 평소 의원들을 위해 국회 질의에서 정부와 싸울 때 상황별 대응 요령 같은 걸 만들곤 했었다. 그중엔 '잡아떼기'도 있었고 '주제 전환하기'도 있었다. '대놓고 거짓말하기'도 있었다. 하지만 '울기'는 없었다. 방원이 지나가는 말로 선호에게 "요즘도 눈물을 보이면 사람들이 당황해하나?"라고 물었을 때 선호가 대수롭지 않게 "예."라고 대답한 게 다였다.

그래서 더욱 놀랐다. 선호는 한주를 곁눈질하였는데 어느 때보다 당황하는 모습이었다. 방금 전의 강단은 사라지고 어린 조카가 우는 걸 안쓰럽게 바라보는 이모의 얼굴이 되었다. 선호는 적당한 이유를 대고 방원을 데리고 나가야겠다고 생각했다. 공황장애를 핑계로 말문을 열려 할 때였다.

방문이 열리는 소리가 들렸다.

식당 문을 정면으로 보고 앉아 있던 선호가 별생각 없이 고개를 들어 들어오는 사람을 보았다. 순간, 선호의 눈이 커졌다. 선호와 대각선으로 마주 앉아 있던 한주도 누군가 싶어 뒤를 돌아보았다. 그녀 역시 놀란 눈을 동그랗게 떴다.

김태현이었다.

태현은 웃으면서 다가오다가 눈물을 흘리고 있는 방원을 목격하곤 그 자리에 우뚝 섰다.

"아이고 이 의원님. 무슨 안 좋은 일이라도 있으십니까? 유기자, 이 의원한테도 뭐라고 했던 거야?"

한주가 웅얼거리는 목소리로 작게 말했다. "아닙니다……." 한주에게서 좀처럼 볼 수 없는 모습이었다. 선호는 재빨리 일어나 자신의 자리에 태현을 앉히려 했다. 태현은 손을 들어 사양했다. 그는 한주 옆자리에 앉았다. 선호와 마주 보는 자리였다. 태현은 방원을 쳐다보았다. 방원은 종업원이 가져다준 티슈로 눈물을 닦고 있었다. 종업원이 눈치를 살피더니 물 한 잔과 따뜻한 물수건도 가져다주었다. 방원은 물수건으로 얼굴을 덮었다.

"어쩐 일이십니까? 죄송합니다만 이런 상태라 오래 말씀은 못 나눕니다."

물수건으로 얼굴을 덮은 채 방원이 말했다. 잠시 주저하던 태현은 선호를 곁눈질로 바라보곤 이어 한주를 향해 고개를 돌리며 말했다.

"이 의원하고 할 얘기가 있는데 자리 좀 비켜주겠나?"

"아니…… 아닙니다. 그냥 같이 있는 자리에서 말씀하시지요."

방원의 말이었다. 태현이 괜찮겠냐 묻는 듯 눈을 찌푸리자 방원이 말했다.

"어차피 우리의 만남을 알게 되지 않았습니까."

선호가 재빨리 부연 설명을 했다. "유 기자가 내일 기사화할 수 있다는 말씀이신 거 같네요."

태현이 어쩔 수 없다는 듯 고개를 끄덕였다. 그는 한주를 바라보았다.

"본의 아니게 특종을 주게 됐군."

얼떨떨한 표정으로 한주는 고개를 숙여 인사를 표했다. 태현은 방원을 바라보며 강단 있는 목소리로 말했다.

"이 의원, 나를 도와주시오. 나와 함께 양종훈을 쓰러뜨립시다."

* * *

선호는 길게 담배 연기를 뿜어냈다. 곁으로 다가온 방원이 선호의 전자담배를 보며 물었다.

"예전부터 궁금했네만, 그 기물은 뭔가? 입에서 연기가 만들어져 나오는 기물이라니."

"아, 담배를 모르실 수도 있겠네요. 이것은…… 시름을 잊게 해주는 기물입니다. 전하께서도 한번 해보시겠습니까?"

선호의 입에서 자연스레 '전하'라는 말이 나왔다.

방원은 손을 내저었다.

"아니 됐네. 시름이야 자네가 많았지."

"……연기를 잘하시더군요."

방원이 빙긋 웃었다.

"내 말하지 않았나. 잡기에 재주가 있다고."

"왜 김태현 의원 제의를 받지 않으신 겁니까?"

방원은 태현의 제의를 공황장애가 심해 전면에 나설 수 없다는 이유로 정중히 거절했다. 태현은 방원의 말투에서 이상함을 느끼는 듯했지만, 이해한다고 말했다. 두 사람의 짧은 대화가 오간 뒤 태현은 일어섰다. 한주는 태현과 방원을 번갈아 보더니 태현과 함께 나갔다. 태현에게 궁금한 것을 캐물으려고 하는 것이리라. 분명 내일 신문에 태현이 방원에게 함께하자고 제의했지만 방원, 아니 동진이 거절했다는 한주의 기사가 나올 것이다. 선호의 직감이었다.

선호는 궁금했다. 마음만이라도 같이하겠다는 등 우회적인 승낙도 얼마든지 가능했다. 태현은 이제 동진이 양종훈 편에 설 것으로 생각할 것이다. 방원은 태현과 손을 잡으라고 권유하지 않았던가.

방원은 웃으며 말했다.

"과인의 때가 아니야. 더는 개입하지 않는 게 좋을 듯하네. 어느 정도의 잡희를 하고 발전한 문물을 즐기는 것은 가한 일이네만, 과거의 사람은 과거에만 머물러야 하네. 그 김태현이라는 인사가 어느 정도의 역량을 지녔는지 내 모르겠네만, 한창 바쁜 시간에 과인을 찾으러 직접 오지 않았나. 세력 싸움에서 지지는 않을 걸세. 설령 져도 다음에는 이기겠지."

"그러면 저희한테는 왜 김태현과 손을 잡으라고 하신 겁니까?"

방원은 히죽 웃었다.

"이 몸의 주인이 돌아올 때를 대비하라는 것이지. 그 정도 조언은 작금에 개입하는 건 아니라고 생각했네. 결정적인 순간에 김태현인가 뭔가 하는 자를 위한 계책을 만들면 되지 않겠는가."

"김태현은 성격상 우리가 자기와 척졌다고 생각할 겁니다."

"어찌 그리 삼봉이랑 똑같은 건지 원."

방원이 혀를 끌끌 찼다.

"그러면 다른 방법으로 도와주면 되지."

"어떤……?"

방원의 얼굴에 장난기가 묻어났다.

"자네, 내 사위 평양군을 아나?"

* * *

김태현은 유한주가 쓴 기사를 읽고 있었다. 굳은 표정이었다. 어제의 일을 다룬 기사였는데 태현은 기사가 이동진에 우호적이라고 생각했다. 한 귀로는 송인혁 보좌관의 정세 보고를 듣고 있었다.

"이틀 남았는데 아직 박빙이라……."

"이겨도 져도 우리에게 큰 손해는 아닙니다, 대표님."

처음에는 원내대표라고 꼬박 직함을 붙이던 송인혁 보좌관은 언제부턴가 대표님이라고만 불렀다. 태현이 원내라는 수식어를 빼고 부르는 걸 좋아하고 있음을 눈치챈 것이다. 태현은 인혁의 그러한 빠른 태세 전환이 나쁘진 않았다. 그는 천천히 일어나 맞은편 화이트보드에 적혀 있는 숫자들을 살펴보았다. 이틀 뒤 벌어질 국회 부의장 보궐선거에 자신은 개입하지 않는 것으로 되어 있다. 당 지도부면 응당 그리했다. 하지만 그건 뒷방 늙은이 신세로 전락한 지금 당 대표에나 해당할 일이다.

여당 의석 155석 중 자신의 표는 대략 60여 표. 두 달 전 원내대표 선거에서 1차 때 얻은 표수가 흩어지지 않았다. 상대편 양종훈의 표도 그 정도였다. 결국 승부는 30여 표 되는 중립적 위치의 의원들이 쥐고 있었다. 두 달 전 원내대표 선거 때도 그랬다. 국회 밖에 있는 양종훈이 의원들을 제대로 접촉하지 못하는 틈을 타 태현은 선거 구도를 태현과 反 태현 구도로 몰아갔다.

이번에도 그 전략을 재현하자는 것이 태현 측 생각이었다. 하지만 돈과 조직에서 앞서 있는 양종훈을 이기는 방법을 찾기는 쉽지 않았다. 결국 바람과 구도일 수밖에 없었다. 그래서 동진이 필요했다. 이틀 전까지만 하더라도 존재가치가 없던 동진은 공황장애 선언 후 언론으로부터 동정표를 한껏 사고 있었다. 그래서 수를 던졌다. 분명 먹힐 것으로 생각했지만 태현은 거절당했다.

"무슨 생각을 하십니까?"

태현은 고개를 들었다. 인혁이 웃음을 지으며 서 있었다. 인혁은 태현에게 퍽 이질적인 존재였다. 세 차례 국회의원을 하는 동안 태현은 능력 있는 보좌관을 갈구해왔지만, 좀처럼 찾기 어려웠다. 그러던 중 인혁이 변호사와 공인회계사 두 개의 자격증을 가지고 찾아왔다. 인혁은 돌려 말하지 않았다. "제겐 야망이 있습니다. 의원님과 함께 대통령실에 들어가는 꿈 말입니다."

지금까지는 제대로 해내고 있었다. 인혁은 문제 해결 능력과 정치적 감각이 상당했다. 정무적 판단으로 법안을 다루는 방법도 알았다.

"아니 별일 아니네."

태현은 눈을 감은 채 말했다. 괴리감이 들었다. 인혁은 태현에게 문서 하나를 내밀고 말없이 방을 나갔다. 혼자 남은 태현이 문서를 바라보았다. '대통령이 되는 법'이라는 제목이 눈에 들어왔다.

"읽기가 두렵군."

* * *

선호는 '요플레 뚜껑 제조시 환경부담금 부과 가능성에 관한 정책토론회' 현수막 밑에 앉아 있었다. 환경노동위원회 소속 한상경이 주최한 행사였다. 토론회가 열린 의원회관 세미나실 앞에는 기업 쪽에서 보낸 화환이 두 줄로 늘어서 있었다. 한상경 의원실에서 나온 보좌진들이 참석자들을 안내하고 책자들을 나누어주었다. 방원은 공부를 하겠다며 수찬과 함께 오피스텔에 있었다. 다혜는 밀린 업무를 위해 의원실로 갔다.

선호는 한상경을 찾느라 두리번거렸다. 여러 사람과 악수를 나누던 한상경은 선호를 보더니 반갑게 맞이했다.

"장 보좌관, 우리 토론회에 와줘서 고마워요."

"아닙니다. 저희 의원님께서는 몸 상태가 안 좋아…… 저라도 뭔가 공부해야 할 거 같아서 왔습니다."

"아, 그런가…… 의원님은 좀 나아졌는가?"

선호는 어깨를 으쓱했고, 누군가 부르는 소리에 상경은 오른쪽으로 몸을 돌렸다. 그때를 놓치지 않고 선호는 다시 제자리로 돌아갔다.

"장 선배?"

"어, 효진. 왔어? 한주는?"

효진이 선호 옆에 서 있다 말을 걸어왔다. 선호는 급하게 웃어 보였다. 한주 후배다 보니 몇 번 밥을 같이 먹었던 사이였다.

"한주 선배는 이런 황당한 이슈까진 안 챙기잖아요?"

효진이 당연한 거 아니냐는 듯 말했다. 선호는 뭐라 맞장구를 쳐주려다 입을 다물었다. 방원이 아침에 해줬던 말을 전할 대상을 한상경에서 효진으로 바꾸어볼까라는 생각이 순간 들었다. 선호는 방원의 비책을 효진을 통해 시험해보기로 했다.

"근데 선거는 누가 이길 거 같아?"

"글쎄요? 현재로서는 아마도 김태현 쪽이 미세하게 유리하겠죠."

"그래? 흠…… 내가 알고 있는 거랑은 다른데?"

"뭐가요?"

선호가 효진의 귀에 뭐라고 속삭이자, 효진은 놀란 표정이 되었다.

"사실이에요?"

"대통령실에서 아침에 전화가 왔었다니까. 미안했나 봐. 우리한테 이야기해주더라고. 의원님이야 지금 아파서 나오시지 못하는 형편이니 나라도 와야지."

선호는 콧잔등을 긁으며 말했다. 긴가민가 고개를 갸우뚱하는 효진에게 선호가 다시 확인해주듯 말했다.

"대통령실 정무수석실에서 말했다면 맞는 거겠지."

* * *

양종훈은 자신의 방 안에서 눈을 감고 있었다. 사람들은 종훈이 사고를 치거나 종훈의 수하에 있는 사람들이 실언을 내뱉을 때마다 양종훈 쪽 계파의 지능이 떨어진다고 여겼다. 종훈이 노리는 건 그런 인식이었다. 그는 성격이 급하긴 했지만, 상대방이 자신을 얕보면 정치적 수싸움에선 유리하다는 것도 잘 알았다.

종훈은 현재 싸움의 판도를 계산해보고 있었다. 대통령 도움을 받지 않고 이기겠다고 시작한 싸움이었다. 종훈은 알았다. 대통령의 도움을 받으면 계속 그의 그늘에서 벗어나기는 어려울 것이다. 대선을 노리는 종훈으로서는 대통령실에서 벗어나야 할 때였다. 그래서 반쯤 우긴 끝에 국회로 돌아왔다. 우선 태현을 꺾어야 했다. 대통령을 위해서, 또 자신을 위해서라도.

그 순간 필요한 사람이 이동진이었다. 자기편으로 끌어들이는 것만으로 언론의 주목을 제대로 받을 수 있을 것이라 생각했다. 하지만 지금 돌아가는 구도를 보니 그건 아닌 것 같았다.

"이동진을 중립지대에 놓는 것만으로도 도움이 되는 건가."

종훈은 중얼거렸다. 정치는 언제나 그렇듯이 수싸움이다. 나를 지지하는 사람이 반대하는 사람보다 많으면 무조건 이긴다. 정치에 있어 영원한 동지도 적도 없다. 종훈은 자신과 대립했던 이동진에 대한 불쾌함은 이미 잊었다. 자신의 정치적 이익에 도움이 되면 그뿐이다. 그때, 종훈의 휴대전화에 새 메시지가 왔다는 알림 소리가 났다. 메시지를 본 종훈은 놀란 표정이 되었다.

* * *

"저한테도 왔네요."

컴퓨터 앞에 앉아 동영상에 흠뻑 빠져 있던 방원의 어깨를 누군가 톡톡 건드렸다. 방원은 쓰고 있던 헤드폰을 벗고 뒤돌아보았다. 수찬이 휴대전화를 들어 보였다. 방원은 수찬의 휴대전화 속 글귀를 대충 훑어보고는 몸을 돌렸다.

"아 빠르군. 과인 때엔 내 숨은 뜻을 살짝 보이면 이틀은 걸려서 대간이 상소문을 올리고 그랬는데 말이지. 이제는 반나절도 걸리지 않는다는 겐가."

방원이 빙긋 웃으며 마우스를 클릭했다. 마우스를 다루는 방법에도 익숙해져 있었다. 방원은 턱을 괸 채 '9급 공무원 한국사 100일 강의'라는 동영상에 빠져들었다. 수찬은 그런 방원을 살펴보곤 메시지를 꾹 눌러 복사한 뒤 자신이 만든 단톡방에 옮겨 붙였다. 단톡방에 옮겨 붙인 메시지는 '받) 국회 부의장 선거 양종훈 측 박현수 79. 김태현 측 오민준 66. 미정 10. / 대통령실 정무수석실'이라는 내용이었다.

* * *

인혁의 보고를 받은 태현은 별다른 말이 없었다. 마음속으로는 수많은 생각이 뒤엉키고 있었다. 태현은 양팔을 머리에 받치고 다리를 쭉 뻗었다. 그리고 눈을 감았다. 태현이 생각할 때 흔히 취하는 자세였다.

그 마음을 누구보다 잘 아는 인혁이 말했다.

"대통령실에서는 아니라고 강력 대응하고 있습니다만 글의 파급력이 상당합니다. 중도에 있는 의원들이 양종훈 쪽으로 넘어가고 있습니다."

"나라도 그렇게 하지."

태현은 몸을 일으켜서 표가 부착된 벽 쪽으로 몸을 옮겼다. 태현은 표에 적혀 있는 숫자 위에 손을 대었다. 인혁이 태현에게 물었다.

"돈줄을 좀 풀까요?"

태현이 인혁 쪽으로 몸을 돌렸다.

"그렇게까지는 하고 싶지 않아."

"다들 하는 일 아닙니까."

"지금은 아니네. 양심의 최저한선이랄까, 원칙의 하한선이랄까 그런 생각이 들어. 돈 쓰는 건 최악일 때 다시 검토하는 것으로 하지."

인혁이 무슨 말을 꺼내려다 그냥 삼켰다.

그때 태현의 휴대전화가 울렸다. 태현이 곧바로 전화를 받았다.

"김태현 원내대표입니다. 네? 누구시라고요?"

* * *

늦봄의 의원회관 강당 안은 열기로 가득했다. 많은 사람들이 모여서 그럴 수도 있겠지만 선거 결과에 대한 관심이 뜨거워서 그럴지도 모른다고 선호는 생각했다. 물론 회의실에 창문이 없고, 28도 이하에는 에어컨을 틀 수 없는 기관이라는 점도 그 이유가 될 것이다. 오늘은 당내 변화를 가져올 중요한 날이다. 다혜는 연신 손부채를 흔들었다. 김태현과 양종훈 측 후보들은 선거 시작 30분 전부터 나와서 열심히 인사를 했고, 양종훈을 비롯해 장관직과 국회의원직을 겸직하는 사람들은 대부분 자리에 앉아 있었다. 그들을 포함하여 보좌관, 취재 기자 등 수많은 사람들이 좁은 공간에 다닥다닥 붙어 서 있거나 앉아 있었다.

"의원님은?"

밖에서는 방원에게 의원이라는 호칭을 쓰기로 했다. 다혜가 말했다.

"수찬이랑 놀러 갔어요. 하루 정도는 긴장을 풀어야 한다나 뭐라나. 말 보러 갔어요."

"설마…… 경마는 아니겠지?"

선호는 가볍게 농담을 던졌는데, 다혜는 왠지 불안한 표정이었다. 잠시 뒤 마이크 켜지는 소리가 들렸다. 선거 결과 발표가 나오려는 참이었다. 선관위원장을 겸직한 당 대표가 소리 높여 외쳤다.

"기호 1번 박현수 71표! 기호 2번 오민준 80표! 기권 2표, 무효 1표, 불참 1표로 하반기 국회 부의장으로 오민준 후보가 당선되었음을 선포합니다!"

당 대표가 양종훈 측 후보인 박현수의 이름 뒤에 칠이라는 입 모양을 내는 순간, 선호는 맨 뒷줄에 앉은 양종훈의 얼굴 표정을 재빨리 살폈다. 평소 그는 의원총회 때마다 구석 뒷자리에 앉아 카메라를 피한 상태에서 의원들과 뭔가 이야기를 나누곤 하였다. 오늘도 옆에 앉은 한상경과 여유 있는 모습으로 대화를 나누고 있던 양종훈의 얼굴에 당황한 빛이 순간 번져 나갔다. 그리고 하얗게 굳어진 얼굴이 딱딱하게 보였다. 선호는 확신했다. 방원의 말이 또 맞았다.

* * *

"어떻게 이런 결과가 나올 걸 예상하셨어요?"

수찬이 물었다. 경마공원에서 휴대전화로 찍은 말 사진을 보며 방원은 흐뭇한 표정을 짓고 있었다. 방원이 수찬에게 고개를 돌렸다.

"응?"

"김태현이 우리 얘길 듣고 양종훈 쪽 세미나로 달려가는 의원들이랑 접촉할 것이라는 걸 어떻게 예상하셨냐고요."

태현이 받은 전화는 수찬이 걸었던 것이었다. 수찬은 태현에게 전화하여 동진이 병원에 가기 전 자신에게 이야기했다며 지금 양종훈 세미나 자리에 도착하는 화환들에 적힌 이름의 의원들과 접촉하면 이길 것이라고 했다고 전했다. 또한 그 사람들에게 공천과 돈을 약속하라고 했다. 태현의 승리는 그 말을 이행한 결과였다.

"중간에 있는 자들이 움직일 공간을 만들게. 그자들한테 이익을 안기게. 그러면 자네들의 편을 들걸세."라고 방원은 수찬과 선호, 다혜에게 말했었다. 그때 선호가 "어떻게 움직일 공간을 만들어줍니까?"라고 묻자, 방원은 이렇게 말했다. "권력이 양종훈의 편을 든다고 하면 많은 자들이 양종훈 편에 서겠지. 그때 더 큰 이익을 안겨주면 되네." 그 말을 들은 선호가 대통령실을 이용할 계획을 세웠고 수찬이 선호의 말대로 태현에게 전화를 건 것이다.

경마공원에서 주차장으로 향하는 길을 따라 걷는 방원을 수찬이 따라붙었다. 경마공원에서 나오는 함성 소리가 점차 멀어질 즈음 길옆에 심은 나무들에서 초록 향기가 한가득 느껴졌다.

"내 사위 중 조대림이라고 있었는데 혹시 아나?"

"조대림이요?"

"모르는가 보군. 하긴 장선호도 모르더군. 내 사위가 처했던 때와 비슷한 거 같아서 한번 계책을 꾸며봤지."

"무슨……."

"내 사위한테 달라붙어서 역모를 꾀하려던 작자들이 있었지. 사위가 좀 어리숙했거든. 그들이 사위를 통해 내 명령도 없이 멋대로 군을 움직이게 하려고 했었지. 그 전에 대충 사정을 파악하긴 했는데 그때 사위도 군에 있어서 자칫 대간이 사위까지 탄핵할 수 있었거든."

거기까지 말한 방원은 약간 뜸을 들였다.

"그래서요?"

"그래서는 무슨. 사위 놈을 계속 군에 둬야 했으니까 결국 사위 놈의 충심을 내가 알아서 증명해야 했지. 그래서 사위가 군을 끌고 나설 때 궁 안에서 주라를 불게 했지. 자네는 주라가 뭔지 아나?"

"아니요."

"세상 참…… 주라라는 건 궁내에 급변이 있을 때 불던, 출정할 때 쓰는 큰 나팔 같은 걸세. 사위가 그 소리를 듣고 군을 끌고 궐로 왔으니 충심이 증명된 거지."

방원은 눈을 찡긋하더니 다시 말을 이었다.

"사람은 예나 지금이나 비슷해서 다시 한번 써먹을 만한 계책이라는 생각이 들었지. 내 사위 놈은 어리숙하긴 했으나 아비를 닮아서 본질은 선량하고 나에게 충성을 다하는 사람이었지. 과인은 사위가 위기에 처했을 때 주라를 불어 그의 충심을 증명해줬고 말이네. 내 사위는 위기에 빠졌기 때문에 자신이 단단한 사람임을 또한 증명해 보일 수 있었던 게지."

수찬은 방원을 쳐다보았다. 방원은 진지한 자세로 바뀌어 있었다.

"자네, 사람의 부박함을 알려면 어떻게 해야 하는지 아나? 그에게 위급한 정보를 주고 어떻게 대응하는지를 살펴보면 되네. 양종훈이 유리하다는 정보가 퍼진다면 마음을 정하지 못한 자들이 급하게 움직이지 않겠나. 하지만 급히 움직였기 때문에 한편으론 다시금 불안감이 스며들기 마련이지. 그런 이들이 부박한 걸세."

"……."

"부박함을 건드리는 게 계책의 핵심이라네, 한번 경거망동한 자들은 또다시 경거망동하게 되지." 방원이 다시 유쾌한 어조로 말하며 수찬을 바라보았다.

"오랜만에 말과 사람을 실컷 봐서 재미있는 하루였어. 아주 재미있는!"

* * *

태현은 해 질 녘 집에 도착하여 저녁을 먹으며 자신이 출연한 방송을 무심히 보았다. 휴대전화는 집에 도착한 후부터 계속 웅웅거렸지만 꺼내 보지 않았다. 가족들이 각자의 방으로 들어간 늦은 밤, 태현은 방에서 조용히 나와 거실 찬장에 있는 위스키 한 병을 꺼내 얼음을 채운 잔에 부었다. 떠오르는 얼음을 보면서 이동진이 보낸 '부박한 사람들을 건드려야 합니다'라는 문자의 의미를 생각했다. 이동진 의원실의 비서관이라는 사람이 "의원님은 전화를 하실 수 없으셔서 대신 전합니다."라며 말해준 계책이었다. 경거망동하는 의원들에게 공천을 제시하라는 것. 그들에게 직위를 약속하고 돈을 약속하면 이길 것이라 하였다. 그 계책이 아니었다면 이길 수 없었다. 위스키 잔의 얼음이 서서히 녹아내리고 있었다. 그가 중얼거렸다.

"언제부터 이동진이 이런 계략을 앞세웠던 거지?"

131

* * *

　태현은 책상 위 놓여 있던 A4용지를 쥐고 탕탕 두드렸다. 여
유가 있는 몸짓이었다.

　6월이었다. 날씨는 더워지고 있었다. 햇살을 받으며 국회 밖
으로 나가 밥을 먹기보다 국회 본관에서, 의원회관 내 식당에
서 한 끼를 해결하려는 사람이 늘었다. 작렬하는 햇살을 피하
고자 사람들은 선글라스와 모자를 썼다. 보좌진은 물론이고 의
원들도 마찬가지였다. 밝은 색상의 짧은 옷차림이 늘어났다.
사람들의 머릿속에서는 지난달의 국회 부의장 선거 결과가 잊
히고 있었다.

　선거 결과의 교훈을 되새기는 사람들이 여의도를 움직였다.
태현도 그중 한 명이었다. 국회 부의장 선거에서 승리한 그는
차기 대선주자 여론조사에서 오차범위 내로 양종훈을 앞서 나
가기 시작했다. TV와 유튜브에서 정치평론가들이 '차기 대통
령 김태현'을 말하고 있었다. 태현은 방심하지 않았다. 이럴 때
무너지기 십상인 것이 정치라는 걸 잘 알았다.

　그래서 더 대통령실과의 관계에 힘을 쓰고자 했다. 대통령실
에서 내려오는 지시를 충실히 따르려 했다. 인혁도 "힘을 숨기
고 드러내지 마셔야 합니다."라고 조언했다.

　"이 의원은 오늘도 의원총회에 안 나오나?"

　태현이 사무실을 나서면서 인혁에게 물었다.

　"예. 참석이 어렵답니다. 불안 증세가 심해져서."

태현은 작게 혀를 찼다. 이동진만이 태현의 계산에서 벗어났다. 부의장 선거에서 자신을 도와달라는 요청을 대놓고 거절해 망신을 주더니, 뒤로는 이길 수 있는 계책을 귀띔해 역전의 발판을 마련해줬다. 기쁜 마음에 전화를 걸었더니 장선호라는 보좌관은 동진의 몸 상태가 안 좋다는 이유로 바꿔주지 않았다. 다음 날 당선을 축하한다는 장문의 메시지만 왔을 뿐이었다. 동진의 소식을 아는 사람은 아무도 없었다. 여의도 최고 마당발 유한주에게 슬쩍 물어봤지만 모르는 눈치였다. 회관에는 일주일에 한 번 들를까 말까 한다는 소식이 들어온 차였다. 태현은 동진이 부담스럽지만 결코 적으로 돌려세워서는 안 되는 존재가 됐음을 깨달았다. 인터넷 커뮤니티에는 아직도 동진에 대해 우호적인 글들이 가득했다. 그들은 동진이 어떤 행동을 해도 우호적으로 해석했고, 동진을 비판하는 방송패널들이 있으면 댓글로 욕을 퍼붓곤 했다.

동진을 적으로 만들면 안 된다는 걸 느끼기는 양종훈도 마찬가지일 것이다. "이동진 의원이 우리 편이라는 걸 알릴 필요가 있습니다."라고 했던 인혁의 조언대로 태현은 이동진이 이번 승리에서 공을 세웠다고 슬쩍 흘렸다. 그 후 태현이 알아본 바 양종훈도 선거 패배 이유를 동진에게서 찾고 있었다. 예전과 달리 지금의 이동진은 여당 내 정치 흐름을 바꿀 수 있는 존재였다. 문제는 그런 이동진이 무슨 행동을 벌일지 모른다는 것이었다. 태현이 동진을 더 가까이 두려는 이유기도 했다.

태현은 고개를 가로저었다. 야당과의 협상이 코앞이었다. 대통령실에서 요구한 법안 통과를 위해 야당과 협상을 해야 할 때 이동진 생각에 빠져 있다니, 어리석은 일이었다. 그는 법안 내용을 떠올리며 문을 열었다. 야당 원내대표가 웃으며 그를 기다리고 있었다.

* * *

"그래. 과인의 복귀는 언제쯤인가?"

"그렇게 말씀하시니 복귀가 안 되는 겁니다."

동진의 오피스텔에서 방원은 손으로 참외를 집어 한 입 베어 먹다 다혜의 눈총을 받고 슬며시 내려놓았다. 숟가락과 젓가락 사용이야 능숙했지만, 포크 사용은 적응이 안 됐다. 방원은 삼지창처럼 생긴 포크를 과일에 찔러 넣는 게 영 맘에 들지 않는다고 말하곤 했다.

선호가 말했다.

"그 '과인'이라는 예스러운 말투를 어떻게든 고쳐야죠. 안 고치면 저로서도 방법이 없습니다."

"그게 마음먹는다고 해서 쉽게 고쳐지는 건가. 자네도 내 나이가 되어보게. 사람은 늙으면 고쳐 쓰는 거 아니네."

방원이 다시 참외에 손을 가져가려다 다혜가 찰싹 손등을 때리자 아야 하는 소리를 냈다. 옆에서 노트북을 두드리던 수찬이 키득거렸다.

네 사람은 거의 매일 같이 지냈다. 가정이 있는 다혜야 저녁

때면 돌아갔지만 밤에 화상회의는 반드시 함께했다. 다혜는 남편에게서 "너희 의원실은 내는 자료도 없는데 무슨 회의를 맨날 그렇게 해?"라는 비아냥 섞인 말을 들었다고 했다.

같이 지내다 보니 많은 걸 바꿔나갈 수 있었다. 우선 방원의 몸에 밴 습관을 고치게끔 노력하는 일들이 이뤄졌다. 만나는 사람들과 서로 인사하고, 밥을 먹거나 말을 하는 중에 과거의 예법을 거둬내고 현대의 삶과 양식에 맞는 생활 습관을 배우고 몸에 익혔다. 방원은 의외로 적응을 잘하였고, 무조건 따라야 했던 옛 예법이 사실은 조금 지겨웠다며 후련해했다.

여러 물건 사용법도 배웠다. 방원은 특히 한 장씩 뽑혀 나오는 티슈에 애착을 보였다. 두루마리 휴지도 크게 좋아했다. "이런 기물이 내 살던 때에도 있었다면 좋았을 텐데……"라는 말을 자주 했다.

치약을 묻혀 양치하는 법, 샤워기를 사용하여 샤워하는 법, 얼굴에 스킨과 로션 바르는 법 등에 대해서도 배웠다. 방원이 화장실 대변기 위에 쭈그려 앉아 용변을 보다가 수찬에게 들켰을 땐 작은 소동이 일었다. 방원은 대변기에 살을 맞댄다는 걸 영 꺼림칙하게 생각했다.

세 사람은 방원에게 현대생활에 대해 가르친 만큼 그로부터 그간 알지 못했던 옛이야기를 들을 수 있었다. 물론 방원의 개인적인 추억들이었다. 방원은 젊었을 적 세종이 어떻게 생겼는지를 말해주었다. "우리가 보는 초상화에서보다 더 뚱뚱했네. 뱃살이 많이 나와서 내가 사냥 좀 다니라고 잔소리를 했지." 선호는 AI의 도움을 받아 젊은 시절의 세종대왕을 그려 방원에게 보여주었다. 방원은 아련한 말투로 "제법 닮았네."라고 말했다.

또 방원은 자기가 겪은 고려 말 상황과 아버지 이성계의 모습, 정몽주가 죽던 날에 대한 자세한 묘사나 제1차 왕자의 난 때 자기가 했던 일들을 자랑스럽게 말했다. 그 이야기를 들으며 세 사람은 묘한 기분이 되었다. 곽티슈에서 휴지 한 장을 뽑으며 해맑은 표정으로 "이런 뛰어난 기물이 있다니!" 하는 사람과 사람 죽이는 걸 예사로 아는 인간이 같은 사람이라는 건 퍽 적응하기 힘든 일이었다.

실록에 기록되지 않은 일들에 대해서도 방원은 많은 말을 해주었다. 정몽주가 선죽교에서 죽었다는 내용에 "그런 적 없다" 했고, 조금 주저하긴 했지만 1차 왕자의 난에서는 자신이 직접 군을 이끌었다고 했다. 정도전을 죽이고 난 뒤 그의 주검을 양재동에 묻는 걸 허락해줬다고도 했다.

언젠가 네 사람은 살곶이다리에도 간 적이 있었는데 다혜가 '살곶이'라는 지명은 이성계가 이방원을 향해 쏜 '화살이 꽂힌 곳'이라는 데에서 유래되었다고 하자 방원은 손사래를 쳤다. "아바마마는 나한테 화살을 쏜 적이 없네!"

방원은 자기가 즐겨 찾던 사냥터가 아파트촌으로 변한 모습을 보고 슬퍼했다. 동구릉 안 태조 이성계의 건원릉에서는 술 한잔 올리겠다고 떼를 써서 세 사람이 술잔과 술을 몰래 가져가기도 했다. 억새로 일궈진 왕릉 밑에서 방원은 진지한 표정으로 절을 했고 세 사람도 그를 따라 재빨리 절을 했다. 며칠 전만 해도 과거의 예법이 지켜웠다고 말했던 방원은 세 사람이 어설프게 절하는 모습을 보더니 작금엔 예법이 땅에 떨어졌느니 하며 한소리를 했다. 막상 동구릉 사무소에선 예를 올리는 네 사람을 제지하지 않았다. 나중에 선호가 문화체육관광위원회 소속 보좌관을 통해 슬쩍 물어본바 동구릉에는 가끔 그렇게 절하러 오는 사람들이 있다고 했다. 문화재청 공무원은 "정신 나간 사람들이 한 명씩은 있죠."라며 껄껄 웃었는데, 선호는 '그 사람들도 혹시?'라는 생각에 따라 웃을 수만은 없었다.

동진의 오피스텔에 있는 동안 방원은 종종 컴퓨터와 마우스를 오랫동안 만지작거리면서 생각에 잠기곤 했다. 선호가 무슨 생각을 하시냐고 묻자 "이걸 가져갈 방법이 있나 살펴보았네."라고 답했다. 방원은 자동차도 호기심 넘치는 눈빛으로 요리조리 살펴봤다. 무엇보다 관심을 보인 건 굴착기였다. 언젠가 방송에서 굴착기가 땅 파는 걸 본 뒤부터 방원은 계속 굴착기의 가격을 묻곤 했다. "왜요?"라고 수찬이 묻자 "이거 한 대면 성을 쌓을 때 백성들의 고생이 많이 줄어들지 않겠나."라고 했다.

선호와 수찬은 같이 지내는 동안 한밤중에도 컴퓨터 앞에 앉아 실록을 읽고 있는 방원을 자주 보곤 했는데 방원은 그럴 때마다 쑥스럽게 말했다. "이걸 읽어야 과인이 한 시대를 살았다는 존재감을 느낄 수 있네."

네 사람은 그렇게 외부와 연락을 차단한 채 한 달을 보냈다. 선호는 의식적으로 정치 뉴스를 보지 않았다. 한주의 연락도 동진의 공황장애 치료를 이유로 피했다. 동진은 천애 고아

였고, 부인과도 사별하였기에 처가 쪽과의 연락도 뜸한 편이었다. 친한 친구들과의 연락은 다혜가 맡았는데 그들의 반응은 어떠냐고 선호가 물었더니 "뭐 다들 쿨하던데요?"라는 답이 돌아왔다.

그들의 도박은 '성공' 쪽으로 기울고 있었다.

애초 가을로 염두에 두었던 복귀 시점을 앞당겨야 하지 않을까 하는 생각이 든 건 그때부터였다. '여의도'에 완전히 연락을 끊고 지내는 기간이 길어지면서 눈치가 보이기 시작했다. 선호는 여름휴가 전에는 복귀하는 것이 좋겠다고 생각했다. 그래야 국정감사 기간 전에 주목받지 않고 조용히 복귀할 수 있을 것이다. 국정감사 준비를 해야 하니 지금부터 보좌진을 채워놔야 하기도 했다.

선호는 보좌진 문제를 생각하니 답답했다. 세 사람만으로는 도저히 국정감사를 치를 수 없었다. 보좌진 충원은 불가피했다. 문제는 방원으로 변해버린 동진을 이해할 만한 입 무겁고 일 잘하는 보좌진을 찾기 어렵다는 점이었다. 언젠가 이 문제를 다혜, 수찬과 의논한 적이 있었는데 한참 논의 끝에 두 사람이 내린 결론은 그냥 국정감사를 망치자는 거였다.

선호 입장에서는 국정감사를 망쳤다간 내년 총선 후 다시 국회로 돌아오는 게 불가능했다. 용납하기 어려운 문제였다. 그는 보좌진 문제는 이방원 의원의 업무 복귀 후에나 생각하기로 마음을 정했다. '여름휴가 후엔 의원실 중 몇 곳에 공백이 생기겠지.' 하는 계산을 했다. 그리고 우선은 방원을 복귀시키는 일에 집중할 때라고 생각했다. 방원은 과거 급제자 출신답게 배우고 익히는 데엔 놀라운 성과를 보였다.

* * *

"대통령께서는? 아침에 별다른 말씀 없으셨나?"

정무수석이 커피잔을 내려놓으면서 고개를 가로저었다. 종훈이 한숨을 내쉬듯 중얼거렸다.

"모멘텀이 없군, 모멘텀이……."

이른 아침이었고, 정무수석은 대통령실 회의 직후 국회로 건너온 차였다. 사실 정무수석이 별다른 용건이 있어서 종훈을 찾아온 건 아니었다. 두 사람 모두 특별한 일이 없었다. 그게 문제이기도 했다. 특별한 일을 만들어야 하니까.

종훈은 부쩍 대통령실의 초조함을 느꼈다. 태현은 같은 당 소속이라고 하기엔 대통령과 결이 달랐다. 문제가 생기면 직언을 해야 성질이 풀리는 태현은 경선과 대선 과정에서 여러 번 대통령과 부딪혔고, 그 후부터 대통령은 의도적으로 태현을 멀리했다. 대신 핵심으로 떠오른 사람이 종훈이었다. '정치란 수'라고 믿는 종훈은 세상만사를 정의와 불의로 따지는 태현과 충돌하곤 했고 그 과정에서 대통령과 죽이 맞게 됐다. 대선 승리 후 인수위원회 시절을 거치면서 종훈이 최측근 실력자로 부상했다. 2년간 종훈은 문화관광부 장관으로 일하면서 사실상 비서실장을 대신해 대통령실을 통할했다. 재작년 종훈은 모 잡지가 뽑은 대한민국을 움직이는 사람들에서 국무총리는 물론, 대통령실 비서실장도 제치며 3위에 올랐다. 2위는 야당 대표였다.

"옛날 일이지. 옛날 일이야……."

종훈은 속으로 뇌까렸다. 무엇보다 지금이 중요하다. 종훈은 부의장 선거 후 당내 흐름이 급속도로 태현에게 넘어가고 있음을 감지하고 있었다. 대통령의 임기는 절반을 넘어섰다. 그건 여권 내 권력의 추가 이제 '대통령실'이 아닌, '당'으로 기울어지게 됐음을 의미했다. 이를 잘 아는 대통령실은 종훈을 끼워 '연착륙'을 하려 했지만 태현의 당선, 그리고 국회 부의장 선거로 무산됐다.

어쨌든, 변수를 만들어내야 한다. 종훈은 수석에게 물었다.

"지금 대통령실에서 원내대표실에 주문한 중점 처리법안 중 재밌는 게 있습니까?"

생각에 잠겨 있던 수석의 눈썹이 살짝 위로 올라갔다. 그런 수석을 바라보며 종훈은 답답했지만 자신의 감정을 숨겼다. 한상경과 이 자식, 둘 중 자기 말을 더 잘 들을 것 같아서 수석에 올렸던 것인데 답답하다고 할 처지가 아니었다.

"추경안이 문제지요…… 야당에서 이런저런 법안과 맞교환하자는 얘기가 있는데, 김 원내대표가 제 발등을 찍는 수라는 걸 잘 알고 있어서 협상에 응하지 않고 있어요."

"그렇습니까?"

종훈은 커피잔을 들어 올리며 표정을 숨겼다.

　　　　　　　　　* * *

　정무수석이 돌아간 뒤 태현은 참모 회의를 소집했다. 원내수석부대표와 원내부대표단, 원내대변인을 비롯한 원내지도부들이 모였고 승리 직후에 공공연하게 '친김계'를 내세우는 오민준도 머리를 들이밀었다.

　"아무래도 대통령실에서 추경안을 꼭 처리하고 싶은 모양입니다."

　"6월 안에 처리를 해야 한다는 얘기지요?"

　참모 중 하나의 말에 태현이 쓰게 웃었다. 대통령실의 초조함을 그도 모르는 바는 아니었다. 상반기 경제가 안 좋았다. 수출이 계속 말썽이었다. 내년 총선에서 1당이 되지 않으면 급속도로 레임덕이 올 것이라고 생각하는 대통령실로선 초조한 형국이 계속됐다. 이때를 틈타 기업들이 협회와 언론들을 동원해 추경안을 처리해야 한다고 주장해왔다. 태현은 경제에 큰 도움이 안 된다는 걸 알았지만 대통령실 생각을 완전히 거스를 필요는 없었다.

　문제는 야당이 법안 처리에 반대하고 있다는 것이다. 의석 분포는 여당 155석, 야당 145석으로 여당이 밀어붙이면 처리할 수 있지만 그렇게 했다간 대선을 노리는 태현의 정치적 이미지만 나빠질뿐더러 국회 내 야당 협의 없이 법안 통과가 된다 해도 그 모양새가 안 좋아질 게 뻔하였다. 지금의 국회의장도 여당 출신이지만 야당과의 협의 없이는 법안 처리를 하지 않겠다고 선언한 후였다.

결국 협상을 할 수밖에 없다. 태현은 야당을 만족시키면서도 여당의 출혈을 줄일 만한 법안이 뭔지 계산해보았다. 태현은 참모들을 바라보면서 탁 풀린 목소리로 말했다.

"결국, '그 법' 말고는 답이 없는 건가……."

* * *

"국회로 돌아가시면 우선 해야 하는 게 말이죠……."

수찬이 방원에게 종이에 정리한 목록을 짚어주면서 이야기하고 있었다. 방원은 여전히 한자가 편하다고는 했지만 무리 없이 한글을 읽을 수 있었다. 선호가 막 국회에 갔다 온 다혜에게 물었다.

"우리 없는 사이에 별다른 일은 없었다고 하지?"

"여의도가 뭐 그렇죠. 아시잖아요? 사회적 하수종말처리장."

선호의 질문에 다혜는 뚱한 표정으로 답했다. 방원의 복귀가 가까워질수록 다혜는 침착했던 과거와 다른 모습을 보이곤 했다. '방원'이 현대에 적응할수록 '동진'이 사라진다고 생각하는 것 같아 보였다. 선호는 다혜의 불안함을 일부러 모른 척하고 있었다. 불안감을 덜어내줄 방법이 없었다.

세 사람은 방원의 복귀 시점을 7월 초로 잡았다. 그러니까 지금으로부터 2주가량 남은 셈이다. 선호와 다혜는 다른 의원실 보좌관들에게 전화하면서 여의도 상황을 알아보기로 했다.

선호의 눈에 시시껄렁한 농담을 주고받으며 웃고 있는 방원과 수찬의 모습이 보였다. 수찬은 세종대왕릉에 다녀온 후 자신의 고시원에서 짐을 빼 동진의 오피스텔로 들어왔는데, 방원은 수찬이 마음에 든다는 이야기를 종종 했다.

해맑게 웃던 방원이 얼굴을 돌려 선호를 빤히 쳐다보았다. 갑작스러운 표정 변화에 선호는 뺨을 긁적거리며 물었다.

"왜요?"

"그 원내대표인가 하는 자한테서는 아직 연락이 없는가?"

"몇 번 있었지만 그때마다 몸이 안 좋다고 둘러대고 있습니다."

선호의 답에 방원이 고개를 주억거렸다. 그러고는 다혜에게 고개를 돌렸다.

"그 김태현인가 하는 자에겐 다른 신상의 문제는 없는가?"

"아…… 뭐 원하신다면 알아볼게요."

방원은 골똘히 생각하는 눈치였다. 그때 다혜의 휴대전화가 울렸다. 다혜는 밖으로 나가 전화를 받았다.

"왜 그러십니까?"

선호의 물음에 방원이 답했다.

"자네들의 국왕에 대해서 생각을 좀 했네."

"뭐가 문제인가요?"

알 듯 모를 듯 한 방원의 말에 선호가 재차 물었다. 누군가와 전화 통화를 나누던 다혜가 급히 들어와 리모컨을 찾으면서 선호와 방원을 불렀다.

"이것부터 빨리 보세요!"

다혜의 외침에 수찬까지 거실로 나와 TV를 지켜보았다. TV 화면에는 "여야 협상에 대통령실 분노…… 김태현 책임져야"라는 자막이 큼지막하게 떠 있었다.

*　*　*

"밀지 마세요. 지금은 드릴 말씀이 없습니다."

복도 앞에서 카메라와 마이크를 들이대는 기자들에게 떠밀려가며 태현은 같은 말을 반복했다. 전날 밤 야당 원내대표와 협상을 끝낸 그는 정무수석에게 곧바로 협상 결과를 통보했다.

여당이 원하는 추경안을 야당이 승낙하는 대신, 야당이 주장하는 특별감찰관법을 처리해주기로 했다. 최근 들어 몇몇 언론에서 대통령 처조카가 음주운전을 하다 적발됐다는 사건을 보도했는데, 이를 문제 삼아 야당에서 독립적인 형태로 대통령 친인척을 관리하는 특별감찰관을 임명하자고 제의해왔다. 대통령실에서는 강력한 반대 의사를 보였는데, 태현은 협상 과정에서 '특별감찰관을 즉시 임명한다'는 조항 중 '즉시'를 빼고 특별감찰관법을 받았다. '시점을 명확하게 하지 않았으니 총선 전까지 줄다리기를 하면 된다.' 태현은 그렇게 판단했다. 정무수석도 "이 정도면 대통령께서도 나쁘게 생각하지 않으실 겁니다."라고 말했다.

달라진 건 다음 날 아침부터였다. 대통령실 관계자 발로 단독기사가 쏟아지기 시작했다. "대통령은 불철주야 나라를 위해 뛰는데 여야는 자기들 잇속 차리기에만 바쁘다", "대통령 친인 척들을 잠재적 범죄자로 모는 나쁜 합의", "대통령을 구렁텅이에 몰아넣는 국회의 못된 습관을 없애야 한다"는 식의 살벌한 발언이 나왔다. 누가 보더라도 대통령의 '창'이 태현을 겨냥하는 게 분명했다.

아침 회의 전 보고를 들은 태현은 진정시키려 했다. 비서실장과 정무수석에게 전화를 걸었고 영부인에게 직통으로도 전화를 걸어보았다. 대통령실에 자신의 진의는 그것이 아니라는 해명도 여러 번 보냈다. 답장은 없었다. 태현이 나타날 때마다 기자들이 악착같이 따라붙었다. 언론사에 여권의 분열은 '한철장사'하기 딱 좋은 재료였다. 당장 태현은 내놓을 답이 없었다. 그는 아무 말도 하지 않고 쫓기듯 사무실로 돌아왔다.

태현은 의자에 앉아 두 눈을 감았다. 어디서부터 잘못된 걸까. 올해 말까지는 조용히 있고자 했다. 연말 예산안이 통과된 후부터 본격적인 세몰이에 나서려 했다. 그런데 왜 이런 일이 벌어지는 거지, 태현은 생각하고 또 생각해보았다.

전화벨이 울렸다. 양종훈이었다. 그가 태현에게 직접 전화를 한 건 근 한 달 만이었다. 태현은 여섯 번 정도의 신호음이 울리고 난 뒤 연결 버튼을 눌렀다.

* * *

"어이가 없군."

방원이 한마디를 툭 내뱉었다. TV 화면에는 기자들에게 갇혀서 말도 하지 못하고 진땀만 흘리는 태현의 모습이 반복적으로 나오고 있었다. 방송패널들은 김태현 원내대표의 향후 전망에 대해서 말하고 있었다.

"예?"

수찬이 되물었다. 선호와 다혜는 여기저기에 전화를 거는 중이었다. 방원은 고개를 저으며 말했다.

"작금의 왕이 처가를 위해 자신의 권력을 저렇게 쓴다는 게 황당해서 그렇다네."

수긍하는 표정의 수찬을 바라보며 방원이 다시 한마디 한마디씩 단호하게 끊으며 말했다.

"권력을 잡는 것과 쓰는 건 다른 걸세. '마상득지馬上得之 마상치지馬上治之'*라는 말을 모르나? 왜 쓸데없이 저러는지 모르겠군. 저러면 다른 자들도 힘을 달라고 보챌 텐데. 아니 잠깐만."

방원은 고민하는 기색으로 중얼거렸다.

"어쩌면 구실일지도 모르겠는데……."

방원이 고민하는 동안 선호가 다가왔다. 선호는 손짓해 세 사람을 탁자 위에 앉혔다. 선호는 선 채로 말했다.

---

* 居馬上得之, 寧可以馬上治之乎를 축약한 말이다. '말 위에서 천하를 얻을 수는 있지만, 말 위에서는 천하를 다스릴 수 없다'는 뜻으로 중국 한나라 때 유생인 육가가 한고조 유방에게 천하통일 후에는 권력을 운용하는 방법이 달라야 한다며 조언한 말에서 유래됐다.

"대충 예상은 되는데요. 양쪽 중 한 명은 치명상을 입을 것 같습니다. 김태현 원내대표는 물러설 공간이 없고, 양종훈이나 대통령실에선 김태현을 쫓아내려고 하겠죠."

다혜가 말했다.

"어떻게 할까요?"

"글쎄…… 난 답을 내리기 어려운데." 선호의 말이었다.

"그러면 누가 결정을…….."

세 사람의 눈이 방원을 향했다. 선호가 조심스레 물어보았다.

"예전에는…… 옛날에도 비슷한 사례가 있었나요?"

방원이 눈을 감은 채 말했다.

"내 육십갑자도 열 번이 지나 현세에 깨어났지만 요새 보니 사람 사는 세상 어디나 다 비슷하다는 생각이 드는데 자네도 그렇게 생각하나 보군? 자네들이 놓치고 지나가는 게 하나 있는 거 같네."

"뭘 말씀하시나요?"

"작금의 왕!"

방원이 눈을 뜨더니 주위를 바라보았다.

"왕이라뇨? 대통령 말씀하시는 겁니까?"

"흐음. 과인이 한국사 동영상인가 뭔가를 보니까 말이야, 과인에 대해서 이렇게 얘기하더군. 한반도에서 자유의지로 국왕 직을 내려놓은 유일무이한 사람이라고 말일세."

방원이 조금 차가워진 표정으로 말을 이었다.

"힘을 내려놓는다는 게 얼마나 어려운 일인지 아나? 과인도
양녕을 폐하고 충녕을 세우지 않았더라면 대보를 내놓지 않았
을 거네."

"그렇다면……?"

"가장 높은 자리에 오른 자들은 결코 그 자리에서 내려오지
않으려고 하지. 내려가는 순간 자신이 몰락한다고 생각하지.
권력이란 그런 것일세."

방원이 말을 이었다.

"작금의 왕은 곧 물러난다고 하지 않았나? 작금의 제도가 그
러하다 하니 받아들이겠지. 그러나 어찌 마음속에 울분이 없겠
나. 그리고 내가 저치들보다 못할 게 뭐가 있을까 생각하겠지."

세 사람은 방원을 쳐다보았다. 방원이 두 팔을 벌렸다.

"작금의 왕이 이길 걸세. 지금의 싸움은 논리의 싸움이 아니
야. 명분의 싸움은 더더욱 아니고. 내 보기에 작금의 왕은 신하
들에게 '답이 정해진' 문제를 낸 것 같군."

* * *

종훈은 앞에 놓인 음식을 노려보듯 바라보았다. 맞은편에 앉
은 정무수석이 초밥을 막 입에 넣으려던 차였다.

"안 드십니까?"

"먹어야죠."

종훈은 앞에 놓인 회 한 점을 입에 넣고 우물거리며 말했다.

"브이께서는 뭐라십니까?"

"아시지 않습니까. 원래 별다른 말씀이 없으신 분이라는 걸요. 그나저나 의원총회는 언제 열린답니까?"

"곧 열리겠지요, 아무래도?"

태현과 대통령실이 정면으로 부딪친 뒤 당내에서는 원내대표 신임에 대한 회의가 공개적으로 열려야 한다는 의원들의 목소리가 커지기 시작했다. 대체적으로는 대통령과 친하고 양종훈과도 일면식이 있는 이른바 '친양파'에서 목소리들이 나왔다. 태현은 의원총회 개최 시점을 언급하지 않았지만 곧 열릴 거라고 보는 관측이 지배적이었다. 우선 언론들이 그렇게 쓰고 있었다. 종훈은 회를 한 점 먹으면서 오전 중에 태현과 나누었던 대화를 다시 생각해보았다. 태현은 결정을 미루는 기색이었다. 회의를 열어서 결정하겠다고 했다. 종훈은 자신과의 통화를 비밀로 하겠다는 다짐을 받고 전화를 끊었다. 자신이 아는 태현은 거짓말할 사람이 아니었다. 그는 약속을 지킬 것이다. 자신이 태현보다 앞섰던 건 그 이유 때문이었다.

종훈은 회 한 점을 집은 채 상념에 빠졌다. 생각한 대로 초반 분위기가 흘러가고 있는 건 맞다. 태현도 이 싸움을 거치고 나면 다시 자신의 영향력 안으로 들어오게 될 것이다. 대통령실이야 점차 힘이 빠질 테고⋯⋯.

"어디 안 좋은 데라도 있으십니까? 안색이 안 좋아 보이십니다그려?"

수석의 말에 상념에서 깨어났다. 종훈은 집어 들고 있던 회

를 살펴보았다. 세꼬시였다. 맛있게 먹을 수야 있지만 씹을 때
는 뭔가 걸리적거리는 느낌. 종훈은 그제야 마음속 껄끄러움의
대상이 누군지 깨달았다. 그는 잠시 수석에게 양해를 구한 뒤
참모진에게 문자 하나를 보냈다. '이동진 동태 파악 즉시 보고
할 것!'

* * *

참모 회의를 소집한 태현은 피아노 건반을 누르듯 손가락을
책상에 탁탁탁 하고 두들겼다. 무언가 결정하기 힘들 때 나오
는 버릇이었다. 원내수석부대표가 먼저 말을 꺼냈다.

"일단은 대통령의 의중이 무엇인지 정확히 알아야 하지 않을
까요? 그걸 모르는 상태에서 대응하기엔 아무래도 부담이 큽
니다."

태현은 잠시 생각을 정리한 뒤 입을 열었다.

"대통령실은 이번 기회에 나를 내쫓으려 할 것입니다."

태현의 말에 회의장이 술렁였다. 인혁의 표정엔 변화가 없었
지만 인혁을 제외한 다른 사람들은 놀라워했다. 태현은 속으로
쓴웃음을 지었다. 언젠간 붙어야 할 싸움이 조금 앞당겨졌을
뿐인데 이런 반응을 보이는 건 배려인 걸까, 아니면 정말 몰라
서일까.

종훈이 준 계책이 꺼림칙하였지만 수용할 수밖에 없었던 건
대통령에 대한 태현의 마음가짐이 크게 작용했기 때문이다. 종

훈은 태현의 그 마음을 정확히 꿰뚫어 본 것처럼 말했다. "대통령실을 뒤집어놔야 해. 자네가 칼이 되게, 내가 방패가 되지."

태현은 두 손가락을 깍지 꼈다. 그때 인혁이 남들이 다 알고는 있지만 겉으로 꺼내지 못했던 말을 꺼냈다.

"대통령을…… 식물인간으로 만드실 겁니까?"

태현이 고개를 끄덕였다.

* * *

선호는 동진, 아니 방원의 휴대전화를 바라보았다. 문자 두 개가 와 있었다. 하나는 의원총회가 이틀 뒤에 열린다는 사실을 알리는 문자였고, 다른 하나는 한상경이 보낸 안부 문자였다. 한상경은 전화도 했었지만 선호는 받지 않았다. 방원이 선호가 들고 있는 휴대전화를 보았다.

"무슨 내용인가?"

"김태현 원내대표의 거취를 논하는 회의를 연다네요. 국회의원들만 모여서 하는 회의인데 의원총회라고 합니다. 정당의 의사결정 중에서는 가장 무게감이 있죠. 그리고 양종훈 쪽에서 우리 안부를 물어왔습니다."

방원이 팔짱을 꼈다.

"언제인데?"

"모레입니다."

"흐음…… 당상관들은 다 참석하는가?"

"뭐…… 우리 당 국회의원들은 죄다 참석하겠죠."

"물러나게 되면 거기서 물러나게 되겠군. 역적이 되는 건가?"

"지난번에도 말씀드렸지만 반대편이라고 해서 사람을 죽이고 그러지는 않습니다."

선호는 방원 쪽으로 고개를 돌렸다.

"양종훈 쪽에서도 연락이 왔는데 어떻게 할까요?"

골똘히 고민하더니 방원이 말했다.

"양종훈 쪽을 한번 만나보면 어떨까?"

"안 돼요. 언론이 예의주시하고 있어요. 당장 냄새를 맡을 겁니다. 소장파 의원이 양종훈과 접촉했다고 기사가 나겠죠."

다혜의 지적이었다. 방원이 고개를 끄덕였다.

"맞는 말이네. 그래도 만나야 할 거 같은데. 판단을 내리려면 많은 정보가 있어야 하네. 지금은 아무것도 없지 않은가."

"그러면 이번에도 제가 모시고 갈까요?"

방원은 고개를 도리질했다.

"아니, 됐네. 이번에도 자네와 나가면 말들이 나올 걸세. 이번에는 저 아이를 데리고 가지."

방원은 수찬을 가리켰다. 수찬이 움찔했다.

"저요?"

"제가 가겠습니다."

다혜가 나섰지만, 방원은 고개를 가로저었다.

"아니네, 무슨 일이 있을지 모르는데 어찌 아녀자를 데리고 갈까."

방원은 한쪽 눈을 찡긋하며 유쾌하게 말했다.

"'윙크'라고 하던데, 이럴 때 쓰는 게 맞는 건가?"

다혜는 소름이 돋는 걸 느꼈다. 선호가 계속 만류했지만 방원이 상황을 정리했다.

"말 한마디 조심히 하도록 하지. 또 자네가 어떻게 해야 할지 지침을 주면 되지 않겠나."

방원이 이어 말했다.

"서리가 내리면 말일세, 곧 얼음이 언다는 걸 알아야 하네, 사물을 대하는 태도는 무릇 그래야 하는 법이지. 지금이 서리가 내릴 때인지 아닌지는 직접 나가봐야 알 수 있다네."

말을 마친 방원은 웃으면서 방 안으로 들어갔다. 그런 방원의 모습을 보며 다혜가 선호의 옆구리를 찔렀다.

"왜?"

"점점 즐기는 거 같지 않아요?"

* * *

"내 이 의원을 다시 봤소!"

한상경은 얼이 나간 표정으로 소리쳤다. 한상경과 같이 방원을 쳐다보던 캐디들도 환하게 웃으며 박수를 쳤다. 방원은 두 팔을 벌린 채 의기양양한 웃음을 지었다.

'이동진의 의중을 파악하라'는 종훈의 지시를 받고 한상경은 어떻게 하면 이동진의 속마음을 떠볼 수 있을까 고민했다. 밥?

술? 이동진과 어울려 지내지 않았던 상경은 동진이 무엇을 좋아하는지 몰랐다. 만나자고 약속부터 잡은 뒤 머리를 굴려 생각해낸 것이 '골프'였다. 함께 홀을 도는 동안 많은 이야기를 하다 보면 자연스레 동진의 속내를 알 수 있을 것이다. 더군다나 다른 사람의 시선을 걱정하지 않아도 되는 필드는 비밀 유지도 되는 공간이다. 골프장에서 있는 얘기 없는 얘기 속내를 모두 드러내 곤욕을 치렀던 자신의 경험을 생각하며, 상대방과 허심탄회하게 이야기 나눌 수 있는 방법으로 이만한 것이 없다고 상경은 확신했다.

내막을 아는지 모르는지 동진은 "알겠다"고 했다. 통화 중에 상경이 "머리는 이미 올리셨겠지요?"라고 물었지만, 동진은 웃기만 했다. 원래 4인으로만 예약을 받는 골프장이었지만, 상경은 두 사람으로 예약했다. 매주 들르는 상경은 VIP 대접을 받고 있었다. 그리고 지금 이런 일이 벌어지고 있었다.

동진은 골프공이 잘 안 맞는 듯 처음에는 계속 보기를 내며 상경과의 내기 시합에서 연달아 졌다. 상경은 너무 쉽게 딴 돈을 동진에게 다시 돌려주며 속내를 떠보려 하였다. 그런데 그 순간부터 동진이 달라지기 시작했다. 상경은 동진이 작게 "격구랑 비슷하구먼."이라 말하는 걸 들었는데, '격구'가 뭔지 묻지는 못했다.

다음 홀부터 동진은 모든 라운드를 승리하며 상경의 돈을 따가기 시작했다. 4인 라운드였으면 동진은 엄청난 돈을 벌었을 것이었다. 당황한 상경은 넋이 나간 채 본래의 계획도 잊고 홀을 돌기만 했다. 마지막 홀의 경기가 끝나고 나서야 자신의 임무를 기억하고 '2차'로 술이나 한잔하자고 간곡히 말했다. 동진은 청을 무심히 거절했다.

"격구와 똑같은 운동이 있단 말이지."

수찬이 운전하는 차의 조수석에 타고 있던 방원이 키득거렸다. 다시 오피스텔로 돌아가는 길이었다. 수찬은 언제나 그렇듯이 방원을 뒤에 태우려 했지만 방원은 손사래를 쳤다. 방원은 "운전이라는 거, 어떻게 하는지 궁금했거든." 하며 조수석에 앉았다.

수찬은 운전하면서 방원을 흘긋 쳐다보았다.

"왜 얼굴에 뭐라도 묻었나?" 방원이 묻자, 수찬은 다시 앞을 바라봤다.

"아뇨. 그건 아닌데……."

"그럼 뭔가?"

"골프를 잘하시는 이유가 뭔가 해서요."

"응?"

방원은 재미있다는 얼굴이었다.

방원으로부터 이야기를 대강 들은 수찬은 시종일관 놀랍다는 표정을 감추지 못했다.

"그거 격구랑 비슷하던데?"

"격구요? 아……."

뭔가 알아챘다는 듯 수찬이 힐끔 방원을 보았다.

"마상격구요? 아니면 보행격구?"

수찬의 질문에 방원이 그런 것까지 아느냐는 듯한 표정을 지었다.

"보행격구지. 마상격구야 말을 타고 하는 거 아닌가. 아바마마야 워낙 말에 능하셔서 일흔 넘어 술에 취하셨을 때도 '말을 가져오너라. 내 말을 타고 돌아가겠다.'라고 했지만, 과인은 그 정도만큼은 아니었지. 내 아이가 걸어 다니면서 하는 걸 좋아해 맞춰주느라 보행격구는 즐겨 했지. 장선호가 옷을 빌려주면서 방법을 일러주기도 했고, 나가기 전 몇 시진 동안 그 골프 레슨인가 뭔가 하는 영상을 유심히 보기도 했지."

방원은 차창 밖 풍경을 보면서 말을 이었다.

"재미있단 말이야. 아주 재미있어."

"……안 힘드세요?"

"힘들다니? 아까 격구 말인가? 내기를 해서 그런지 재미있더군."

"아니…… 그게 아니고, 옛사람이시잖아요. 지금 사람들과 대화하시면 언제 탄로 날지 모르는데, 말 한마디 행동 하나 주의하셔야 하는데, 피곤하지 않으세요?"

수찬의 말에 방원은 잠깐 생각에 잠긴 뒤 답했다.

"힘들긴 한데…… 나는 자네들하고 있을 때 말고는 계속 잡희를 한다고 생각하지. 지금 가면을 쓰고 있지 아니하지만, 계속 가면을 쓰고 있다고 생각한단 말일세. 어렸을 때인가…… 처음 아바마마와 같이 개경에 왔을 때 연등회인가, 팔관회에서 아바마마가 보여줬던 나례를 계속 기억한다네. 탈을 쓰고 도포를 입고, 여러 사람들이 귀신을 쫓았지. 작금의 나도 귀신이 아닌가 싶은데 오히려 내가 탈을 쓰고 자네들을 쫓아대고 있지 않은가. 그러니 가면을 써야겠지. 그 동영상인가 뭔가에서 드라마라는 걸 보는데, 작금의 상황을 연기하는 데 큰 도움이 된다네."

수찬은 말없이 고개를 끄덕이고는 차를 몰았다. 어느덧 도심으로 들어온 차가 경복궁 옆 담장을 지날 때였다. 방원이 창문 밖을 쳐다보며 물었다.

"내가 살아 있을 때와 같은 건 이 성벽밖에 없구먼. 저건 뭔가?"

경복궁에서 떨어져 나간 조그마한 전각이 눈에 들어왔다. 수찬이 말했다.

"동십자각입니다. 차량 이동 때문에 경복궁에서 떨어뜨렸죠."

"동십자각이라…… 동십자각……."

* * *

"한상경에게 물어보니, 이번 일은 대통령실에서 한 게 맞는 거 같더군."

"그런가요?"

오피스텔로 돌아온 두 사람은 기다리고 있던 선호와 이야기를 나누었다. 다혜는 내일 수찬에게 이야기를 듣기로 하고 먼저 집으로 돌아갔다.

"그런 셈이지, 그자가 내기에서 몇 번 지더니 화를 내더군. 그래서 살살 말을 하면서 꼬셨더니 자기 분을 못 이기고 얘기하더군. 작금의 왕이 태현에 크게 노하였다고 하는군. 그래서 계책을 꾸몄다고 하는 게야. 그 양종훈인가 뭔가 하는 인간이 꾸민 짓이라고 하더군."

선호는 슬며시 웃으며 다시 물었다.

"그래서요?"

"모레라던가? 그 당상관들이 모인다는 조회에서 뭔가 큰일을 벌일 작정인가 보네. 그때 과인이 무슨 문제라도 일으킬까 봐 단도리를 하려고 온 거 같더군. 하도 떠들어대서 묻지 않아도 알 수 있었네."

"한상경 의원은 그런 편이죠. 자기가 과묵한 사람이라고 생각하지만요."

껄껄거리면서 방원이 답했다.

"대저 말이지, 자기가 생각하는 열 중 아홉을 말하는 사람은 남은 한 개를 말하지 않았다 하여 자신이 과묵하다 생각하지. 반면 열 중 하나만 말하는 사람은 그 하나가 중하다 생각하여 자신이 말이 많다 생각하지. 한상경이라는 자의 움직임을 보아 하니 남은 하나가 뭔지 대략 짐작 가는군."

방원의 말이 끝나자 선호는 낮은 목소리로 말했다.

"그러면…… 결국 양종훈 쪽은……"

방원이 냉정하게 말했다.

"작금의 왕과 양종훈 사이에 뭔가가 있네. 오랜만에 아침 조회에 가봐야겠어."

* * *

한주는 숨을 헐떡이며 뛰었다. 소통관에 국회 본청 출입증을 놓고 갔다는 걸 깜빡해 돌아갔다 오느라 시간이 걸렸다. 좀처럼 소지품을 두고 다니지 않는 한주에겐 보기 드문 실수였다. 의원총회장에 있다가 한주를 맞이한 효진이 묘한 웃음을 지었다.

"선배가 이런 실수도 다 하네요?"

"오랜만에 본청에 와서 그랬나 봐."

숨을 고르면서 한주가 답했다. 한주는 최근 국회 본청보다는 의원회관에 있는 날이 더 많았다. 효진은 말없이 길을 비켜주었다. 한주는 동료 기자들과 인사를 한 뒤 의총장 뒤에 서서 주위를 둘러보았다. 의원총회는 국회 본청 2층에 있는 반원형 모양의 회의실에서 이뤄지곤 했다. 이번 총회는 3층 본회의장 옆에 있는 예산결산특별위원회 회의장에서 하기로 했다. 통일을 대비해 상원으로 쓰려고 만든 회의실답게 좌석이 반원형 형태로 넓게 배치되어 있고, 양 끝에는 보좌진과 기자들이 앉는 좌석들이 마련되어 있었다. 한주는 앉지 않고 오른쪽 끝에 서서 전체 광경을 지켜보았다.

"어떻게 될까요?"

"뭐가?"

효진이 노트북을 들고 다가왔다. 한주가 고개를 돌리자 효진이 물었다. 한주는 아무 생각 없이 답했다.

"김 대표 거취 말이죠. 쫓겨날까요?"

"아마도 여당의 특성상 대통령한테 반기를 들지는 못할 듯한데."

오랫동안 여당을 출입해온 한주의 감은 '김태현의 사퇴' 쪽이었다. 이틀 동안 의견 청취를 해본 의원 20여 명도 대부분 "결국 물러나지 않을까?"라고 전망했다. 한주도 자진 사퇴냐, 아니면 의원 결의에 의한 사퇴냐 정도로 추측했다. 데스크나 부장도 한주의 판단과 비슷했다. 대한신문은 아침 편집국 회의 뒤 1면 제목을 '김태현 사퇴'로 잡아놓았다.

그러니 오늘 의총은 요식행위였다. 효진만 보내도 충분했다. 그래도 한주가 의원총회장까지 온 건 마음 한편 드리운 설명하기 어려운 불안감 때문이었다. "의총장에 유 반장님도 한번 오셔야지." 어젯밤 양종훈과 통화를 할 때 그가 마지막으로 남긴 말이 끝내 한주의 마음을 흔들어놓았다.

한주는 의총장 구석 자리에서 의원들을 살펴보고 있었다. 의총장에서 의원들이 보여주는 행동은 카메라와 기자의 눈을 의식한 보여주기식이라는 걸 한주는 잘 알았다. '진짜'는 의원들만 남는 비공개회의부터였다. 하지만 의원들이 의식하지 못한 채 보여주는 본심들이 나오는 경우가 가끔 있다. 그것을 가장 잘 볼 수 있는 곳이 의총장 오른쪽 구석 자리였다. 오늘도 한주가 그 자리에 앉은 이유다.

한주의 눈에 동진의 모습이 들어왔다. 선호, 다혜, 이 둘과 함께 들어오고 있었다. 한주는 순간 손을 들어 인사할 뻔했다. 구석 자리에 있어 손을 흔들어 봤자 알아보기도 어려웠다.

정작 먼저 손을 흔든 건 동진이었다. 동진의 손을 따라 시선을 옮기던 선호가 한주를 알아보고는 '너 여기서 뭐 하는 거야?'라는 눈빛을 보냈다. 한주는 '그냥 왔어'라는 의미로 두 손을 들어 보였다. 최근 동진 곁을 그림자처럼 수행하고 있는 선호였다. 그 문제는 다음번에 짚고 넘어가야겠다고 머릿속에 갈무리를 해두고 그녀는 의총장 곳곳을 찬찬히 살폈다. 동진이 주위 의원들로부터 격려를 받으며 자리에 앉는 모습이 보였다.

종훈이 들어온 건 의총 시작 2분 전이었다. 종훈은 언제나 그렇듯 자신의 계파 의원들 십여 명을 거느리고 들어왔다. 주위를 노려보는 눈빛이 예사롭지 않았다. 그는 주변 의원들과 악수한 뒤 천장을 올려다보았다. 의원총회장의 모든 사람이 종훈에게 시선을 집중하였다. 의원들은 물론 보좌관과 기자들까지도. 종훈은 뚜벅뚜벅 걸어가 맨 앞자리에 앉았다.

한순간 의원총회장이 절간처럼 조용해졌다. 한주는 그제야 종훈이 어젯밤 의총장에 한번 나와보시라 했던 말이 실감났다. 중진 의원들은 의총에서 발언을 하는 경우가 거의 없다. 회의 내용과 그 결과를 사전에 어느 정도 파악하고 있기 때문에 본인들까지 나서 '칼'을 휘두르지는 않는다. 그들은 맨 뒷자리에 앉아 의총장 분위기를 살피거나 동료 의원들과 대화를 나눈다. 종훈도 그런 관행에서 벗어나지 않았다. 지난번 국회 부의장 선거 때도 그랬다.

그런 종훈이 맨 앞자리에 앉았다. 오늘 의원총회장에서 무슨 일이 벌어진다는 뜻이다. 이제 의총은 요식행위가 아니다. 한주는 재빨리 자신의 휴대전화를 열어 부장, 국장이 함께 있는 단체 채팅방에 들어가 문자를 입력했다. "양종훈이 의총에서 사고를 칠 모양입니다."

한주가 전송 버튼을 누를 때 태현이 중앙 복도로 들어왔다. 의원총회는 원내대표가 도착해야 회의가 시작된다. 태현과 같이 의총장으로 들어온 원내수석부대표가 마이크를 잡았다. 맨 앞자리에 앉은 종훈의 모습을 보고 원내수석이 순간 긴장된 얼굴을 하는 것이 한주의 눈에 들어왔다. 의원 중 종훈을 보지 못한 사람은 태현이 유일했다. 방송 카메라가 두 사람을 한 앵글에 담아냈고, 사진기자들은 느긋하게 눈을 감고 앉아 있는 종훈의 모습을 찍으려 연신 플래시를 눌러댔다.

플래시 세례가 잦아들 즈음 수석부대표가 회의 시작을 선언했다. 의원들이 주섬주섬 일어났다. 국기에 대한 경례에 이어 애국가가 울려 퍼졌다. 다들 일어선 가운데 기자들은 주위를 둘러보거나 의원들을 살폈다. 동진이 애국가를 부르는 모습이 어색해 보였다.

태현이 단상으로 올라섰다. 그의 목소리가 의총장에 울려 퍼졌다. 그는 몇 명의 의원들이 의원총회 소집을 요구해 오늘 회의를 열게 되었고, 주제는 따로 없기에 자유롭게 이야기해주길 바란다고 말한 뒤 단상에서 내려왔다.

그때 기다렸다는 듯 "발언 신청합니다." 하며 작대기 같은 손 하나가 불쑥 올라왔다. 종훈이었다. 수석부대표가 종훈을 쳐다보았다. 종훈이 단상에 올라 마이크를 잡았다.

4. 아직도 정치를 모르는 건가

"편식하지 말라니까요." 대통령은 오랜만에 영부인과 함께 점심을 했다. 의전비서관이 잡은 일정이 있었지만, 모두 취소시켰다. 여름의 멋진 날씨를 즐기고 싶다는 생각이 들어서였다. "나도 약속이 있다고요." 영부인이 뚱한 표정으로 투덜거렸지만 대통령은 무시했다. 오전 근무가 끝나는 시간에 맞춰 관저 바깥 풀밭에 점심이 차려졌다. 대통령은 평소 술을 즐기지 않았지만 와인 한잔을 음미하며 마셨다.

대통령은 내심 태현을 예의주시해왔다. 과거 대선 레이스에서 태현은 여러 차례 자신과 충돌하고는 했다. 태현은 그것이 자신의 충심이라고 주장했지만, 대통령은 껄끄러웠다. 태현이 세 번째 국회의원에 당선된 후 당선사례 현수막에 본인의 이름만 올려놓았던 것도 심기를 거스르게 했다. 당 대표였던 자신의 이름을 빠뜨린 게 괘씸하였다. 그 후로 태현은 대하기 껄끄러운 존재가 되었다.

태현 대신 가까이한 사람이 종훈이었다. 대통령은 본래 종훈과 친하지 않았다. 대통령에게 종훈은 조직의 운영을 맡는 정도의 인물이지 대통령의 눈과 귀가 되어주는 심복은 아니었다. 태현이 멀어지면서 종훈이 급격하게 대통령의 심중에 들어왔다. 대통령은 지방선거 전 종훈의 재산을 둘러싼 야당의 공세를 방어해주었고 지방선거 승리 후에는 그를 더욱 신임하는 것처럼 보였다. 사람들은 모두 대통령이 종훈을 차기 주자로 생각하고 있다고 믿었다.

태현이 부의장 선거에서 종훈을 이기면서 대통령은 변화된 현실과 마주했다. 언론은 이때를 틈타 차기 대선후보 여론조사를 쏟아냈다. 태현이 1위로 올라선 것이 대통령은 마뜩잖았다. 그때 종훈이 태현을 물리칠 방안을 제시했다. 대통령은 종훈을 장관직에서 물러나지 않게 한 것이 결국 묘수가 된 것에 감사했다. 자신이 원하던 흐름을 찾은 것이다.

대통령은 풀밭 위에서 영부인과 함께하는 점심이 만족스러웠다. 처음에 툴툴대던 영부인도 야외에서의 식사가 좋았는지 얼굴이 밝아져 있었다. 오랜만의 평화로운 오찬이라고 생각하던 그 순간, 대통령의 눈앞에 헐레벌떡 달려오는 정무수석의 모습이 보였다.

"대통령님! 의원총회에서 양종훈이 김태현 편을 들었답니다."

영부인이 놀라 일어날 때 와인 잔이 깨지는 소리가 났다. 하지만 대통령의 표정은 평온했다.

"……저 양종훈은 그리하여 김태현 원내대표의 재신임을 박수로 추인하자고 제안하는 바입니다."

양종훈이 발언을 마치고 내려간 뒤 의총장은 찬물을 끼얹은 듯 조용해졌다. 그가 단상에 올라가 마이크를 잡고 "저는 김태현 원내대표의 불신임안에 동조하지 않습니다."라고 말문을 열 때만 하더라도 의총장에는 별다른 술렁임이 없었지만, 그가 의회 민주주의에서 의원들의 투표로 뽑은 원내대표를 강제로 물러나게 할 수 없다며 김태현 원내대표의 재신임을 주장하자 장내 분위기는 삽시간에 얼어붙었다. 의원들은 파벌에 관계없이 서로를 쳐다보며 당혹한 시선을 주고받았다. 의총장에 있는 의원들뿐 아니라 보좌관과 기자들 모두가 놀란 표정이었다. 한주 역시 마찬가지였다.

분위기에 휩쓸리지 않은 사람은 방원 외에 태현과 종훈뿐이었다. 태현은 눈을 감고 있었다. 종훈은 낮지만 확신에 찬 목소리로 태현을 지켜야 하는 이유를 설명하였다. 논지는 간단했다. 집권 여당이 대통령의 정책을 실현시키기 위해 노력하는 것은 당연하지만, 그 과정에서 대통령실이 과도하게 여당 정책에 개입해서는 안 된다는 것이었다. 그는 마지막으로 의총장에서 재신임을 박수로 추인하자고 제안한 뒤 자리에서 내려왔다.

태현은 사회를 보는 자리에 있던 원내수석부대표에게 잠깐 내려오라는 신호를 주었다. 신호를 알아들은 수석부대표가 내려가자 태현이 단상으로 올라섰다.

그는 헛기침을 한번 했다.

"존경하는 의원 여러분, 방금 전 양종훈 의원께서 저에 대한 신상 발언을 해주셨습니다. 오늘 의원총회는 특별한 주제 없이 각자 하고 싶은 이야기를 하는 자리라고 말씀을 올렸습니다만, 제 거취에 대한 이야기가 먼저 나온 만큼 저의 말씀을 드리고자 합니다. 저는 여당 원내대표로서 이 정부가 성공할 수 있도록 분골쇄신할 생각입니다. 의원들께서 저의 거취에 대해 물러나는 게 옳다고 생각하신다면 물러나겠습니다. 총회에서 공개적으로 저의 거취 문제가 거론되도록 처신한 데 대해 존경하는 의원 여러분들에게 사과의 말씀 올립니다."

말을 마친 태현이 단상 밑으로 내려갔다. 선호가 방원을 바라보며 한마디 했다.

"끝났네요."

한주는 데스크와 부장에게 급히 메시지를 날렸다. "1면 기사 제목 바꾸세요. '양종훈과 김태현의 반란'으로."

* * *

대통령은 점심 직후 오후에 예정되어 있던 몇 개의 외교 관련 일정과 경제수석 보고를 취소시켰다. 영부인은 관저로 돌아갔다. 곧바로 참모 회의를 소집한 대통령은 시종일관 말이 없었다.

헐레벌떡 들어온 비서실장은 계속 바닥만 바라보았고 정무수석은 흙빛이 된 얼굴을 하고 있었다. 그들을 포함한 다른 참모진이 모두 들어온 뒤에도 대통령의 침묵은 1분여간 계속되었다. 대통령은 고개를 들고 주위를 둘러보더니 말했다.

"정무수석은 사안이 정리되면 사표를 내시기 바랍니다."

정무수석의 얼굴이 창백해졌다. 대통령은 평소의 어투로 차분히 말했다.

"양종훈을 회유해야 합니까, 아니면 내리눌러야 합니까?"

"양종훈과 김태현은 이익에 따라 뭉쳐진 관계니만큼 압박을 가하면 더 뭉칠 가능성이 큽니다. 아무래도 회유를 하는 게 좋지 않을까요?"

비서실장이 옆에서 조심스럽게 답했다. 대통령의 오래된 벗이기도 한 비서실장은 총선 출마를 포기하고 대통령실로 들어왔다. 대통령은 억양이 느껴지지 않는 말투로 대답했다.

"이익에 따라 뭉쳐졌으니 회유에 더 큰 대가를 요구할 가능성이 커 보입니다만……."

참석자들은 대통령의 말에 냉기가 흐르는 걸 느꼈다. 대통령은 적군과 아군의 구분을 끝냈음이 분명했다. 참석자들이 천천히 고개를 돌려 한 곳을 향했다. 그들의 시선 끝에 민정수석이 있었다. 검찰에서 20년 넘게 일했던 그는 전임 정권 초창기에 검찰직을 떠나 로펌에서 수십억 원대의 돈을 번 뒤 다시 대통령실로 돌아온 참이었다. 민정수석의 얼굴 역시 냉담했다.

"알아보겠습니다."

대통령의 얼굴에 표정 변화는 없었다.

*＊＊

　한주의 얼굴은 붉게 상기되어 있었다. 그녀는 신문 1면과 3면에 들어갈 의원총회 관련 기사를 마감하고 길게 한숨을 내쉬었다. 오전부터 정신없이 하루가 지나갔다. 점심 약속은 취소됐고, 부장은 여러 번 전화를 걸었다. 쉴 새가 없었다. 이제야 숨을 돌릴 수 있었다.

　한주는 열심히 기사를 썼지만 '양종훈이 왜?'라는 한 가지 의문에 대한 답은 찾지 못하고 있었다. 종훈이 의원총회에서 한 말은 지극히 원론적이었고, 대통령을 비난하는 말은 단 한 문장, 한 단어도 없었다. 여의도 문법으로는 그것이 '반란'이었다. 한주의 기사도 그런 관점에서 작성되었다.

　한주는 커피를 내린 뒤 홀짝거리면서 기자실 옆에 있는 테라스로 나갔다. 의문은 아직 해소가 되지 않았고 내일 기사를 위한 취재를 시작하기 전까지 나름의 포인트를 정리해야 했다. 한주는 여름의 햇살이 내리쬐는 테라스의 빈자리에 앉았다.

　양종훈과 김태현 모두 다음 대선을 노리고 있다. 비주류인 태현은 대통령과 대립각을 세울 수밖에 없지만 양종훈은 대통령과 손을 잡을 수 있었다. 지금까지는 그랬다. 그런데도 왜 양종훈은 대통령과 함께하는 쉬운 길을 마다하고 김태현과 어려운 길을 가려 하는 걸까? 대통령과는 다른 정치를 하고 싶어서? 새로운 뜻을 펼치려고? 양종훈이 진정한 민주주의자라서?

　마지막 질문을 던져놓고 한주는 순간 피식했다. 돈으로 사람

사고 돈으로 정치하는 양종훈이 양심에 찔려서 김태현 손을 들어준다고? 누가 그 말을 믿을까. 그는 취재 수첩에 '민주주의자?'라고 쓴 글자 위에 가위표를 그었다. 순간 한주의 머릿속에 한 가지 생각이 스쳤다. 현재 벌어지고 있는 일들이 양종훈이 주도한 것이라기보다는 어떤 '상황'에 대한 대응적 성격이라는…… 그렇다면? 한주는 주저 없이 휴대전화 버튼을 눌렀다. 신호가 한참 울린 뒤 김태현이 전화를 받았다.

"아, 유 기자. 미안해. 내가 오늘 정신없는 거 알지? 여기저기서 전화가 너무 많이 오네. 다 받을 수가 없어…… 내가 나중에 전화할게."

"김 선배! 하나만 확인할게요. 양 장관의 의총 발언 알고 있었죠? 양 장관이 미리 이야기를 해줬죠?"

잠시 침묵이 흘렀고, 조금 뒤 태현의 짧고 굵은 목소리가 들려왔다.

"확인해줄 수 없네."

딸깍하고 전화가 끊겼다. 순간 한주는 확신했다. 대통령은 지금 양종훈과 김태현 둘 다 없애려 하고 있다. 그걸 파악한 양종훈이 김태현과 협력한 것이다.

* * *

종훈은 넥타이를 풀어 헤쳤다. 일생일대의 중요한 순간, 많은 사람이 종훈을 둘러싸고 각자의 이야기들을 쏟아냈다. 왜 그랬느냐는 항의부터 향후 전략에 대한 목소리, 어떤 사람은 대통령에게 싹싹 빌라고 했고, 또 어떤 사람은 종훈에게 당장 대통령실로 가자고 했다. 종훈은 잠자코 있었지만 어느 순간 모두 나가라는 축객령을 내렸다. 그 이후에도 사람들은 계속 찾아왔지만 누구도 들이지 않았다. 그는 자신의 사무실에 스스로를 가두었다.

종훈은 소파에 앉아 탁자에 다리를 올려붙였다. 그러고는 담배 한 대를 입에 물고 불을 붙였다. 의원회관 전체가 금연 구간이었지만 그런 걸 신경 쓸 때가 아니었다. 그는 담배 한 대를 빠르게 피웠다.

종훈은 이 싸움이 장기전으로 가면 진다는 것을 알고 있었다. 대통령은 얼마든지 몰아붙일 만한 힘을 가지고 있다. 대통령실에 있는 자신의 '끄나풀'들이 알려오기로는 대통령은 충격적인 소식에도 별다른 동요를 보이지 않았다고 했다. 원래 자기 절제력이 뛰어나서 별 반응이 없는 사람이긴 했지만 지금 보이는 태도는 더욱 종훈을 긴장하게 만들었다.

궁지에 몰리기 전에 자신과 태현이 먼저 수를 마련해 움직여야 했다. 다행히도 언론은 아직까지 우호적으로 쓰고 있지만, 언제 어떻게 바뀔지 예상하기 어려웠다. 종훈은 눈을 감았다. 며칠 전 태현과 나눈 전화 통화 내용이 생각났다.

평소와 다름없는 약간 높은 톤으로 종훈이 말했다.
"그래, 어떤 것 같소, 김 대표?"

"모르겠습니다. 대통령실도 이해해주리라고 생각했는데 말이죠."

"정무수석하고 상의는 했소?"

"했습니다. 왜 이렇게 반응하는지 모르겠군요."

"……김 대표, 아니 태현아."

종훈의 목소리가 낮아졌다.

"너 정치하려면 아직 멀었다. 정무수석의 말을 믿은 거 자체가 잘못이야. 몰랐어?"

"몰랐다니요?"

"정무수석의 지역구가 어디인지 기억 안 나나?"

태현의 얼굴이 굳어졌다. 정무수석은 자신의 바로 옆 지역구에서 3선을 하다가 대통령실에 들어갔다. 그리고 정무수석은 양종훈의 심복 중 한 명이었다.

"내 심복이긴 하지만 그 친구도 꿈이 있고 야망이 있는 친구네."

"정말 모르셨습니까?"

"그놈이 이런 큰일을 내 허락도 받지 않고 했냐는 건가?"

종훈이 웃었다.

"알고 있었지."

태현의 귀로 종훈의 목소리가 울렸다.

"그래서 전화를 주는 거야. 난 네가 우리 당의 보물이라고 생각해. 지금 여기서 자네가 무너지면 나 혼자 홀로 서게 돼. 자네도 알다시피 내가 얼마나 허점이 많은 사람인가. 여기서 자네가 버텨줘야 자네 뒤에 나도 있는 거지. 대통령실을 뒤집어야 해. 자네가 칼이 되게, 내가 방패가 되어주지."

언제부터였을까, 대통령과 다른 길을 걷겠다는 생각을 품었던 게. 종훈은 주위 사람들에게 자신의 행동을 말로 규정하지 말라 이르곤 했다. 정치적 판단은 논리로 하면 안 된다는 생각에서였다. 그래서인지 종훈은 일생일대의 승부에 나선 지금, 자신이 왜 이런 판단을 내렸는지에 대해 기자들이나 참모들에게조차 아무 설명도 하지 않았다. 그저 자신의 신념을 속으로만 품고 있었다.

종훈은 눈을 감고 생각했다. 대통령은 자신을 후계자로 여기지 않는다. 그걸 언제 알았을까. 문화부 장관직을 마치고 국회로 돌아오기 전 식사 자리에서 대통령이 보여준 냉랭한 표정을 보았을 때였을까. 아니면 그 이전, 재산 문제가 불거졌을 때 대통령이 장관직 사퇴를 우회적으로 권유한 때였을까. 종훈은 자신을 제치고 후계자 구도를 노릴 수 있는 여당 내 다른 인물들을 생각해보았다. 당장 떠오르는 이는 없었지만, 그럼에도 자신은 곧 버림받을 것 같았다. 그건 이성적인 논리가 아닌 본능적인 감각이었다.

종훈은 며칠 전부터 한 가지 생각에서 벗어나지 못하였다. 부의장 선거에서 진 뒤 대통령에게 자신은 후계자가 아닌, 이용 가치를 다한 도구였을 뿐임을.

그때 보좌관이 들어와 종훈에게 큰 목소리로 외쳤다.

"김 원내대표가 긴급 브리핑을 한다고 합니다!"

＊＊＊

"너무 빠른 거 아닐까요?"

국회 본청에 있는 여당 원내대표실에서 브리핑을 할 수 있는
국회 소통관으로 가려면 정문을 나와 왼쪽으로 꺾어 100미터
가량을 걸어가야 한다. 태현은 결연한 자세로 정면만 주시하며
걸었다. 인혁이 따라붙으면서 초조한 기색으로 말했다.

태현은 고개를 가로저었다.

"바로 지금이어야 하네."

확신에 찬 목소리였다. 오후 3시. 각 신문사 가판 마감이 시
작되는 시간이었다. 태현은 이 시간을 노렸다. 자신의 말이 어
떤 의도를 가지고 전파되더라도 기자들의 해석이 더해지지 않
을 시간. 태현은 뚜벅뚜벅 소통관으로 걸어갔다.

소통관 2층 브리핑실에 도착했을 때 많은 카메라와 사진기
자들이 태현을 마주했다. 플래시가 사정없이 터지기 시작했다.
태현은 헛기침을 잠깐 했다. 신문과 방송 기자들이 복도에 쭈
그려 앉아 그의 말을 받아 칠 준비를 하고 있었다. 태현은 고개
를 들어 자신을 비추는 조명을 바라보며 잠깐 생각해보았다.
'맞는 걸까?'

지금의 연설이 충동적일 수도 있다. 오후 내내 연설문을 뜯
어고쳤지만, 마음속에선 떨쳐낼 수 없는 의문이 똬리를 틀고
있었다. 대통령과 대립하고 '자신의 정치'를 하겠다는 포부를
지금 내보이는 게 맞는 걸까?

정무적인 판단은 그렇다고 답하고 있었다. 이대로 가면 양종훈에게 주도권을 빼앗길 수 있었다. 여당 내 정국 주도권은 자기가 쥐어야 했다. 조직과 돈이 없는 태현은 여론에 의지해야 했고 여론의 흐름에 올라타려면 대통령의 지지율이 낮은 지금, 대통령과 맞서는 형국을 만드는 게 맞았다. 그는 다시 생각해 보았다. '정말 맞는 걸까?'

그는 눈을 감고 잠시 생각을 정리한 뒤 답을 내렸다. 그리고 눈을 떴다. 양복 재킷에 넣어두었던 종이를 펼쳐 들었다.

"존경하는 국민 여러분. 이 자리에 서기 전 헌법을 다시 한번 읽어 보았습니다. 대한민국 헌법 1조는 대한민국의 주권은 국민으로부터 나온다고 말하고 있습니다. 저의 정치 인생을 돌이켜 보건대 헌법이 말하는 원칙에 맞는 삶을 살아왔는지는 알 수 없습니다. 여러 차례 국민 여러분의 선택을 받았지만 10년이 넘는 의정 활동 동안 국민이 원하는, 국민에 의한 정치를 해왔는지 생각해보면 지금 이 단상에 서 있는 순간, 부끄럽기 그지없습니다."

태현이 숨을 고르고 물을 한 모금 마시는 동안 사진 조명이 터지기 시작했다. 사전에 연설문을 받지 못한 기자들이 노트북 자판을 두드렸고, 태현의 말을 다 받아 치고 난 뒤 사방은 적막해졌다.

"지난 일주일여간, 여당 내에 있었던 분란으로 대통령과 국민 여러분께 심려를 끼쳐드린 점에 대해 매우 송구스럽다는 말씀을 드립니다. 어떤 이유이든지 간에, 국가를 운영할 책임이 있는 정부 여당이 분열상을 노출한 것은 잘못된 일입니다. 저의 잘못을 반성합니다. 그리고 대통령실에도 마찬가지 기준이 적용되어야 한다고 생각합니다."

웅성거리는 소리가 나기 시작했다. 태현은 정면을 바라보았다.

"저는 이렇게 말하고자 합니다. 대한민국 헌법은 국회의 권한을 먼저 말한 뒤에 대통령의 권한을 말하고 있습니다. 입법권이 행정권보다 우위에 있음을 선언한 것입니다. 이는 헌법 1조가 규정한 국가 권력의 척도이기도 합니다. 하지만 불행하게도 그동안 대한민국의 정치는 그렇게 움직이지 않았습니다. 제왕적 대통령제가 드리워져 국회는 대통령실의 시녀로 전락해왔습니다. 저는 그것을 바로잡는 작업이 이번 정부 임기 안에 이뤄져야 한다고 생각합니다. 정치의 본령은 권력을 제대로 움직여서 민생을 나아지게 하고, 개개인의 삶을 풍족하게 하는 것입니다. 그러기 위해서는 몇 명, 몇십 명, 몇백 명, 권력을 가지고 있는 사람들에게만 유리한 형태로 권력을 움직이는 것이 아닌, 대한민국 국민 전체의 자유의지를 받드는 권력 행사가 필요합니다. 저는 이 연설문을 쓰면서 그동안 제가 해온 입법 행위와 정치적 행동들을 돌이켜보았습니다. 옳았던 행동도 있고, 옳지 않은 행동도 있었습니다. 그것은 정무적 판단, 또는 '더 많은 권력'을 가져서 좋은 정치를 하겠다는 의도로 일으킨 행위들이었습니다. 이제는 그보다 국민을 위하는 정치를 할 때라고 생각합니다."

웅성거림이 점차 커지기 시작했다. 태현은 준비한 원고를 덮고 말을 이어갔다.

"국민 여러분. 저를 위한 정치를 하지 않겠습니다. 저를 위해 아침마다 의원실 바닥을 닦는 아주머니를 위해 정치를 할 것이며, 이른 새벽 출근하는 시민들을 태우기 위해 전날 밤 일찍 자리에 드는 마을버스 기사를 위해 정치를 할 것이며, 불공정한 대우를 받는 수많은 비정규직 근로자와 최저임금을 받으며 하루하루 살아가는 저소득층을 위해 정치를 할 것입니다."

어느덧 태현은 환한 미소를 짓고 있었다. 태현은 스스로에게 질문을 던졌다. '잘한 일인가?' 그의 마음 깊은 곳에서 답이 울려 나왔다. '그래!'

* * *

방원은 팔짱을 끼고 TV를 통해 흘러나오는 태현의 연설을 들었다. 연설이 끝나고 퇴장하는 태현에게 기자들이 달라붙어 질문하는 장면이 생중계되고 있었다. 앵커가 사무적으로 태현의 연설을 전달하고 있었다. 선호는 방원을 쳐다보았다. 기척을 느낀 방원도 선호를 쳐다보았다.

"왜 저랬는지 짐작 가십니까?"

"글쎄……."

생각에 잠긴 방원이 고개를 숙인 채 주먹을 쥐었다 폈다 하며 손바닥을 문질렀다.

잠시 침묵이 흐른 뒤에 방원이 고개를 들고 선호를 바라보았다.

"자네들이 저 김태현이라는 자에 대해 말할 때 '삼봉 같다'는 생각을 했네만…… 진짜 삼봉 같은 자가 또 있을 줄 몰랐군."

"정도전이 저렇게 가슴 울리는 연설을 하였나요?"

다혜를 방원이 쳐다보았다.

"자네는, 저 말이 감명 깊은가?"

"그렇지 않나요? 마음을 울리는 연설인데요."

"내 귀에는 그냥 정적을 만드는 말로만 들리네."

"예?"

당황한 다혜에게 방원이 말했다.

"아직 아무것도 이루지 못했잖은가. 저 김태현이라는 자. 돈도 세력도 없다고 하지 않았나. 돈을 어떻게 쓸지도 모른다고 하지 않았던가? 오로지 있는 건 민심에 대한 기대뿐이라고. 삼봉이 딱 그랬지. 아바마마로부터 신뢰를 받았지만 조정 신료 중 아무도 그를 좋아하지 않았네. 계책은 있었지만 그걸 제대로 풀어낼 사람은 아니었어. 삼봉은 그래서 나에게 당했네."

"정치에서 가장 중요한 건 원칙 아닌가요?"

다혜의 목소리가 조금 높아졌다. 방원은 다혜를 쳐다보았다.

"정치학인가 뭔가를 배웠다고 하였는데 아직도 정치를 모르는 건가?"

방원은 낮게 말했다. 다혜는 뭔가 응수를 하려 하였지만 방원이 먼저 빠르게 말을 이었다.

"저 말로 인해 김태현이라는 자는 도대체 몇 명으로부터 원한을 사게 된 건가? 대통령으로부터는 완전히 눈 밖에 날 것이고, 양종훈은 이제 그를 적대시할 걸세. 여론의 지지는 받을 수도 있겠지. 하지만 권력은 아직 실제로 얻지 못한 것 아닌가? 권력을 얻지 못한 채로 적들만 잔뜩 만들었어. 그들이 저 김태현을 가만히 둘 것 같은가?"

번뜩이는 눈으로 방원이 다시 말했다.

"내가 삼봉을 처단하기 전, 가장 주의 깊게 살폈던 게 무엇이었는지 아나? 삼봉을 따르는 자 중에 삼봉을 배신하는 자가 있느냐였네. 지금 저 김태현을 따르는 자들 중 그런 부박한 자가 없다고 자네들, 확신할 수 있나?"

* * *

인혁은 태연한 표정으로 종훈의 사무실 소파에 앉아 있었다. 맞은편에서는 종훈이 인혁을 노려다 봤다. 두 사람 앞으로 찻잔이 놓였다. 인혁이 찻잔을 들어 살짝 입술을 대는 순간 종훈이 소리쳤다.

"무슨 생각인가?"

"예?"

"무슨 생각인지 물었네."

인혁은 찻잔에서 입술을 떼고 말했다.

"차가 좀 뜨겁다고 생각했습니다."

"나랑 장난하자는 건가?"

종훈이 으르렁거렸다. 인혁이 살짝 웃었다.

"장난일 리가요. 제가 어찌 여당의 최대 주주인 양 장관님을 거스르겠습니까."

"그럼 지금 이 수작은 뭐하자는 거지? 김태현은 아까 연설로 나를 무시했어! 지난 의원총회 이후로 나는 대통령실과 척을 졌어! 내 위치만 애매해졌단 말이지. 내가 계속 김태현의 뒤를 밀어주면 대통령과 돌아오지 못할 강을 건너는 거고, 김태현에게서 등을 돌린다 하더라도 대통령과 오월동주하는 셈일 수밖에 없어. 충성을 다한다고 해도 팽당할 건 뻔하지. 그래놓고 뭐? 날 찾아와서 장난이 아니라고? 지금 나랑 뭐하자는 건가!"

종훈은 마지막 말을 씹어뱉듯 던졌다. 찻잔까지 집어 던질 듯한 기세였다. 그런 종훈을 보며 인혁이 얇게 웃음 지었다.

"오월동주면, 같이 한배를 타면 되는 거 아닙니까? 그 뒤에 배신하면 되고요."

"뭐?"

"오히려 전선이 선명해진 거 아닌가요? 대통령에 반기를 든 여당 원내대표, 얼마나 쫓아내기 쉽습니까."

종훈은 멍한 표정으로 인혁을 바라보았다.

"언론이 앞으로 어떤 스탠스일지는 모르지만, 대통령 권력은 썩어도 준치입니다. 누구를 차기로 밀어 올릴 수는 없을지언정, 누구를 떨어뜨릴 수는 있습니다. 그게……."

인혁은 엄지를 위로 치켜세우면서 이어 말했다.

"브이의 권력입니다."

종훈이 인혁을 물끄러미 보더니 물었다.

"그걸 알면서 왜 자네는 나를 찾아온 건가?"

"도저히 말을 들어먹지 않아서 말입니다."

인혁은 다시 활짝 웃었다.

* * *

선호가 입을 떼려 할 때 다혜가 말했다.

"그렇다 하더라도 정도전은 불멸의 이름으로 남았어요."

방원이 답했다.

"내가 삼봉의 이름을 지우라고 지시하지 않았고 그의 무덤을 만들어줬기 때문이지. 그의 아들을 살린 것도 과인이네."

"왕께서 그렇게 하지 않으셨어도 정도전의 이름은 후대에 남았을 거예요. 신하들의 마음속에 남았으니까요. 왕께서도 아셨기 때문에 관대하게 대해주셨던 거 아닌가요? '정도전'을 지웠다면 더 큰 반발이 있었을 테니까요."

방원은 별다른 반박을 하지 않았다. 다혜는 또박또박 말을 이었다.

"세력이 중요한 건 맞아요. 조직이나 돈이 중요한 것도 맞죠. 하지만 정치에서 더 중요한 건 사람의 마음을 사는 일이에요. 저는 김태현이라는 사람이 올바르고 정의로운지 잘 몰라요. 하지만 하나는 알 수 있어요. 저 사람은 지금 저를 포함한 다수의

181

마음을 사고 있어요. 이 나라는 보다 많은 국민의 마음을 사는 사람들이 권력을 얻어요. 그게 민주주의이고 국회의 힘입니다."

다혜의 말이 끝나자 어색한 침묵이 흘렀다. 선호는 두 사람을 차례로 보았다. 방원이 팔짱을 끼면서 말했다.

"과인은 말일세, 자네들이 '대왕'이라고 불렀던 사람의 아비일세."

잠시 뜸을 들인 방원이 오피스텔 거실 큰 창문으로 다가가 밖을 내다보며 말했다.

"내 아들이 어떻게 세종이 되었고 대왕이 됐는지 선호, 다혜, 자네들은 아는가?"

선호와 다혜는 아무런 말도 하지 않았다. 방원이 나지막한 음성으로 말했다.

"유튜브인가 뭔가에서 얘기하기를, 과인 때문이라고 하더군. 과인이 처남들을 죽이고, 처가를 몰락시키고, 신하들을 좌지우지하고, 장인까지 죽여 강화한 왕의 권력으로 내 아들이 하고 싶은 걸 할 수 있었다고."

방원이 고개를 돌렸다.

"내 아들이 위대한 왕이 될 수 있었던 건 과인이 벌인 짓이 큰 역할을 한 게 아닌가? 과인은 후회하지 않아. 그 때문에 지금 이 나라가 발전한 것 아닌가. 어떤가, 내 말이 틀렸는가?"

선호가 입을 열려 했지만 방원이 계속 말을 이었다.

"류다혜. 자네가 하는 말이, 뜻이 무엇인지 잘 아네. 과인도, 아니 나도 뜻이 없는 정치가 얼마나 위험한지 잘 알아. 어렸을 때 광평부원군 이인임을 통해 알았지. 이인임보다 더 나은 정치를 하지 못한 도통사 최영을 보면서도 알았네. 동시에 뜻만 있는 정치 역시 아무런 도움이 되지 않는다는 것을 알았지. 개죽음을 자처한 문하시중 정몽주가 그러했네. 포은*의 충절은 누구나 알지. 과인부터 말일세. 하지만 포은이 그래서 고려의, 전조의 멸망을 막았는가? 장선호. 류다혜. 묻고 싶네. 자네들은 아직도 어린아이처럼 순진한 언행을 하는가? 작금의 왕이 우왕도 아니고 공양왕도 아닌데 가만히 두고 볼 것 같은가?"

* * *

대통령은 읽고 있던 책을 덮었다. 양종훈의 측근인 정무수석이 보고를 시작했다. 보고가 끝난 뒤 대통령은 안경 너머로 정무수석을 쳐다보았다. 그는 옆에 있는 비서실장에게 확인차 물었다.

"사실입니까?"

"다른 경로로 확인해보니까 사실이라고 합니다."

"내일까지는 버틸 줄 알았는데. 누구 아이디어랍니까?"

대통령은 정무수석이 아닌 비서실장에게 이야기하고 있었다. 비서실장은 입을 다물었다. 양종훈이 대통령에게 납작 수그렸다고 보고한 정무수석이 비서실장의 눈치를 보더니 답했다.

---

* 개경에서 이방원에 의해 죽은 정몽주(1338~1392)의 호.

"양 장관 본인 생각이라고 합니다."

대통령이 피식했다. 오랜만의 웃음이었다.

"그럴 리가. 양 장관은 주어진 판을 만드는 능력은 뛰어난 사람이지만 판이 변할 때 흐름을 읽고 대처하는 데엔 모자란 사람이오."

대통령은 오후 민정수석 보고를 문득 떠올렸다. 양종훈 집안 조사였다. 대통령은 조사 결과를 내일이나 모레쯤 검찰을 통해 언론에 흘리라는 지시를 민정수석에 내려둔 차였다. 대통령은 고개를 갸웃거렸다.

"어쩔 수 없군."

"무슨 말씀이십니까?"

정무수석이 물었지만 대통령은 그 말을 무시하고 비서실장에게 고개를 돌렸다.

"내일 건은 취소하라고 민정에 말씀하세요. 무슨 말인지 알 겁니다."

"알겠습니다."

비서실장이 고개를 숙이고 나가려 했지만, 정무수석은 우물쭈물했다. 대통령이 낮은 목소리로 말했다.

"양종훈에게 전하세요. 제 곁으로 다시 돌아오려면 '변화'를 만든 사람과 가까이하지 말라고. 그러면 곁을 허락하겠다고. 그리고……."

대통령은 잠시 말을 멈추었다가 이었다.

"그렇다 하더라도 정무수석 잔류는 기대하지 말라고 전해요."

그러고서 대통령은 혼잣말하듯 한마디를 더 툭 뱉었다.

"오늘따라 내가 말이 많군요."

＊＊＊

"뭐가 뭔지 모르겠어요. 매일같이 새로운 일들이 터지니……."

효진이 말했다. 한주는 진저리난다는 표정으로 커피에 꽂은 빨대를 흔들었다. 빨대에 얼음이 부딪쳐 작은 소리가 났다. 효진이 지친 표정으로 말을 이었다.

"어떻게 하루 만에 다시 바뀌죠? 양종훈은 왜……?"

두 사람은 30여 통 가까이 전화를 했다. 시작은 양종훈이 다시 김태현과 척을 졌다는 한 신문사 단독 보도였다. 점심 먹기 전 올라온 기사였다. 한주는 부장과 국장에게서 질책성 전화를 받았다. 오후 회의에 보고해달라는 국장 주문이 이어졌다. 한주는 점심 약속을 취소했다. 자신을 따라 점심 약속을 취소한 효진의 모습을 보고 한주는 한숨을 내쉬었다. 그리고 이어폰을 휴대전화에 연결해 통화 준비를 마쳤다. 전화기를 든 채로는 오랜 시간 통화할 수 없기 때문이다.

장장 한 시간 반에 걸친 전화 통화가 끝난 뒤 한주와 효진은 종훈과 태현이 다시 갈라섰다는 보고를 편집국에 할 수 있었다. 본격적인 기사를 쓰기 전 한주와 효진은 늦은 점심을 먹으러 국회 내에 있는 빵집에 들렀다. 샌드위치를 사고 커피를 주문한 뒤 두 사람은 기진맥진하여 자리에 주저앉았다.

한주는 "매가리도 없는 놈."이라고 투덜거렸다. 효진은 그 말을 지칭하는 상대가 누군지 단번에 알 수 있었다.

"왜일까요?"

"대통령실에서 압박을 넣었겠지. 바보 같은 양종훈은 그 압력에 굴복한 거고."

"압력일까요?"

한주가 빨대를 휘젓다가 고개를 들었다. 효진이 멍한 표정으로 한주를 쳐다보았다.

"양종훈도 대통령실에서 압력이 들어올 것이라는 걸 모르지는 않았을 텐데요."

한주는 고민하는 표정이었다. 효진은 아는지 모르는지 샌드위치를 한입 베어 물며 말했다.

"모르는 일투성이네요. 이 정치부라는 동네는……."

* * *

"예상하셨습니까?"

선호는 양종훈의 변심을 알리는 방송을 보다 리모컨을 들어 TV를 껐다. 소파에 앉아 고개를 수그린 채 손을 맞잡고 있던 방원이 선호를 쳐다보았다.

"이리 빠르게 상황이 변할 줄은 몰랐네…… 작금의 왕이 가만히 있지는 않을 거라는 건 과인이 말하지 않았나?"

방원은 일어나 냉장고 문을 열고 물을 꺼내 컵에 따랐다. 모든 행동이 자연스러웠다. 방원은 컵에 담긴 물을 잠시 지켜보더니 입으로 가져갔다. 꿀꺽하는 소리가 들렸다. 이어 방원이 선호에게 물었다.

"작금의 왕은 양종훈을 믿을까?"

"글쎄요."

"자네도 그러니 믿지 않는다는 게 정확하겠지."

방원은 턱을 쓰다듬었다.

"양종훈의 편을 드는 게 좋겠네."

"예?"

놀란 반응을 보인 건 선호가 아니라 다혜였다. 다혜가 의자에서 벌떡 일어났다.

"양종훈이라고요? 지난번에 얘기한 거 못 들으셨어요? 양종훈은 의원님하고 상극인 사람이에요!"

"나도 아네. 그런데 말이야……."

"어떻게 그런 사람하고 손잡을 생각을 하세요? 의원님이 돌아오시면 화내실 거예요!"

다혜의 음성이 높아졌다. 방원은 고개를 가로저었다.

"내가 이동진이네."

방원의 어조에는 힘이 있었다. 다혜가 입을 다물었다. 방원은 단호한 어투로 말했다.

"포은이 어떻게 죽었는지 아나?"

세 사람 모두 입을 다물었다. 방원의 낮은 목소리만이 울렸다.

"아바마마가 위화도에서 회군하여 도성으로 돌아오셨을 때, 이미 전조에서 아조로의 교체는 결정되어 있었네. 전조의 피를 이어받은 왕이 보위에 오르긴 했으나 모든 이가 아바마마에게 옥새를 넘겨주기 위해 왕위에 오른 것이라 생각했지. 대세를 따르지 않았던 이가 포은이었네. 포은은 그래서 죽었네. 작금이 그때와 비슷하다고 말할 수는 없네. 자네들의 이야기를 들어보건대 양종훈은 포은 같은 이는 아니지. 김태현은 삼봉과 비슷하다고 볼 수 있긴 하나 내 살펴보니 삼봉과 다른 점도 있네. 허나 그때와 지금이 같은 게 하나 있지. '대세'가 결정되었다는 거네. 결정된 대세에 대항하는 것만큼 어리석은 일은 없네. 물론 양종훈은 곧 반격을 받을 걸세. 지난번에 말하지 않았나. 지는 노을과도 같다고. 어둠이 곧 올 걸세. 그때까지만 기다리면 되네. 삼봉에 맞섰던 나의 때처럼 말일세."

"그게 임금님이 말씀하시는 정치인가요? 어제 말씀하신 것처럼?"

방원의 말이 끝나자 다혜가 물었다. 방원이 다혜를 슬쩍 쳐다보았다.

"정치라고 부르는 게 가하다면 정치라고 부르게."

"지난번에 말씀드린 적이 있죠. 왜 제가 이 말도 안 되는 일에 찬성했는지요."

"들었네."

"그때 분명히 말씀드렸어요. 저는 의원님이 돌아오시길 기다리고 있다고. 그런데 돌아오셨는데, 의원님이 지향하던 삶의 방향이 아니라면 어떻게 되는 거죠?"

날이 선 다혜의 말에 방원은 선호를 쳐다보았다. 선호가 다
혜를 바라보며 정색하고 말했다. "류 비서관." 선호가 다혜를
정식 직책으로 부르는 건 드문 일이었다. 다혜는 선호의 부름
에 개의치 않고 말했다.

"의원님이 돌아오셨을 때 예전과 같음을 전제로 해서 찬성했
던 거예요. 의원님의 삶과 가치관을 바꾸지 않겠다는 조건으로
찬성했던 거라고요. 그게 무너지려 하고 있어요. 양종훈과의
야합은 찬성할 수 없습니다. 예전에 말씀하셨던 것과도 안 맞
아요. 임금님이 분명히 말씀하셨죠. 이 시대에 영향을 끼치는
행동은 하지 않겠다고."

방원은 다혜를 슬쩍 쳐다보았다. 다혜는 숨을 몰아쉬고 있었
다. 다혜가 다시 말했다.

"어제, 저한테 그러셨죠. 이방원이 있었기 때문에 세종이 있
게 된 거라고요. 하지만 그 말은 틀렸어요. 세종이 있었기 때문
에 이방원이 한 악행들이 가려진 겁니다."

방원의 표정이 차갑게 바뀌었지만 다혜는 계속 말했다. 선호
는 중간에서 두 사람을 지켜볼 뿐이었다.

"세종이 한글을 만들고, 해시계와 물시계를 만들고, 영토를
확장하고, 세상을 더 많이 발전시킬 기반을 만들었기 때문에!
당신이 충신을 죽이고, 나라를 전복하고, 수많은 사람들을 죽
이고, 아버지의 마음에 대못을 박고, 처가를 몰살시키고, 사돈
가문까지 멸문시킨 것이 그나마 납득이 되는 겁니다! 하지만

그 악행은 영원히 사라지지 않아요! 조선이 끝났음에도 사라지지 않았고 지금 사람들도 다 알고 있단 말입니다!"

매섭게 쏘아붙인 다혜가 마지막 못을 박듯 말했다.

"그만두셨으면 좋겠어요. 이런 역할 놀이와 연극을. 지금 국회로 가겠어요. 국회로 가서 모든 걸 알리겠어요."

벌떡 일어난 다혜가 선호와 수찬을 노려보듯 쳐다봤다. 선호가 틀어놓았던 TV에서 앵커가 무감각한 표정으로 말하고 있었다. "첫 소식입니다. 의원총회에서 김태현 원내대표에 대한 불신임안이 논의되고 있습니다."

5. 공포심이 우리의 무기네

태현의 몰락은 이틀 만에 완료됐다. 대통령실은 아무런 행동도 하지 않았다. 양종훈이 총대를 멘 것을 가만히 지켜보기만 했다. 더 정확히 말하면 양종훈의 명을 받은 한상경을 위시한 '친양파'들이 행동대장으로 나선 것을 지켜봤다는 게 맞았다.

그러다 보니 일사불란함보다 마구잡이식 인신공격이 주였다. 태현을 향한 초선의원의 연판장이 나돌았다. 의원총회에서 "왜 나대서 분란을 일으킵니까!"라고 외치는 한상경의 격앙된 목소리가 나온 이후였다. 의원들은 기자들한테 총회에서 있었던 일을 전해주었다. 의원총회 도중 태현을 향했던 모욕적이고 상스러운 말들이 고스란히 옮겨졌다. 한주가 속한 대한신문만이 그런 장면을 지면에 옮기지 않았다. 공격을 가하는 의원들의 저질스러운 언행에 화가 난 한주가 부장과 싸워가며 ―"그런 욕설을 어떻게 담아내요!" ― 기사 수위를 조절한 덕분이었다.

공격을 주도한 사람은 인혁이었다. 의원들이 총회에서 합의하여 김태현을 물러나게 해도 되지만 그러면 여론의 동정을 받을 것이 분명했다. 인혁이 선택한 방식은 원초적인 인신공격이었다. 자존심이 강한 태현은 저열한 공격을 참아내지 못할 것이라고 판단했다.

인혁의 계산대로 태현은 이틀 만에 폭발했다. 의원총회장에서 상경과 삿대질하며 말싸움을 벌였다. 기회를 놓치지 않은 인혁은 상경도 잘못했지만 여당 원내대표로서 태현의 대응도 적합하지 않다는 여론전을 뒤에서 벌였다. 끝내 태현은 원내대표직에서 스스로 물러났다.

인혁은 모든 것을 김태현 의원실 보좌관 자격으로 해냈다. 그리고 총회 이틀 뒤 사표를 냈다. 명분은 김태현 의원을 잘못 보좌했다는 이유였다. 그럴듯했다. 합리적이었다. 물밑에선 양종훈과의 밀약이 있었다. "자네의 전술은 아주 뛰어났네. 곧 부르도록 하지." 양종훈은 그에게 텔레그램으로 메시지를 보냈고 인혁은 그 메시지가 국회의원 배지로 변하여 자신의 가슴에 달리는 장면을 상상했다.

국회에 들어온 지 5년 만에 이룬 성과였다. 인혁은 자신이 있었다. 모시는 의원을 주목받게 할 자신이 있었고, 언론에 자신을 뽐내게 할 자신도 있었다. 직전 원내대표를 모신 수석 보좌관이니 양종훈의 수석 보좌관으로 자리를 옮겨도 누가 뭐라 할 사람이 없었다. 인혁은 김태현에게 건넸던 '대통령이 되는 길'이라는 문서에 들어 있는 '김태현'을 모조리 '양종훈'으로 바꾸며 새로운 문서를 만들기 시작했다.

문서는 금방 수정됐다. 인혁은 보름 동안 양종훈의 연락을 기다렸다. 연락은 오지 않았다. 인혁은 한상경에게도 전화와 문자를 넣었지만 그는 인혁의 전화를 받지 않았고 문자에도 답장을 하지 않았다. 인혁의 심장 속에 불안감이 점점 커지고 있었다. 그 불안감이 자신을 휘감아 삼킬 것 같았다. 국회의원 배지가 사라지는 모습이 보였다.

장선호에게서 전화가 온 건 7월 하순, 장마가 서서히 물러가고 있을 때였다. 이동진이 김태현의 사퇴를 요구하는 성명서에 이름을 올렸을 때 알리바이 확보 차원 ―"어떻게 우리 대표님한테 이럴 수 있어?"― 으로 통화를 한 후 처음이었다. 인혁이 전화를 받자 선호는 다짜고짜 말했다. "우리 방 보좌관으로 와줘라."

불안감이라는 망령에 휘둘리고 있던 인혁은 그 자리에서 바로 제의를 수락했다.

* * *

"다혜 비서관은 어디로 갔습니까?"

인혁이 이동진 의원실로 첫 출근을 하던 날, 그는 두 가지 사실에 놀랐다. 첫째는 의원실에 사람이 너무나 없다는 것이었다. 장선호와는 평소 연락을 주고받았기 때문에 그런대로 익숙했지만 그를 제외하고는 아무도 없었다. 김수찬이라고 자신을 소개한 9급 비서관만이 보일 뿐이었다. 이동진 의원과 함께 다녀 눈에 익었던 류다혜 비서관은 자리를 비웠는지 보이지 않았다. 다혜의 책상에 책도 꽂혀 있고, 컴퓨터도 켜져 있으니 그만둔 건 분명 아닐 터였다.

둘째는 이동진 의원이 말이 없다는 것이었다. 인혁이 기억하는 동진은 수다스럽지는 않지만 자신이 하고 싶은 말은 확실히 했었다. 소통에 능하지는 않았지만 소통 자체를 거부하는 사람은 아니었다. 그런데 인혁이 선호와 함께 의원실에 들어가 인사하자 잘해보자는 형식적인 답도 없이 고개만 끄덕이고 마는 것이었다. 인혁은 괴리감을 느꼈다.

"국감 준비는 어떻게 해야 하지, 장 보좌관? 네 명으로는 안 돼."

"네 명?"

"자네, 나, 류비, 그리고 저기 있는 김수찬이라는 아이까지 합쳐도 네 명밖에 안 되지 않아? 다섯 명은 더 뽑아야 한다고. 국감이 두 달밖에 안 남았어. 아이템 선정하고 움직여도 너무 늦어."

그날 밤 인혁은 선호를 불러내 저녁을 같이 먹었다. 동진은 일이 있다면서 퇴근했고 수행비서격인 수찬도 동진과 함께 나갔다. 선호는 자기도 일이 있다고 했지만 "첫날인데 이러기야?"라는 인혁의 말에 따라나섰다. 두 사람은 국회 앞 김치찌갯집으로 향했다. 인혁은 소주를 한잔 털어 넣은 뒤 국감 준비를 위한 인력에 대해 이야기했다. 선호는 소주잔을 가만히 내려다보다가 입을 열었다.

"세 명이야."

"왜? 그 김수찬이라는 친구가 한 명 몫을 못 하는 거야?"

"아니 류비가 그만뒀어."

"그만뒀다고?"

인혁은 놀랐다. 류비가 그만두다니. 인혁은 작고 날렵한 얼굴의 다혜를 기억했다. 동진과 같이 들어온 사람이었다. 언젠가 밥을 한 끼 먹은 적이 있었는데 동진에 대한 우호적인 감정을 스스럼없이 드러냈다. 의원 욕이 일상화된 보좌진 세계에서 다혜는 이질적인 사람이었다. 인혁은 그 기억이 머릿속에 남아 있었다.

"왜?"

"이야기하긴 곤란한데."

"이봐."

인혁은 거기까지 말한 뒤 젓가락을 식탁 위에 가지런히 두었다. 그리고 선호를 오랫동안 노려보았다. 시선을 의식한 선호가 고개를 들어 인혁을 마주 쳐다보았다. 인혁이 말했다.

"나를 왜 뽑은 거지?"

"사람이 필요했으니까."

"사람이 필요해서 뽑았는데 왜 꿰다놓은 보릿자루로 만드는 거지?"

"무슨 말이야?"

"이동진 의원도 그렇고 너도 그렇고, 김수찬인가 하는 사람도 그렇고 거리를 두잖아. 류비가 그만둔 것도 그렇고, 무슨 일이길래 나한테 숨기려는 거지? 도대체 뭐야?"

선호는 두 눈을 내리깔고 소주잔의 둥그런 가장자리를 손으로 계속 문지르고만 있었다. 답답해진 인혁이 입을 열려는 순간 선호가 말했다.

"류비는…… 이제 이 세상 사람이 아냐."

* * *

다혜가 오피스텔에서 뛰쳐나간 뒤 수찬은 다혜를 말려보겠다며 뒤따라 나섰다. 선호도 같이 일어섰지만 방원이 붙잡는 바람에 다시 주저앉았다. 선호는 방원을 혼자 두는 것이 마음에 걸렸다.

둘만 남자 방원이 말했다.

"욕심이었던 건가……."

"욕심이라뇨?"

"이 시대에 적응하려고 했던 것 말일세."

"적응하고 싶으셨습니까?"

"처음에는 그런 생각이 없었네만, 점차 욕심이 생기더군."

방원은 무덤덤하게 말했다. 다혜가 모든 걸 밝히겠다고 뛰쳐나간 지금이 마지막 기회일 수 있다고 생각하여 선호는 속에 있던 생각을 물었다.

"궁금한 게 있습니다."

"뭔가?"

"어떻게 그렇게 다른 사람의 생각을 잘 알아맞히셨습니까?"

방원은 골똘히 생각하더니 말했다.

"자네는 윗사람이 되어본 적이 있는가?"

"예?"

"책임을 지는 자리 말일세."

"보좌관도 결정을 내리고 책임지는 자리긴 하지요."

"아니 내 말은, 자네의 말과 행동으로 모든 일에 책임을 지는 자리 말일세."

"글쎄요…… 없었던 것 같습니다."

"왕이 그런 자리네. 책임을 지는 자리. 그래서 눈치가 늘 수밖에 없어."

"눈치가 늘다니요?"

"책임을 진다는 건 말일세. 다른 사람들을 내 뜻대로 움직이게 하는 거네. 강제로 움직이게 할 수도 있지. 대다수 왕들은 그렇게 하는 게 맞다고 생각하지. 하지만 그건 권력을 제대로 운영하는 방법이 아니지. 누군가의 윗자리에 있으려면 아랫사람의 마음을 움직여야 하네. 왕은 매일 읍소를 듣게 된다네. '이렇게 해야 합니다, 저렇게 해야 합니다.' 그걸 들어주고 조정하는 게 왕의 일이지. 십여 년 넘게 해보게. 눈에 보인다네. '이 사람은 지금 무슨 생각을 하는구나.' '이 사람을 이해시키려면 어떻게 해야 하는구나.' 한데 이런 것들을 알 때가 되면……."

방원이 숨을 골랐다. 선호는 숨을 죽였다.

"그걸 알 때쯤엔 나에게서 권력이 빠져나가고 있다는 걸 알게 되지."

방원이 말을 마치자 선호는 숨을 삼키고 방원을 쳐다보았다.

그때 벨소리가 울렸다. 국회 사무처에서 다혜의 이야기를 전해 듣고 진위를 파악하고자 방원에게 전화를 한 것이려니 생각했다. 그런데 벨소리는 방원의 것이 아닌 선호 자신의 휴대전화에서 울렸다. 국회 쪽에서 온 전화는 아니었다. 수찬의 전화였다. 선호가 전화를 받았다.

"보좌관님?"

수찬의 목소리가 떨리고 있었다.

"어 나야. 다혜는? 국회로 갔니?"

약간의 침묵 뒤로 울음 섞인 목소리가 들려왔다.

"다혜 비서관님이 교통사고를 당하셨어요."

수찬의 설득에도 다혜는 거듭 화를 내었고, 가지 못하게 말리는 수찬의 손을 뿌리치고 횡단보도를 뛰어 건너다 옆 차도에서 달려오던 소형 트럭에 치였다고 했다. 초록 횡단 신호가 한 칸 남아 있었음에도 급하게 지나려던 소형 트럭이 뛰어오던 다혜를 그대로 친 것이다. 모든 것이 순식간에 일어났다고 했다. 다혜는 공중으로 붕 떠 몇 미터 앞에 떨어졌다. 충격을 받은 선호는 아무 말도 못 한 채 멍하게 서 있었다. 스피커폰으로 이야기를 같이 듣고 있던 방원이 엄중하게 물었다.

"어떻게 됐는가. 살아 있나?"

"병원으로 옮겨졌는데……."

수찬이 다시 울먹거렸다.

다혜는 병원에 도착한 후 바로 사망 판정을 받았다.

선호는 곧바로 장례식 준비를 하려고 했다. 방원이 선호를
막았다. 방원은 선호에게 나직하게 말했다. "부군의 의사가 중
요하네. 부군에게 먼저 알려야 하네." 다혜의 남편에겐 방원이
직접 전화를 걸었다. 자신이 전하는 게 마땅하다는 이유에서였
다. 다혜가 어쩌다가 사고를 당했는지에 대해서는 말하지 않았
다. 말할 이유가 없기도 했다. 처음에 아무 말 없이 듣기만 하
던 다혜의 남편은 끝내 소리쳐 울었고, 누구에게인지 모를 화
를 냈다. 목소리는 비명에 가까웠다.

모든 것이 혼란스러웠다. 선호는 방원이 전화를 하는 동안
의자에 앉아 손으로 얼굴을 감싼 채 눈을 감았다. 이상하게도
눈물은 나지 않았다. 아무런 생각도, 슬픔도, 노여움도 들지 않
았다. 주변의 모든 것이 빙글빙글 도는 것 같았다. 그때 방원이
선호의 어깨에 손을 올리고 말했다.

"부군이 국회 쪽에는 알리지 않겠다고 하는군. 자신의 아내
를 잡아먹은 곳에 이야기하기는 싫다고 하면서."

방원의 목소리는 차분했다.

방원과 선호, 수찬이 다혜의 장례식장을 방문한 건 다음 날
저녁이었다. 다혜의 남편은 장례식장을 알려주지 않았지만 선

호가 서울 시내 장례식장을 뒤져 알아냈다. 세 사람은 검은색 옷을 입고 검은색 넥타이를 둘러맸다. 방원은 현대의 간략화된 장례 절차에 별다른 말을 하지 않았다.

다혜의 장례식장에 놓인 조화는 다혜 남편의 회사에서 보낸 것과 다혜의 학창 시절 친구들이 보내준 것이 전부였다. 부고 소식을 전하지 않았기에 국회에서 보낸 조화는 없었다. 세 사람이 들어왔을 때 다혜의 남편은 벽에 등을 기댄 채 멍하니 앉아 있었다.

급하게 마련한 다혜의 영정사진은 2년 전 국회로 처음 출근했을 무렵 찍었던 증명사진이었다. 세 사람은 다혜의 영정 앞에 우두커니 섰다. 수찬은 울음을 삼키고 있었고 선호는 넋이 나간 표정이었다. 방원은 침착하고 차분했다. 다혜의 남편은 세 사람을 쫓아내지는 않았다. 그는 작은 목소리로 말했다. "이왕 오셨으니 식사라도 하고 가시죠."

아무 말 없이 앉아 육개장을 먹은 세 사람이 조용히 일어나려고 할 때 다혜의 남편이 다가와 고개를 숙이며 말했다. "여기까지 찾아오셨는데 인사도 제대로 못 드려 죄송합니다." 방원이 마주 머리를 숙였는데 다혜의 남편이 머리를 들고 난 뒤에도 한참을 그대로 있었다.

선호는 방원이 고개를 숙이는 동안 주위를 둘러보았다. 말로만 듣던 다혜의 아들이 보였다. 장례식장이 답답했는지 어린 아들은 바닥에 주저앉아 빨간색 모형 자동차를 가지고 놀고 있었다. 자동차에 관심이 많던 방원을 보며 다혜가 "우리 아들 같네요."라고 했던 그 아들이었다. 선호는 방원의 소매를 슬며시 끌어 다혜의 아들을 보지 않게끔 했다.

"어떻게 하실 겁니까."

"계속 국회의원이라는 걸 하겠네."

방원은 다혜의 장례식이 끝나고 이틀 뒤 선호의 물음에 그렇게 답했다. 선호의 반응은 놀랍거나 기쁘다기보다 의아함이었다. '무엇을?' '왜?' '어떻게?'라는 질문이 꼬리를 물었지만 선호는 되묻지 않았다.

방원의 뜻을 파악하는 데엔 오랜 시간이 걸리지 않았다. 방원이 갑자기 국회의원 명부를 달라고 했다. 왜 그러느냐 묻자 방원은 "말하지 않았던가. 국회의원을 해야겠다고."라고 짧게 말할 뿐이었다. 선호는 그제야 알았다. 다혜는 죽기 전 방원이 연기를 해야 한다고 했다. 하지만 지금 방원은 자신의 정치를 하려 하고 있었다. 본래의 동진이 없어지는 일이었다.

두려움을 느낀 선호는 한 가지 생각을 해냈다.

방원에 앞서서 걸어 올라가는 선호는 앞만 본 채 뒤를 한 번도 돌아보지 않았다. 그들은 서울 남산의 남쪽, 후암동에서 남산타워로 향하는 오르막길을 걷고 있었다. 선호는 오르막길 끝 계단 길에 다다른 뒤 천천히 손을 까닥까닥 움직였다. 다 올라왔다는 신호였다. 선호는 뒤돌아 방원을 쳐다보며 상기된 표정을 지었다.

"왜 그러는 건가?"

"뒤를 보시죠."

무심결에 뒤를 돌아본 방원은 탄성을 내질렀다.

남산에서 바라보는 서울의 야경은 거대한 수채화 그림 같았다. 낮은 빌라들과 단독주택들, 그 뒤로 빌딩들이 여러 색상으로 줄지어 서 있었다. 밤의 빌딩들은 빛을 흩뿌렸다. 빛은 다른 건물 유리에 반사되어 다시 반짝였다. 빌딩 중간에는 비행기 충돌을 막기 위해 설치한 작은 빨간색 표시등들이 깜박거렸다. 창문에 불이 켜진 집들이 빌딩 밑으로 줄지어 있었고 사이사이 빨간 십자가가 존재감을 발했다. 선호와 방원이 서 있는 곳 주변에는 젊은이들의 웅성거림으로 가득했다. 음료와 기념품을 파는 가게 바깥으로 주렁주렁 전등이 달렸다. 곳곳에서 들리는 즐거운 소리들이 여름밤 군청색 하늘 위로 떠올랐다.

"앉으시죠."

선호는 계단 맨 위까지 올라온 뒤 걸터앉아 옆자리를 손가락으로 가리켰다. 방원이 따라 앉았다.

선호는 한동안 아무 말이 없었다. 방원은 선호를 쳐다보았다.

"무슨 일인데 그런가?"

"김태현의 사퇴를 촉구하는 성명서에 이름을 올리셨더군요."

"그랬네. 수찬에게 부탁했지."

"왜 그러셨습니까?"

"무엇을 말인가?"

"다혜가 죽기 전에 반대했던 일입니다."

"양종훈의 손을 들어주는 건 아니지 않나."

"그건…… 그저 변명일 뿐이죠."

선호는 방원을 보지 않은 채 말했다.

"이동진이 아닌 이방원으로 남으려 하시는 겁니까?"

방원은 잠시 눈을 감았다 떴다. 두 사람은 남산 밑의 야경에 시선을 고정하고 이야기를 나누었다.

"그런 셈이네."

"다혜가 반대했던 일입니다. 저도 반대할 일입니다. 제가 국회로 갈 수도 있습니다."

"알고 있네."

"왜 하시려는 겁니까?"

"놓치기 싫어서일세."

"무슨 뜻입니까?"

"자네는 바닷가에서 모래를 잡아본 적이 있는가?"

"네. 손가락 사이로 빠져나가더군요."

"잡힐 듯하지만 손가락 사이에서 빠져나가 잡히지 않는 것, 류다혜의 죽음 앞에서도 나는 그걸 느꼈네."

"무슨 말인지 모르겠습니다."

"……무력하였다네."

"다혜의 죽음이 왕의 탓은 아닙니다."

"맞는 말이야. 세상의 모든 죽음에 내가 책임을 질 수는 없지. 지금 나는 왕도 아니지. 하지만 이런 생각이 들었네. 과인은 지금 마땅하게 살고 있는가. 이 세상에 마땅한 책임을 지고 있는가."

"왜 그런 말을 하시는 겁니까?"

"그 처자가 죽었을 때 무슨 생각이 스쳐 지나갔는지 아나?"

"무엇입니까?"

"당분간은 내 존재를 들키지 않겠다 싶더군."

선호는 방원을 쳐다보았다. 방원은 그저 앞만 바라보았다.

"섬뜩했네. 한 번도 품어보지 않은 감정이었네. 난 이방원이네. 자네들이 태종이라고 부르는 이방원. 나는 스스로 결정을 내리고 스스로 책임을 지는 삶을 살아왔네. 그런 이방원이 무책임하고 비겁한 생각을 한 걸세. 연약한 백성처럼 현실을 피해 도망가려고 했네. 그런 옹졸한 모습을 용납하기 어려웠네."

방원은 선호를 똑바로 바라보았다.

"그래서, 맞서보려 하네."

선호는 잠시 침묵한 뒤 말했다.

"마치 방해물이 치워졌으니 이제 제 일을 하려는 것처럼 들립니다. 비겁한 변명으로도 들리고요."

"자네는 아직도 나를 이해하지 못하는군."

"예, 이해 못 하죠. 어찌 육백 년 전 왕을 제가 이해할 수 있겠습니까."

선호는 휴대전화의 시간을 확인하고 말했다.

"지금은 오후 10시 17분입니다. 한밤중이죠. 왕의 시대엔 10시라는 말도 17분이라는 말도 없었습니다. 아시겠습니까?"

"이해하네."

"곳곳에 불이 켜져 한밤중에도 세상은 이리 밝습니다. 언젠가 저 높이 올라간 빌딩들을 이해할 수 없다고 말씀하셨죠. 지금 저 빌딩들이 왜 불을 밝히고 있는지, 사람들이 무슨 생각을 하며 저리 즐겁게 대화하고 있는지, 왕은 아십니까?"

"안다면 거짓말이지."

방원은 침묵하다 답했다.

"제가 왕의 정치를 반대하는 이유입니다."

선호는 도심의 야경을 바라보다 방원의 얼굴로 시선을 옮기곤 다시 말했다.

"왕께선 이 시대를 온전히 감당할 자신이 있으십니까?"

방원이 선호를 쳐다보았다. 선호는 다시 도심의 야경으로 시선을 돌렸다.

"저 밑의 수많은 사람들은 각자 자신의 인생을 삽니다. 지금 여기에 '뿌리'를 내리고 말이죠. 각자 생각과 선택은 모두 다릅니다. 그걸 다 보듬어 안아 받아들이는 것이 정치입니다. 왕의 마음대로 이끌어가는 것이 아니고요. 어떠한 물음에도 답을 줘야 하는 것, 그것이 정치입니다."

방원은 아무 말 없이 선호의 눈길을 따라 도심의 야경을 바라보았다.

"저는 왕을 잘 모릅니다. 당연하지 않습니까. 지금의 제가 어찌 육백 년 전의 왕을 알 수 있겠습니까. 마찬가지로 왕께서도 저희를 모릅니다. 다른 국회의원들, 김 원내대표, 양종훈, 그리고 어쩌면 대통령, 그 사람들이 어떤 생각을 하고 어떻게 행동할지는 기가 막히게 맞히셨지만 이제 하시겠다는 '정치'는 다른 문제입니다. 지금의 사람들이 무엇 때문에 분노하고 어떤 이유로 울고 웃는지, 무엇을 원하고 꿈꾸는지 왕은 모르시지 않습니까. 단순히 사람의 마음을 파악하는 기술만으로 정치를 할 수는 없습니다."

선호는 방원을 똑바로 바라보며 한마디 한마디 끊어내듯 말을 이었다.

"자신이 없다면 시작하지 않는 것이 옳습니다."

방원은 선호를 한참 쳐다보더니 호랑이 같은 이상한 웃음소리를 냈다.

"이 이방원이 자신 없어 보인다는 건가?"

"육백 년이 지난 세상을 온전히 이해하신다는 겁니까?"

"당연히 이해할 수 없지. 이해할 수 없고말고."

"그럼에도 정치를 하시겠다는 건 만용이고 오만 아닙니까?"

"아니. 과인이 말해주고 싶은 건 이런 거네."

방원은 두 손을 앞으로 쫙 펼쳤다.

"자네들은 나를 도구로 쓰게."

"도구라뇨? 태종 이방원을…… 꼭두각시로 쓰라는 말입니까?"

"꼭두각시라니. 이해와 협력이라는 좋은 단어가 있던데."

"이용당하시겠다는 겁니까? 그래서 이방원이 얻는 게 뭡니까?"

"세상을 올바로 만드는 데 '힘'을 보태는 거지. 과인은 좀 더 좋아진 세상을 보고 싶은 거고."

방원은 '힘'이라는 단어를 강조해 말했다. 선호는 결연한 표정의 방원을 한참 바라보았다.

"이동진 의원이 돌아오면 어떤 반응을 보일지 모르겠습니다."

"그때는 그때 가서 생각할 일이네. 벌어지지 않은 일을 왜 걱정하는가?"

"다혜가 반대한 일을 한다는 생각은 들지 않으십니까?"

처음으로 방원의 얼굴이 굳어졌다. 방원은 선호의 시선을 외면하였고 선호는 방원의 얼굴을 똑바로 쳐다보았다.

"그렇게 보일 수도 있겠지…… 하지만 자네가 나를 바르게 인도해주면 되지 않겠나. 그리고 내 약속 하나 하지. 이건 사내 대 사내의 약속이네. 단서철권을 하진 않지만…… 천지신명에 약속하지. 이동진이라는 자가 다시 돌아와도 자신의 삶이 어지럽혀지진 않았다고 말할 수 있도록 하겠네. 이건 과인의 진심일세."

선호가 한마디를 덧붙였다.

"만약 이방원 의원의 삶이 이동진 의원의 길을 어지럽힌다면 제가 의원님의 정체를 폭로하겠습니다."

방원은 고개를 끄덕였다.

두 사람이 남산을 내려올 때 방원이 넌지시 말했다.

"덥군, 여름밤치곤 더운 날씨야."

선호는 남산타워를 흘깃 바라본 뒤 방원에게 물었다.

"다혜 후임은 누구로 할까요?"

"당분간은 그대로 두세."

방원의 말에 선호는 의아해했다.

"어떻게 그냥 둬요? 사람이 부족한데 말이죠."

"어차피 자네와 나, 둘만 있으면 되지 않나."

"새로 사람을 안 뽑을 생각이십니까?"

"들여야지. 들일 생각이네."

"정체를 숨기고요?"

"아니."

방원은 활짝 웃으면서 말했다.

"나를 이용할 수 있는, 야심과 욕망이 있는 사람을 선별하여 받을 생각이네. 이 미친 짓에 함께 동참할 수 있는 이로."

* * *

"그걸 나보고 지금 믿으라는 얘기야?"

인혁은 어이없어하며 말했다. 선호는 소주 한 잔을 털어 넣었다.

"믿든지 말든지."

"무슨 삼류 공상과학 소설에나 나올 법한 이야기가 지금 국회에서 벌어지고 있다고?"

"나도 믿는 데 한참 걸렸어."

"거참. 이 미친 짓거리에 나도 동참하라는 거야?"

"맘에 들면."

"그만 일어나는 게 좋을 거 같은데."

"그렇게 해."

인혁이 자리에서 일어났다. 그러거나 말거나 선호는 김치찌개에 들어 있는 고기 한 점을 숟가락에 떠서 입으로 가져가고 있었다. 엉거주춤 서 있던 인혁이 선호에게 퉁명스레 한 소리한다.

"왜 안 잡아?"

"잡는다고 잡아지냐. 미친 짓거리에 동참하는 건데, 마음에 들어야 하는 거지."

"……하나만 묻자."

"뭔데."

"왜 하필 나야? 이제는 끈 떨어진 사람이라고 만만하게 본건가?"

선호는 인혁을 바라보며 황당하다는 얼굴로 말했다.

"아직도 모르겠어? 왕은 지금 자신이 쟁취할 권력을 같이 누릴 최고의 카드를 선택한 거라고. 그게 바로 너야."

* * *

방원은 몰두하여 몇 장의 서류를 훑어보고 있었다. 옆에는 선호가 앉아 있었다. 한여름의 시작이었다. 밖에서는 제철을 만난 매미들이 시끄럽게 울고 있었고 오후의 햇살이 따갑게 내리비쳤다. 사람들의 옷차림은 더더욱 짧아졌다.

방원이 보고 있는 문서는 선호가 가지고 온 보좌관 후보들의 이력서였다. 이름, 나이, 학력, 거쳐온 의원실, 직무 중 구상한 법안 등이 정리되어 있었다. 방원이 서류를 보다 말했다.

"이것만으로 사람을 뽑으라는 건가?"

"그중에서 괜찮다 싶은 사람을 몇몇 추려 면접을 보고 마음에 드는 사람을 고르면 됩니다."

방원은 턱을 긁적거리더니 말했다.

"자네, 이 세계에서 사람들과 얼마나 함께 일을 해보았나?"

"한 10여 년 넘게요."

"배신도 당해보았나?"

생각에 잠긴 듯 선호가 뜸을 들인 뒤 말했다.

"몇 번 있었던 것 같습니다."

"왜 배신당했다고 생각하나?"

"글쎄요…… 배신할 사람들이니까 배신한 거 아닐까요?"

방원은 빙그레 웃으며 물었다.

"여기 이력서에 있는 사람들에 대해 자네는 얼마나 아나?"

방원의 질문이 시작됐다. 선호가 보좌진 후보자로 올린 사람들에 대해 방원은 꼬치꼬치 캐물었다. 선호는 매번 최선을 다해 설명했지만 방원은 말끝마다 "자네는 이 사람에 대해 잘 안다고 볼 수 없을 거 같은데?"라고 했다.

선호는 어이가 없기도 했지만 시간이 지나면서 깨달았다. 방원은 후보자에 대한 선호의 생각을 묻는 게 아니라 후보자들의 능력이나 성격에 대한 객관적인 정보를 원하고 있었다. 선호가 방원에게 지적당하는 때는 주관적인 자신의 생각이나 관점을 말하는 지점이었다. 그럴 때마다 어김없이 방원은 "내가 묻는 바가 아니네."라고 했다.

선호는 그제야 알았다. 여태껏 그와 같이했던 다른 의원들과 방원의 차이점을. 다른 의원들은 자신의 언행이 어떻게 비춰질까만을 신경 썼다. '이렇게 하면 자신이 인기를 얻을 수 있겠지'라는 판단 때문이었다. 그래서 선호가 지금까지 의원들에게 한 조언은 대부분 외적인 이미지를 잘 꾸미는 데 맞춰 있었다.

방원은 달랐다. 그는 목표를 향해 달려가는 사람이었다. 그는 자신을 도와 권력을 쟁취할 야심 가득한 사람을 필요로 했다. 육백 년의 시간을 넘어온 이방원과 같이 일을 도모할 수 있을 정도로 생각이 유연하고 야심이 있으면서 능력 또한 출중해야 했다. 이방원은 이를 판단하는 데 수박 겉핥기식의 인상 비평만으로는 어렵다고 보았다. 그래서 그는 한 사람의 내면이나 그의 숨겨진 야망까지 들여다볼 세세한 정보를 필요로 했다.

그렇게 꼼꼼히 살펴보던 방원은 마지막 후보자의 이력서까지 다 읽고 나서 "이자들은 과인과 같이 일할 사람들은 아니네."라고 말했다. 여태껏 일한 게 헛수고였다. 하지만 선호는 뭔지 모를 희망을 느낀 것 같았다. 정말로 오랜만에, 아니 처음으로 속내가 깊은 상사를 만났다.

＊＊＊

"그래서 선택된 게 나라고?"

인혁이 물었다. 소주 다섯 병이 어느덧 비워지고 있었지만 선호는 멀쩡한 기색이었다.

"그렇지."

"어떤 모습을 보고?"

"첫째, 전직 원내대표 보좌관으로서 개별 의원들의 기호, 정치적 태도, 계파 등을 꿰고 있다는 거지. 이방원 의원이 가장 원하던 거야."

선호는 반찬으로 놓인 콩나물을 한 줌 집어 먹고 우물거렸다.

"둘째, 너는 야망이 커. 욕심도 많지. 하지만 지금은 올라갈 길이 마땅하지 않아. 우리 의원실의 비밀을 퍼뜨린다고 해도 다른 의원실에 채용될 가능성 또한 높지 않아. 그건 스스로도 잘 알 테고."

선호가 잔에 남은 소주를 한 번에 들이켜고는 말했다.

"셋째, 너는 역량이 출중해. 김태현이 원내대표가 된 데에는 너의 능력도 한몫했지. 너는 방구석에 처박혀 자기들이 제갈량 입네 하며 정치적 상상화나 그려대는 환쟁이들하고는 질적으로 달라. 원내대표 선거에서 장관직을 수행하느라 당 장악력이 떨어진 양종훈의 빈틈을 노린 전략은 탁월했어. 우리는 그 역량을 높이 사. 참고로 이건 내 말이 아냐. 너의 전략을 들은 이

방원 의원의 말이지. 그가 자네를 '마초와 병장기를 준비할 줄 아는 사내'라고 말하더군."

선호는 자신의 잔에 새로 소주를 따르고 인혁의 빈 잔도 채웠다.

* * *

"아무래도 모레쯤 새 원내대표가 의원들에게 동원령을 내릴 것 같습니다."

인혁이 방원에게 오렌지주스 한 컵을 따라주면서 말했다. 인혁은 방원과 함께하기로 결정한 이후 오피스텔로 출퇴근하라는 제안을 받아들였다. "슬슬 권태기가 와서요. 술 안 먹고 늦게 들어가면 오히려 좋습니다."라며 결혼 3년 차인 인혁이 말하자 방원은 "나도 많이 싸워봐서 그 기분을 잘 알지."라고 맞장구쳤다.

인혁이 들어온 후로 방원은 빠르게 여당 내 역학구도와 의원들의 정치적 목적을 파악해갔다. 인혁은 좋은 강사였고 방원은 가르침을 빠르게 흡수하는 제자였다. 동료 의원들과 만나면 남 욕하는 얘기나 듣고 님비 근성의 지역민들을 만나면 이기적인 민원들만 듣고 앉아 있어야 한다며 투덜거리던 동진과는 달랐다.

밖에 외출할 때는 양복 차림이어야 한다는 약속을 방원은 잘 지켜주었다. 하지만 종종 몸이 옷에 구속되는 기분이라며 투덜거리긴 했다.

방원은 매일 점심과 저녁 자리에서 새로운 사람들을 만났고, 끊임없이 이야기를 들었다. 인혁의 자료 속에 정리된 의원들이 가지고 있는 욕망과 욕구를 건드리는 발언도 예사로 했다. 선호는 언젠가 방원에게 힘들지 않느냐 물었는데, 방원은 즐겁다는 얼굴로 이렇게 답했다. "하나도 힘들지 않네. 정치라는 건 결국 다른 자의 욕망을 건드리는 일 아닌가. 과인은 다른 이의 생생한, 날 것의 욕망을 보는 게 즐거워." 어느덧 당내에선 방원의 위치가 좌충우돌 초짜 비례대표 의원에서 진중하면서도 '말이 통하는' 초선의원으로 바뀌고 있었다. 특히 여당의 핵심 지지층이 많이 사는 지역구 국회의원들에게서 그런 평가가 많아졌다. 한주가 전화를 걸어 "요새 동진 선배 왜 이리 자주 밥집이랑 술집에서 마주쳐?"라고 선호에게 물어보기까지 했다.

인혁과 방원은 호흡이 잘 맞았다. 방원은 김태현 원내대표 시절의 당과 대통령실 간 여러 비화를 빠르게 습득했다. 방원은 드러나지 않았던 대통령의 의중을 짚어주었는데 인혁은 모두 맞는 말씀이라고 놀라는 표정을 지었다. 특히 김태현 원내대표 사퇴로 이어지는 과정에 방원은 "작금의 왕이 답을 정해놓고 김태현과 양종훈을 몰아내려 한 건데 양종훈이 빠져나간 것"이라고 지적했는데 그 말을 들은 인혁은 놀라며 크게 탄복했다.

방원을 위한 선호의 정책 과외도 꾸준히 이뤄졌다. 이동진 의원의 상임위는 국방위였다. 양종훈에 반기를 든 대가로 정무위원회에서 밀려간 상임위였다. 방원이 총이나 무기, 미사일,

해군함정, 전투기와 같은 군사물자에 관심이 많아 상임위 소속은 유지하기로 했다. 선호와 인혁 둘 다 당 지도부가 상임위 변경 요청을 받아들이지 않을 것이라고 생각했지만.

아직까지 방원은 의심받는 일 없이 제 역할을 해나갔다. 덕분에 법안 제출에 공동발의자로 이름을 올려달라는 다른 의원실 요청도 종종 들어왔다. 요청을 이용해 선호는 동진이 처리하고 싶어 했지만 양종훈의 노골적 반대로 처박혀 있던 몇몇 법안들을 처리하는 데 성공했다. 자신이 원했던 법안도 몇 건 있었다.

창밖으로 거세게 내리는 비를 바라보고 있던 선호에게 방원이 물었다.

"왜 동원령을 내린다는 건가?"

"이렇게 비가 많이 오니…… 집중호우인 거 같은데, 분명 상습 침수지역에 피해가 났겠죠. 반지하 건물들이 피해를 봤을 테고 침수피해 현장에 봉사활동 나가라는 거겠지요."

인혁의 대답에 선호도 고개를 끄덕였다.

"제 생각도 같습니다."

방원이 인혁과 선호를 번갈아 쳐다보더니 말했다.

"그래서 내가 할 일은 뭔가?"

둘이 동시에 대답했다.

"짐 나르는 요령을 배우셔야 합니다."

* * *

한주는 주위를 둘러보았다. 8월 말이었다. 그녀가 서 있는 곳에서는 아직 덜 빠진 빗물이 발목까지 차올라 미적지근함이 느껴졌다. 빗물과 함께 쓸려온 진흙과 쓰레기가 반지하 빌라촌을 덮고 있었다. 이틀간 집중적으로 내린 빗줄기로 반지하 건물이 많은 이 동네 피해가 더욱 컸다. 비가 그친 후 대통령이 찾아와 위로의 말과 함께 금일봉을 내밀었다. 다음 날엔 새로 선출된 원내대표가 '호우 피해 봉사활동'이라고 적힌 커다란 플래카드를 들고 나타났다. 1년도 남지 않은 총선, 여당 소속 대부분의 의원들이 원내대표를 따라왔다. 당 사무처가 대형 버스 세 대를 조달했다. 의원들은 아침 일찍 국회에 모여 전세버스를 타고 수해 현장에 나타났다. 각자 따로 오라고 하면 대형 세단을 타고 나타나서 위화감을 주거나 안 나타나는 의원들도 있을 것이라는 참모진 건의를 받은 원내대표의 지시였다.

의원 외부 행사에는 잘 가지 않는 한주였지만 이날은 무슨 바람이 불었는지 현장에 나타났다. "왜 가시려고요?" 효진의 물음에 한주는 "그냥." 하며 웃어넘겼다.

한주의 눈에 플래카드 앞에서 환하게 웃고 있는 원내대표와 의원들이 들어왔다. 방송사 카메라들이 수해 현장 앞에 늘어서 있었는데 원내대표는 카메라를 앞에 두고 대통령이 말한 여러 지원책을 앵무새처럼 옮겨 말했다. 여당 실세이자 여당 대선후보 1위로 다시 등극한 양종훈은 불편한 표정으로 카메라에서 멀찍이 떨어져 있었다. 의원들은 원내대표 옆에서 카메라에 한 번 잡혀볼 요량으로 용을 쓰고 있었다. 피로에 전 수해 주민들은 그런 모습에 신경 쓸 새도 없이 물에 젖은 집기들을 치우고 있었다.

젖은 옷가지며 가재도구에서는 악취가 났고, 진흙에는 온갖 오물이 덕지덕지 달라붙어 있었다. 의원들의 움직임은 재빨랐다. 원내대표는 카메라 인터뷰가 끝나고 난 뒤 다음 일정을 핑계로 바로 떠났다. 양종훈은 원내대표의 차량에 냉큼 올라탔다. 다른 의원들은 당 사무처에 "언제까지 복구작업을 해야 하냐"고 연신 물었다. "30분은 더 하셔야죠."라는 사무처 직원의 말에 그들은 툴툴대며 빗자루를 들고 거리 청소를 하는 시늉을 했다. 집기를 치우고 반지하에 차 있는 물을 퍼내는 일들은 의원들을 따라온 보좌진 몫이었다. 7급 이하 나이 어린 비서관들이 많았다. 대부분 이런 일들을 처음 해보는 것처럼 보였다. 그들은 힘든 표정으로 물을 퍼내고 집기들을 꺼냈다. 인분처럼 보이는 진흙을 거둬냈고 그 속에 박혀 있는 담배꽁초들을 모으니 곧 한 무더기가 됐다. 남자 의원들이 은근슬쩍 근처로 다가와 담배를 피우고 또 다른 꽁초를 버렸다. 그 광경을 한주가 한심하다는 듯 바라보았다.

정나미가 떨어진 한주가 막 떠나려고 할 때 수찬이 땀을 뻘뻘 흘리면서 전자레인지를 옮기는 모습이 보였다. 육체노동을 해본 적이 없는 게 분명한 수찬의 허우적대는 모습에 한주가 빙그레 웃었다. 그러다 수찬의 근처에 있는 이동진을 발견했다. 그는 장화를 신고 고무장갑을 낀 채 열심히 반지하에 고인 물을 퍼 나르고 있었다. 똥물을 휘저어가며 담배꽁초를 모았고, 물에 잠긴 그릇과 의자를 밖으로 날랐다. 한주가 가까이 다가가려고 하다가 역한 냄새에 코를 쥐고 외쳤다.

"동진 선배!"

여러 번 이름을 외친 후에야 동진이 소리를 듣고 몸을 돌렸다. 동진은 무슨 일인가 싶은 표정으로 한주를 바라보았다.

"아!"

"여기서 뭐하세요?"

"일하는데?"

당연한 답이 돌아오자 한주는 할 말을 잃었다. 그녀는 머뭇하다가 다시 외쳤다.

"열심히 하시는데요?"

"뭐가?"

"왜 이렇게 열심히 하시냐고요?"

동진은 무슨 질문이 그러냐는 듯한 표정으로 답했다.

"해야 할 일이니까."

순간 직업정신이 발동한 한주는 휴대전화를 꺼내 동영상 버튼을 누르면서 물었다.

"냄새, 안 힘드세요?"

동진은 활짝 웃었다.

"아니. 하나도!"

* * *

"정말 냄새 심하던데, 아무렇지도 않았어요?"

선호는 의원실에 앉아 동진, 아니 방원에게 차를 한 잔 건네주며 물었다. 한주가 쓴 기사가 여의도에서 화제가 된 다음 날이었다. 한주는 수해 현장에서 노닥거리는 의원들과 열심히 일하는 방원의 모습을 대비한 기사를 썼다. 방원이 일하는 장면을 동영상으로 찍어 기사에 넣었다. 하루 종일 방송사들은 한주의 기사를 인용했고 방송 패널들이 '정치인들의 위선'을 주제로 토론을 벌였다. 여론이 심상찮게 돌아가는 것을 느낀 원내대표가 아침 회의에서 사과 표명을 한 직후였다.

이후 여러 언론사에서 방원에게 취재요청을 하였지만 선호가 나서 '당연히 할 일을 했을 뿐으로 취재에 응하는 것도 수해민들에게 송구스럽다'는 짤막한 문자로 답했다. 그 문자는 다시 다음 날 신문 한 자락에 깔렸다. 방원은 눈을 껌뻑거리면서 말했다.

"무슨 냄새?"

"악취가 상당했을 텐데요?"

"허어. 이 시대에 와서 좋았던 것 중 하나가 냄새가 별로 나지 않는다는 거였네. 그래서 그것만으로도 살만했는데 말이야. 오히려 과인은 옛 생각이 나더군. 과인이 예전에 청계천을 걸을 때 나던 냄새와 유사했단 말이지. 그리고 말이네……."

방원이 묘한 웃음을 지으면서 말했다.

"내 육백 년 전에는 무기와 말로 적을 말살하여 과인의 뜻을 관철했지. 요새는 아닌 거 같네만? 언젠가 수찬이 말한 '이미지

메이킹'인가 뭔가를 잘해야 내가 하고 싶은 것을 할 수 있는 것 아닌가? 악취가 대수인가?"

인혁과 선호는 서로를 쳐다보며 눈만 끔뻑거렸다. 수찬은 의원실에 쉬지 않고 울리는 전화를 받느라 정신이 없었다.

* * *

"선배 기사가 꽤 잘 팔리네요?"

한참 기사를 쓰고 있던 한주가 뒤를 돌아보았다. 효진이 커피 한 잔을 들고 있었다.

"잠깐만. 이것만 마무리하고."

효진의 말을 막으며 한주가 다시 고개를 돌렸다. 5분쯤 지난 뒤 한주가 고개를 돌렸다.

"끝났어. 무슨 말이야?"

"말 그대로예요. 잘 팔리고 있다는 거죠."

"그래? 으흠. 그런가?"

한주가 검색해보니 대한신문에서 가장 많은 조회수를 기록한 것이 자신이 쓴 기사였다. 다른 언론사의 수해 현장을 다룬 기사들도 대부분 동진에게 우호적이었다. 커뮤니티에도 열심히 일하고 있는 동진과 대조되게, 다른 의원들이 노닥거리는 모습이 담긴 동영상이 한가득이었다. 동진을 칭송하고 다른 의원들을 욕하는 댓글들이 넘쳐났다. 한주는 눈가를 손으로 문지르며 쓰게 웃었다.

"같이 갔던 다른 기자들이 욕 좀 먹었겠는데."

효진이 살짝 웃었다. 한주도 함께 웃다가 순간 얼굴이 굳어졌다.

"무슨 일 있으세요? 선배?" 한주의 변화된 표정을 보며 효진이 물었다.

"그때 네가 말한 거 말이야."

"어떤 거요?"

"이동진 의원실이 수상하다 한 거."

"아 그랬었죠. 얼마 전에 알아보니 보좌관을 새로 충원했던데요. 김태현 방에 있던 송인혁으로요."

"응, 나도 들었어. 그게 이상해."

"왜요?"

한주는 대답 대신 살짝 눈을 감았다. 머릿속이 복잡했다.

자기가 아는 이동진은 송인혁 같은 사람과 어울릴 위인이 아니었다. 이동진은 거짓말, 술수, 모략, 책략 이런 것들과는 거리가 먼 사람이었다. 그렇기에 양종훈과 사이가 안 좋았고 내년 총선에서 공천을 받을 가능성이 제로에 가까웠다.

그런 이동진과 정반대에 있는 사람이 송인혁이었다. 인혁은 누구보다 술수와 모략에 능했다. 대통령과 각을 세웠던 김태현이 원내대표직까지 간 건 인혁의 술수가 아니었으면 불가능했다. 양종훈이 장관직에 나가 있는 틈을 타 김태현에게 원내대표 출마를 권한 것이 송인혁이었다. 김태현의 당선과정에서 불거진 몇몇 정치공작도 인혁의 작품이었을 것이다. 인혁은 권력의 향배를 파악하는 데 귀신같은 감이 있었다.

한주가 아는 한 이동진과 송인혁은 서로 어울리지 않았다. 아니 이동진이 송인혁 같은 인간을 싫어한다는 게 더 맞는 표현이었다. 언젠가 동진이 길에서 인혁과 우연히 스치고 지나며 함께 있던 자신에게 했던 말이 생각났다. "약 하나는 잘 팔지, 저 사람이. 의원들에게 '뽕' 주입도 잘하고 말야."

그런 이동진이 송인혁을 선택했다. 왜일까? 생각은 꼬리를 물었다. 왜 이동진은 오물로 가득한 반지하 방에서 아무렇지도 않게 청소하는 모습을 보인 걸까? 동진과 다른 의원들과의 접촉 빈도가 높아지고 있는 것도 수상쩍은 일이었다. 한주는 여의도 국회 근처의 유명한 일식당이나 고깃집에서 술에 얼큰히 취해 나오는 동진을 종종 목격했다. 언제나 주위에는 다른 의원들이 함께 있곤 했다. 예전에 동진은 말했었다. "점심 자리에서 자기가 지역구 예산을 얼마 따왔느니 어쩌니 자랑하는 토호들을 보느니 차라리 혼자 밥 먹고 정책 개발이나 하는 게 낫지."

"무슨 생각을 그렇게 해요?"

효진의 질문에 한주는 상념에서 깨어났다.

"동진 선배에 대해서 어떻게 생각해?"

"동진 선배요? 글쎄요. 이제야 정치인이 됐다는 느낌?"

"그래? 그게 좋은 걸까?"

"왜요?"

"그냥 오래된 감이야."

10년 넘게 정치부에 있으면서 한주가 얻은 건 '감'이었다. 수

많은 일을 겪으면서 터득한 지혜 같은 거였다. 한주는 동진에게서 뭔지 모를 괴리감을 느꼈다. 이동진 의원실에서 무슨 일인가 벌어지고 있는 게 분명했다. 그게 무엇인지 정확히 알 수가 없었다. 한주는 하얗게 피어오르는 안개를 뚫고 나가는 기분이었다. 안개 속 어렴풋이 반짝이는 불빛을 분명 보았는데 그게 무엇인지 파악하기 힘들었다. 한주는 찝찝함을 떨쳐버리기 어려웠다.

*　*　*

계절은 가을의 길목으로 접어들었고 사람들의 옷차림은 다시 길어졌다. 국회 본회의장으로 가는 도로 곁에 심어진 나무에서 서서히 초록이 빠져나가고 있었다. 국회 정문에서 본회의장으로 가는 양쪽 도로에 심어진 은행나무에 매달린 은행잎들은 조금씩 노랗게 물들고 있었다. 하지만 오가는 사람들 대부분은 변화를 알아채지 못했다. 그럴 경황이 없었다. 국정감사의 계절이 돌아온 것이다.

방원이 국정감사라는 개념을 바로 이해하지 못하자 인혁이 비유로 설명했다. "1년에 한 번 사헌부가 조정을 뒤집어놓는다고 생각하시면 됩니다."

방원을 포함해 네 사람은 국정감사 동안 선택과 집중을 하기로 했다. 다른 의원실처럼 요란 벅적한 보도자료를 뿌리고 언론과 접촉해 단독 보도를 내보내기에는 네 사람만으로 한계가 있었다. 인혁이 몇 명의 비서관을 추천하긴 했는데 방원은 지난번 선호에게 한 것처럼 인혁에게 꼬치꼬치 묻더니 "좀 더 지켜보는 게 좋겠네."라고 하며 물리쳤다. 그렇다고 국정감사 기간을 그대로 흘려보낼 수는 없었다. 내년 총선을 앞둔 상태에서 대중의 주목을 받을 기회를 놓칠 수는 없었다.

"답은 하나죠. 다른 의원실이 갖지 못한 정보를 먼저 확보하는 겁니다."

인혁이 커피를 들이켜며 말했다. 선호는 옆에서 서류를 뒤적거렸고 수찬은 멍한 눈으로 방원을 쳐다보았다. 세 사람을 번갈아보며 방원이 짧게 웃었다.

"예전 생각이 나는군."

"뭐가요?"

"삼봉에 대항했을 때 말이네. 그때도 과인은 이렇게 네 명으로 시작했지. 하륜*과 이숙번, 그리고 이거이**가 있었지."

"그런 말씀을 하실 때마다 의원님이 육백 년 전 왕이셨다는 사실에 전율이 느껴집니다."

약간의 농담조로 말한 선호가 방원에게 물었다.

"국방부 현안에 대해서는 어느 정도 익히셨습니까?"

"제법 익혔다네. 저기 있는 수찬과 공부를 좀 독하게 했지."

---

* 1348~1416. 이방원을 도와 무인정사를 성공시켰으며 태종을 뒷받침해 주요 개혁을 하는 등 태종 시대의 큰 실권자였다.
** 1348~1412. 이방원과 함께 무인정사를 일으켰으며 이후 태종 시대 주요 신하로 활동했으나 역모 혐의로 경상남도 진주로 유배, 그곳에서 죽었다.

방원은 어깨를 으쓱거렸다. 인혁은 수찬에게 고개를 돌렸다.

"어떤 현안에 중점을 두었니?"

"방산비리요."

수찬의 답은 간단명료했다.

"뻔하긴 한데…… 사실 그거 말고는 방법이 없지."

"그렇긴 하지만, 밀덕*들이 잘 모르면서 나댄다고 난리 치지 않을까?"

"그럴 수도 있겠는데 국방위에서 관심 끌려면 그거 말고는 없지 않아?"

"그건 또 그렇네."

인혁과 선호의 대화를 들으면서 방원이 앞에 놓인 문서들을 들추고 있을 때 전화벨이 울렸다. 수찬이 전화를 받고 잠시 대화를 나누더니 난처해진 표정으로 세 사람을 둘러보았다.

"저기…… 최근 전방부대에서 자살한 병사의 부모님이 의원님을 만나보려 한다는데요?"

방원과 인혁, 선호는 서로를 쳐다보았다.

면담은 한 시간 정도 이루어졌다. 수찬이 민원인의 두서없는 말을 정리했다. 선호와 인혁은 가끔 질문을 던졌다. 방원은 눈을 감고 별다른 말을 하지 않았다. 선호가 가능한 한 말을 하지 말라 했고 방원 자신도 우선은 먼저 듣고자 하는 마음이었다.

죽은 병사의 이름은 박상진이라고 했다. "상진이는 어릴 때부

---

* 밀리터리 덕후. 군사 관련 정보나 무기에 집착하는 사람들을 통칭하는 말.

터 속 한번 썩인 적 없었고 가족들 챙기는 걸 행복해했어요. 제대하면 자전거 타고 전국일주를 하겠다고 했지요." 어머니가 말했다. 어머니가 가져온 사진에서 청년은 꽃다발을 들고 환하게 웃고 있었다. 어머니는 고등학교 졸업사진이라고 울먹거렸다.

대개가 그렇듯이 그도 대학교 1학년을 마치고 군대를 갔다. 육군 보병부대였다. 평범한 인생, 평범한 궤적이었다. 아들의 인생에서 '평범함'이라는 단어가 사라지게 된 것은 부대에 있는 어느 선임 병사를 만나고부터였다. 선임의 이름은 강진영이라고 했다.

강진영과 박상진은 시작부터 삐걱거렸다. 과시하기 좋아하고 말끝마다 '남자'를 외치는 진영은 소극적인 성격의 상진을 마음에 들어하지 않았다. 상진의 어머니가 말했다. "언젠가…… 전화에서 그러더라고요. 선임이 좋긴 한데 가끔 화를 심하게 낼 때면 무섭다고. 그게 상진이가 보내는 나름의 구조요청 신호라는 걸 몰랐어요."

그렇게 박상진에게 비극의 그림자가 드리워졌다. 강진영이 제대하기 직전까지 1년여간 박상진은 수시로 얻어맞았다고 한다. 동작이 굼뜨다는 이유로 맞았고, 말을 제대로 하지 않는다고 맞았다. 묻는 말에 대답하면 말대꾸를 한다고 맞았고, 움직이면 움직인다고 맞았다. 공포에 질린 박상진이 말을 더듬으면 더듬는다고 때렸고, 얻어맞아 다리를 절뚝이면 절뚝인다고 맞았다. 박상진은 그렇게 1년 동안 폭행을 당했다.

"왜 주위에 알리지 않았나요?"

인혁이 분개한 얼굴로 물었다.

"강진영이 평소에 자기 아버지가 국회의원과 친하다고 자랑하고 다녔어요. 아들은 그 말에 주눅이 들어 주변 친구들은 물론 가족한테까지 아무 말도 못 했고요."

상진의 어머니가 답했다.

결국 박상진은 수없이 반복되는 폭력을 견디지 못하고 스스로 목숨을 끊었다. 강진영이 제대하기 한 달 전에 벌어진 일이었다. 상진의 아버지는 아들이 죽은 이후 1년 동안을 같은 부대에서 제대한 병사들을 찾아다녔다고 한다. 예순에 가까운 아버지는 손이 다 부르텄고 낡은 작업복 차림이었다. 아들이 어떤 학대 행위를 당했고 그 사실을 어떻게 알았는지 아버지는 담담히 말했다.

선호는 주저하면서 물었다.

"외람된 말씀이지만…… 왜 저희를 찾아오셨습니까? 사시는 지역에도 국회의원이 있지 않습니까?"

있다고 했다. 처음에는 지역구 국회의원을 찾아갔더니 거기 보좌관인가 하는 사람이 따뜻한 차도 내주며 성심성의껏 알아봐주겠다고 했다는 것이다.

"두 번째 찾아갔을 때부터 태도가 달라지더군요. 국방부에 알아봤더니 우리 아이가 원래부터 심약했고, 사소한 질책에 그런 몹쓸 짓을 저질렀다고 말하더군요."

"그 의원실에서는 왜 국방부 이야기만 듣고 그렇게 말했을까요?"

"저도 모르겠습니다. 강진영이라는 사람의 아버지가 진짜 뭣 하는 사람인지 알 수도 없고……."

어머니가 울먹거리자 뒤이어 아버지가 말했다.

"우리가 여기에 온 건, 그때 그…… 수해 때 반지하에 들어가서 물을 퍼내는 의원님의 얼굴을 본 뒤 믿음이 생겨서입니다."

선호와 인혁이 동시에 방원 쪽으로 고개를 돌렸다. 방원은 눈을 감고 있었다. 아버지가 계속 말을 이었다.

"그때 의원님의 눈빛을 봤습니다. 눈빛에서 우리를 도와주실 거라는 생각이 들었습니다. 그래서…… 일면식도 없지만 실례를 무릅쓰고 찾아뵌 겁니다."

방원이 눈을 떴다. 그는 아버지를 바라보며 말했다.

"그 지역구 국회의원이 누구입니까?"

아버지가 답했다.

"양종훈입니다."

박상진의 부모님이 돌아간 뒤 인혁은 흥분한 채 말했다.

"기회가 찾아왔습니다."

방원은 인혁을 슬쩍 쳐다보았다.

"그런가?"

"그렇습니다. 양종훈과 각을 세울 수 있고, 동시에 언론의 주목을 받을 수도 있는 이슈예요."

방원은 한참 말이 없었다.

선호는 방원의 얼굴을 슬쩍 본 뒤 수찬을 바라보며 물었다.

"넌 어떻게 생각하니?"

"예?"

"난 네 생각이 듣고 싶어. 넌 여기에 있는 사람 중에서 군 생활을 가장 최근에 했잖아. 그분들 얘길 듣고 무슨 생각이 들었어?"

수찬이 우물쭈물하자 방원이 수찬에게 말했다.

"괜찮네. 말해보게."

"저어…… 저는 그런 경험은 없지만, 비슷한 사건이 알려지면 인터넷 커뮤니티 반응은 대부분 '무섭다'거든요."

"그런가?"

"입대하기 전에 그런 선임을 겪으면 어쩌나 하는 걱정들이 많아요. 공포심을 토로하는 경우들이 많죠."

갑자기 방원이 탁자를 쓱 훑었다. 선호는 약간 놀랐다. 동진이 평소에 하던 습관이었다.

"과인이 재위하던 중에도 비슷한 일이 있었지. 재위 5년 때인가, 6년 때인가…… 어느 날 조운선* 여러 척이 경상도에서 침몰한 적이 있었네. 수많은 사람들이 죽었고, 도망가고, 숨었지. 과인이 관리를 보내 사람들을 쫓았지. 잡힌 사람들이 말하더군. 뱃일이 너무나 고생스러워 도망쳤다고."

그는 세 사람을 지그시 보더니 말했다.

"뱃길이 얼마나 위험하고 험한지 아나? 곳곳에 암초가 있고

---

* 조선시대 화물을 나르던 선박. 주로 삼남(경상·전라·충청) 지역에서 세금으로 낸 곡식을 수도 한양으로 운송할 때 쓰였다.

지도는 불명확했지. 바람은 매서우면서도 예측할 수 없었지. 한 해 두 해 시간이 지나며 수많은 사람이 빠져 죽었네. 결국 나는 뱃길로 곡물을 실어 나르는 걸 포기했지. 인력과 우마의 힘이 더 들더라도 사람이 더 귀하다고 생각했지. 사람들이 느낄 공포심을 내가 책임져야 한다고 생각했기 때문이네."

방원이 말했다.

"이제 그 공포심이 우리의 무기가 될 걸세."

* * *

한주는 노트북에 국정감사를 중계하는 동영상을 켜놓은 뒤 유선 이어폰을 연결했다. 그런 다음 한쪽 귀에만 이어폰을 꽂았다. 한주는 국정감사를 볼 때 한쪽 귀를 열어두었다. 정치부 생활 10년이 지나는 동안 어느덧 생긴 습관이었다. 국감은 별의별 일이 다 일어나기도 하지만 동시에 아무런 일이 일어나지 않기도 한다. 첫째, 둘째 날엔 언론의 주목을 받으려는 의원들의 다양한 퍼포먼스가 벌어지지만 그런 날들이 지나고 나면 그저 그런 질의와 그저 그런 답변만으로 채워지는 것이 또 국감이었다. 매일 의원실에서 기자들에게 뿌리는 자료는 곧바로 재활용장으로 쓸려가기 일쑤였다. 한주는 매년 반복되는 국감장의 풍경을 너무나 잘 알았다. 한쪽 귀만 국감장에 열어두고 다른 한 귀로는 다른 기삿거리를 청취하는 이유였다. 국감 10년을 지내오며 길든 습관이었다.

한주는 주로 국토교통위원회나 정무위원회 국정감사를 눈여겨보곤 했다. 야당이 주로 제기하는 정권 차원의 비리가 SOC*나 금융, 경제와 관련한 곳에서 종종 벌어지기 때문이었다. 이번 국감도 마찬가지였다. 야당에서 제기한 양종훈의 금융 비리 의혹을 둘러싼 정쟁이 일주일째 번지고 있었다. 국감장은 야당과 여당 의원 간 고성으로 가득했다.

그래서일까. 한주는 정무위에 관심을 끄기로 했다. 정무위 쪽은 후배들에게 보라고 한 뒤 그녀는 각 상임위 국정감사를 중계하는 사이트에서 잠시 고민하다 국방위 감사를 눌렀다. 국방위는 육군에 대한 국감이 진행 중이었다. 국회에서 하는지 눈에 익은 의자와 테이블이 보였다. 국방위원장의 뒤편으로는 날아가는 항공기를 그린 그림이 보였다.

"이동진……."

한주가 중얼거렸다. 이동진이 국방위에 있었다. 한주가 아직 뚜렷이 인지하지 못한 안개 같은 상황. 한주는 여전히 이동진의 미스터리를 풀지 못하고 있었다. 도대체 그게 무엇일까?

"다음은 존경하는 이동진 의원의 질의 차례입니다."

마침 이동진의 질의가 시작됐다. 국방위원장의 지목을 받은 동진이 마이크를 잡는 모습이 보였다.

"아아. 이동진입니다. 육군 참모총장님 나와주세요."

육참총장이 쭈뼛거리면서 마이크를 잡았다.

---

* 생산활동에 직접 쓰이진 않지만 경제활동에 필요한 도로, 항만, 철도와 같은 사회 간접자본.

"예, 참모총장입니다."

"총장님. 박상진 일병 사건을 아십니까?"

"이야기는 들었습니다."

"박 일병의 사망을 군이 은폐했다는 사실도 알고 계십니까?"

"은폐라고 말하기는 곤란합니다."

한주의 눈이 커졌다. '국방위에서 뭔가 일이 벌어지려고 합니다.' 그녀는 재빨리 부장에게 메시지를 보냈다.

동진은 차근차근 물었다. 박 일병이 어떻게 죽었는지, 그의 죽음을 군은 어떻게 인식하고 있는지, 총장은 미리 준비한 듯 탁자에 놓인 문서를 힐끔거리며 답했다. 동진의 목소리가 조금씩 커졌다.

"그래서 군은 알지 못한다는 건가요?"

"알지 못한다는 것은 아니고, 군의 입장에서는 당시 박 일병이 정신적 질환을 앓고 있어서……."

"정신적 질환을 앓았다는 근거는 무엇입니까?"

"당시 의무관의 보고에 의하면……."

"보고는 박 일병 사망 후에 이뤄진 거 아닙니까?"

"보고 시기가 확실한 것이 아니라서…… 다르게 볼 여지도 있습니다."

"여지가 아니라, 여기 자료에 쓰여 있는 보고 날짜가 그런데요?"

"그렇더라도 박 일병이 자살하기 전까지는 별다른 증세가 없어서……."

"이봐요!"

순간 책상을 손바닥으로 탕, 탕 크게 두들기는 소리가 났다. 이동진의 눈이 날카롭게 총장을 향했다. 한주는 평소의 이동진이라면 그런 눈빛으로 참모총장을 바라보지 않았을 거라고 생각했다. 마치 맹수가 사냥감을 노릴 때의 눈빛 같았다.

"내가 정신과에 다녔다는 걸 아십니까? 모르십니까?"

"아…… 죄송합니다."

"뭐가 죄송해요? 내가 묻고자 하는 것에 대해서 답해달라는 겁니다. 내가 정신과에 다녔다는 걸 아십니까, 모르십니까."

"알고 있습니다."

"정신질환이 있다고 하여 한 개인의 억울한 죽음에 책임이 없다고 말하는 겁니까? 그게 지금 이 나라 국방을 책임지는 자로 적절한 언사라고 생각하십니까?"

"적절한 언사가 아닐 수도 있겠으나, 그렇게 감정적으로만 대응할 것은 아니라고 생각합니다."

순간 이동진이 버럭 고함을 질렀다. 동진은 눈물을 흘리며 고함을 쳤다.

"아니! 총장. 자신의 직책만 생각하시는 겁니까! 박 일병이 가졌을 공포와 두려움은 생각 못 하시는 겁니까! 나도 박 일병이 될 수 있다는 그 두려움을 지금 젊은 남성들은 다 가지고 있을 겁니다. 그 감정도 이해하지 못하고 어찌 대한민국 군대를 이끄는 사람이라고 할 수 있습니까! 모든 책임은 총장에게 있는 겁니다. 국왕만큼은 아니더라도 말입니다! 이 간단한 이치

를 어찌 모릅니까! 지도자라면, 윗사람이라면 당연히 가져야
할 자세 아닙니까?"

울분에 찬 동진의 말이 계속됐다.

"공자가 자공에게 말하길, 나라에서 가장 중요한 건 '식량',
'군대' 그리고 백성의 '신뢰'라고 했습니다. 그중 부득이 하나를
빼야 한다면 군대라고 말했습니다. 그리고 또 하나를 뺀다면
식량이라고 말했습니다. 나라에서 가장 중요한 건 백성이 나라
에 가지는 신뢰며, 나라가 백성에 베푸는 믿음입니다. 이 나라
군대에 그런 신뢰가 있습니까?"

육군참모총장은 이마에 솟아난 땀을 닦아낼 뿐이었다.

* * *

"보셨죠?"

"응, 봤어! 톱*으로 가자."

부장과 짧은 대화를 마친 뒤 한주는 효진에게 기사 작성 지
시를 내렸다. 자기가 썼다간 사고가 날 것 같았다. 효진은 별말
없이 기사를 쓰기 시작했다. 한주는 바람을 쐬겠다고 나가면서
효진에게 말했다. "기사에 동영상도 붙여줘."

'그래…….' 바깥으로 나온 그녀가 혼자 중얼거렸다. 이제야
확실히 알았다. 자기가 아는 이동진이 아니었다. 참모총장을

---

* 지면 기사에서 가장 많은 비중으로 싣는 기사.

234

쏘아보는 눈빛을 보는 순간 직감했다. 한주는 비틀거렸다. 어지러웠다. 말이 안 되는 일이 벌어지는 것을 보고 있어서 그랬는지도 몰랐다.

미국에서 유학하고 국내 대학에서 정치학과 교수를 지낸 동진이 예전에 자신에게 했던 말이 떠올랐다. "난 말이지, 옛날 사람 말에는 영 관심이 없어…… 공자왈 맹자왈 떠드는 건 생명을 잃고 박제된 말 같다는 생각이 든단 말이야."

한주는 두 손으로 제 뺨을 문질렀다. 그리고 휴대전화를 꺼내 버튼을 눌렀다. 낮은 목소리로 한주가 말했다.

"장선호 잠시 나와 이야기 좀 하자."

방원이 육참총장에게 호통을 치는 장면을 편집한 동영상의 조회 수가 오르고 있었다. 누가 만들었는지도 모르는 동영상은 인터넷 커뮤니티에 빠르게 퍼졌다. 동진에 대한 찬사가 무수히 쏟아지고 있었다. 동진의 방엔 끊임없이 전화벨 소리가 울렸다. 선호와 인혁, 수찬까지 달려들어 걸려오는 전화를 받다 어느 순간 전화기 코드를 빼버렸다. 방원은 빙그레 웃으면서 한마디 했다. "전화라는 기물이 좋을 때도 있지만 정신 사나울 때도 있구면."

선호는 전날 밤 밤새워 만든 육참총장 예상 답변 질의서를 세단기에 넣고 갈려다가 방원의 말을 듣고 피식 웃었다. A4 두 장으로 압축한 예상 질의 답변서를 방원은 한 시간 만에 모두 외웠다.

뒤처리하느라 바빴던 선호는 한주와의 약속을 저녁 시간으로 잡았다. 나가기 전 그는 수찬에게 말했다. "한주만 만나고 퇴근할 테니 국왕 전하하고 먼저 출발해."

가을 저녁, 해가 뉘엿뉘엿 넘어가고 있었다. 한주와 만나기로 한 한강변에서 바라보는 국회의사당은 노을과 한강에 반사된 석양빛으로 붉게 물들고 있었다.

선호는 다짜고짜 뺨부터 맞았다. 깜짝 놀란 선호가 눈을 부릅떴다.

"뭐하는 거야, 너……!"

한주가 격앙된 목소리로 말했다.

"지금부터 하는 말 잘 들어. 나는 유한주야. 대한신문의 15년 차 기자고, 우리 신문사를 대변하여 어떤 내용의 기사라도 쓸 수 있어. 나는 내일 이렇게 발제할 거야. 우리가 알고 있는 이동진은 사라졌다고. 국회에서 육참총장을 밀어붙인 이동진은 가짜라고."

선호는 멈칫했다. 한주는 목소리를 높이지도, 흥분하지도 않고 차갑게 말했다.

"속일 생각하지 말고 내가 알아들을 수 있도록 모두 말해. 내가 동진 선배 행세하는 이에게 바로 찾아가 확인하지 않는 건, 아직 남아 있는 일말의 우정 때문이야. 그러니까 장선호, 네가 직접 말해. 지금 당장!"

6. 더 좋은 세상

"한주야, 내 말 좀 들어봐."

"설득하려 하지 마. 거짓말하려고도 하지 말고. 저기 의원실에 있는 가짜 이동진이 어떻게 너를 속였는지 모르겠어. 아니 네가 내세운 가짜일지도 모르지. 하지만 그런 말도 안 되는 짓거리, 나한테까지는 안 통해."

한주는 단호하게 말했다. 선호는 예전에 모셨던 의원이 언론의 비자금 의혹 보도로 의원직을 상실했을 때를 떠올렸다. 그때 자기한테 전화를 건 기자도 한주처럼 한치의 타협도 허락지 않는 강단을 보였었다. 하지만 시간이 지난 지금 그 기자는 정권의 나팔수로 전락했다. 한주는 그렇게 변하진 않겠지…… 선호는 긴박한 상황에서도 그런 생각을 했다.

선호는 마음을 굳혔다. 사실대로 얘기하는 게 맞았다. 그리고 입을 열려는 순간, 두 사람의 휴대전화가 동시에 울렸다. 한주의 휴대전화에는 정치부장의 이름이 떴고, 선호의 휴대전화에

237

는 수찬의 이름이 떴다. 두 사람은 동시에 통화버튼을 눌렀다.

"빨리 회사로 들어와!"

"빨리 회관으로 오셔야겠는데요."

두 사람의 눈이 서로 마주쳤다.

국회 안에 있는 대한신문 부스로 서둘러 들어온 한주를 맞이한 건 상기된 표정의 효진이었다. "단독이에요. 박 일병을 죽음으로 몬 병장의 뒤에 양종훈이 있어요!"

한주는 효진을 똑바로 응시했다.

"어디서 얻어온 거야?"

흥분한 상태로 효진이 말했다.

"선배, 취재원은 말 못 하는 거 아시잖아요?"

"그래. 그건 그렇지. 확실하긴 한 거야?"

"확실해요. 이거 보세요." 효진이 내민 건 양종훈에게 500만 원 이상의 거액을 후원한 후원자 명단이었다. 목록을 훑어가던 효진이 한 사람 이름 위에서 손가락을 멈췄다. 그 사람은 양종훈에게 500만 원씩 네 차례에 걸쳐 후원금을 낸 것으로 나타나 있었다.

"이 사람이 강진영의 아버지예요."

"부장도 알고 있어?"

"그럼요. 그래서 들어오라고 하신 거예요. 선배랑 저 둘 다. 사회부 기자가 지금 강진영을 만나러 갔어요. 인터뷰 따서 내일 1면에 실을 거예요."

효진이 목소리를 낮추며 말했다. "보안 때문에 회사에서 기사를 쓴다고 하더라고요."

한주는 고개를 끄덕였다. 머릿속에선 어느덧 이동진이 사라져가고 있었다.

선호가 사무실로 돌아왔을 때 수찬이 초조한 얼굴로 맞았다. 어쩔 줄 몰라하는 인혁도 보였다. 선호가 두 손으로 얼굴을 한 번 문지른 뒤에 수찬에게 물었다.

"왜, 무슨 일이야? 아 그리고 인혁, 이따가 우리 이야기 좀 하자. 한주가 모든 걸 알게 되었어."

"그게 중요한 게 아니야……"

"무슨 말이지?"

그때 의원실 방문이 열리면서 방원이 불쑥 얼굴을 드러내었다. 순간 선호의 안색이 굳었다.

이동진이었다.

동진의 방에 선호와 인혁이 나란히 앉았다. 방원이 앉아 있던 그 자리에 동진이 앉아 있었다. 인혁은 매우 초조해 보였다. 문 앞에 엉거주춤 서 있는 수찬은 풀이 죽어 있었다. 선호가 가까스로 입을 열고 물어보았다.

"봄날 이후 기억이 나세요?"

"아니."

짤막한 대답이었다. 동진은 선호를 쳐다보더니 수찬을 손짓해 불렀다.

"수찬. 커피 한 잔만 타줄래? 샷은 두 개. 헤이즐넛 시럽 넣고 물 많이 해서."

선호는 확실히 알 수 있었다. 이방원은 커피를 몰랐다. 검은색 구정물 같은 걸 왜 먹느냐고 했던 방원이었다.

동진은 자신을 유심히 살펴보는 선호에게 말했다.

"그날 위패에 부딪치고 눈을 떠보니 지금 여기야. 내겐 한순간이었는데 벌써 두 번의 계절이 지나 있어. 양복을 입은 채 병원에 누워 있는 것도 아닌 거 보니 내가 식물인간 상태는 아니었던 거 같고. 아무튼 깨어나 보니 수찬도 있고…… 어찌 된 일인지 송인혁 보좌관도 와 있던데. 무슨 일이 있었던 건가? 그리고……."

무언가 이상한 느낌을 감지한 동진이 이어 물었다.

"다혜는 어디 있지?"

* * *

동진은 다혜의 유골함 앞에 서 있었다. 다혜의 소식을 듣자마자 그는 다혜의 남편을 통해 납골당의 위치를 알아냈다. 다혜의 남편은 알려주려 하지 않았지만, 동진이 몇 번에 걸쳐 간곡히 말하여 설득했다. 그 과정에서 방원이 자신의 몸으로 장례식장에 다녀간 사실을 알게 되었다. 크게 화를 낸 동진은 선호에게 전후 사정을 따져 물었다. 선호는 모든 걸 다 말해야할지 망설였지만 거짓말은 하지 않기로 했다. 계절이 두 번 지나는 동안 벌어졌던 일들을 빠짐없이 하나하나 상세하게 설명했다.

"그게 말이 된다는 건가?"

모든 이야기를 들은 동진의 첫 마디였다. 지금까지 일들은 이성적으로 이해하고 받아들일 만한 것이 아니었기에 동진의 질문에 누구도 쉽게 답하지 못하였다. 선호가 다혜와 대화를 나누었던 채팅방을 보여주고 다혜가 진실을 알리러 국회로 가다 교통사고를 당했다는 이야기를 들려주었을 때 동진의 얼굴은 창백하게 변했다.

납골당에 도착한 동진은 2층에 있는 다혜의 유골함을 슬픔 가득한 눈으로 바라보았다. 유골함 옆에는 몇 장의 사진이 놓여 있었는데, 그중 하나는 다혜의 대학교 졸업사진이었다. 자신이 지도교수를 맡고 있을 때였다. 동진은 아무 말 없이 눈물만 떨구었다. 뒤에는 선호와 인혁이 서 있었다. 메마른 목소리로 동진이 물었다.

"자네들이 무엇을 잘못한 건지는 아나?"

"알고 있습니다, 의원님."

"알고 있었겠지. 하지만 그간 모르는 척하였겠지."

동진이 냉랭하게 말했다. 선호는 바닥을 내려다보았다. 대리석이 깔린 바닥이 얼음처럼 차갑게 느껴졌다. 인혁은 잠자코 있었다.

"송인혁 보좌관."

"예……?"

갑작스러운 호명에 인혁이 고개를 들었다. 동진이 자신을 쳐다보고 있었다.

"미안하지만 자네와 더 이상 함께 갈 수 없을 거 같네. 지금까지 있었던 일들은 나가서 언론에 떠들어도 괜찮네. 뭐라 하지 않겠네. 이번 달까지 일하는 걸로 하지. 다음 달부터 의원실에 나오지 않아도 되네."

인혁은 뭐라 말하려다 다시 입을 다물었다.

"김수찬 비서관."

수찬이 동진을 바라보았다. 수찬은 납골당에 들어올 때부터 눈가에 물기가 번져 있었다.

"자네도 이번 달까지만 일하는 걸로 하게. 내가 적당한 시점에 의원직을 그만둘 테니까. 다른 일자리를 알아보게. 직장이 구해지면 당장 의원실을 그만둬도 좋네."

이어 동진의 눈이 선호를 향했다.

"장선호."

"예."

"그래, 의원직 다섯 달 해보니 좋던가?"

선호가 고개를 번쩍 들었다.

"그런 생각 해본 적 없습니다."

"육백 년 전 사람이 국회의원 행세를 제대로 했다고 나에게 말할 생각은 말게. 그동안 본회의, 상임위, 상임위 소위원회 한 번 참석한 적 없나? '이동진' 의원의 의사결정은 누가 했지? 법안에 찬성하고, 반대하는 결정은 다혜가 했나, 수찬이 했나? 자네가 한 거 아닌가? 말해봐. 정녕 단 한 번도 그 기회가 온 것에 가슴 떨린 적 없었나?"

"……."

"설령 그렇지 않다 하더라도 국민이 준 권리네, 국회의원이라는 자리는. 자네는 너무나 쉽게 생각했어. 다혜가 그렇게 생각했으면 꾸짖었어야 했고, 수찬이 그렇게 말했으면 혼냈어야 했네. 그런데 자네가 어떻게 그런 결정을 내렸단 말인가?"

동진이 말했다.

"의원직에서 사퇴하겠네. 자네도 알아서 직장을 구하게. 오늘부터 자네는 이동진 의원실의 보좌관이 아니네."

동진은 마지막 말에 힘을 주었다.

* * *

한주는 마지막 자리에서 웃는 얼굴을 보여주려고 노력했다. 분위기는 좋게 하고 떠나는 게 맞았으니까. 국장과 사장도 반쯤은 웃는 표정을 지으며 그녀에게 손을 흔들었다. 울음을 참던 효진이 끝내 눈물을 보였다. 한주는 뒤돌아보지 않고 걸어갔다. 그녀의 하이힐 소리가 대한신문 복도에 울려 퍼졌다.

한주가 대한신문에 사표를 낸 건 가을에서 겨울로 넘어가는 국정감사가 막 끝나가던 시점이었다. 충동적이거나 갑작스러운 사표는 아니었다. 한주는 사표를 내며 효진에게 말했다. "오랫동안 생각해온 거였어. 충동적인 결정은 결코 아니야."

반은 맞고 반은 틀린 말이었다. 오랫동안 생각한 건 맞지만 결국은 충동적인 결정이었다. 양종훈 때문이었다. 양종훈의 비리를 둘러싼 정권과 대한신문 간 대립은 결국 양종훈의 승리로 끝났다. 어리숙했던 강진영은 대한신문 사회부 기자의 유도심문에 걸려 양종훈이 자신의 구타행위를 군에서 묵인하는 데 도움을 줬다고 말해버렸다. 당연히 대한신문은 다음 날 1면에 큼지막하게 기사를 실었다. 그때부터 대한신문과 양종훈과의 싸움이 시작됐다.

처음에는 대한신문이 승기를 잡는 듯했다. 누가 보더라도 양종훈에게 역한 냄새가 났다. 사학비리에 이어 병역 비리까지. 제보를 갖고 온 효진도, 데스크를 상대로 설득한 한주도 양종훈을 정치권에서 쫓아내야 한다는 믿음이 굳건했다. "해도 해도 이놈은 정말……" 부장도 한주에게 이리 말하였다.

문제는 양종훈의 힘이 그걸 덮을 만큼 컸다는 것이다. 마땅한 후계자가 없었던 대통령은 양종훈이 코너로 몰리는 것에 불쾌한 기색을 보였다. 양종훈이 김태현과 갈라서면서 대통령이 구상했던 차기 후계자 구도가 헝클어졌다. 대통령은 양종훈을 대신할 다른 후보군을 키울 기회를 놓쳐버렸다. 김태현마저 탈락한 지금 양종훈이 대선 레이스에서 떨어져 나가면 야당 대표 쪽으로 주도권을 빼앗기게 된다. 적어도 대통령이 원하는 후보가 나타나기 전까지는 양종훈이 대선후보 레이스의 선두그룹 안에 있어야 했다.

대통령실의 불쾌함을 직감적으로 알아챈 양종훈이 움직이기 시작했다. 처음에는 납작 엎드려 있었지만 곧 반격이 시작됐다. 문화부 장관을 지냈던 양종훈은 대한신문의 약점을 너무나 잘 알았다. 곧 관공서 광고가 끊기기 시작했다. 기업의 홍보담당자들이 대한신문 광고국의 전화를 받지 않기 시작했다. 대한신문의 지면에 기업광고가 점점 줄어들었다.

사기업은 돈의 위력에 굴복할 수밖에 없었다. 대한신문은 양종훈 기사를 줄이기 시작하였고 얼마 지나지 않아 관련 기사는 아예 지면에서 사라졌다. 다른 신문사들은 오래전에 정리하였다. 대한신문의 편집국장과 사장이 양종훈과 같이 저녁을 먹은 다음 날 한주는 다른 부서로 발령이 났다.

한주는 억울하다고 생각하지 않았다. 기자 생활 15년 차. 그간 선배들이 당했던 억울한 일들에 비하면 별일도 아니라고 생각했다. 한주는 회사를 욕하는 후배들을 나무랐다. "내가 회사를 그만둔 것도 아니고, 감봉처리 받은 것도 아니잖아. 그 이상은 배부른 소리야."

그녀는 편집국장에게 "효진이는 그대로 두라"고 강경하게 요청했다. 결국 효진은 정치부에 남았다. 효진은 한주에게 눈물을 보이며 미안하다 했지만 한주는 "네가 미안할 게 뭐야."라고 웃으며 말했다.

한주는 논란이 가라앉을 때까지 기다린 다음 회사에 사표를 제출했다. 국장이 1년만 기다려주면 다시 정치부로 복귀시켜주겠다고 제안했지만 한주는 단호하게 답했다. "그래서 사표 내는 거예요."

회사를 떠나는 날 한주는 작은 캐리어를 회사로 가져왔다. 회사에 오래 다니다 보니 가져갈 짐이 좀 있었다. 한주는 캐리어에 잡동사니들을 넣으면서 헛웃음이 났다. 드라마에서처럼 종이박스를 갖고 와서 짐을 챙겨가야 했나 하는 생각이 들어서였다. 한주는 전날 포맷한 노트북을 반납하는 것을 마지막으로 기자 생활의 마침표를 찍었다.

한주는 캐리어를 끌고 대한신문 근처에 있는 카페로 가 자리를 잡았다. 그리고 초콜릿케이크와 에스프레소를 주문했다. 곧 음식이 나왔고 초콜릿의 단맛을 음미하면서 지난 일을 상기해 보았다.

한주가 사직을 결심한 결정적인 이유는 기자정신 때문도 아니고, 양종훈에 대한 경멸 때문만도 아니었다. 국장과 사장에 대한 분노는 더더욱 아니었다. 그것은 자신에게 타 부서 발령을 통보할 때 내비친 국장의 눈빛 때문이었다. 국장은 한주에게 당당하지도, 비굴하지도 못했다. 한주에게 변명하듯 내뱉은 국장의 말은 흐릿한 안개와 같았다.

한주는 국장의 얼굴에서 애써 외면하던 자신의 미래를 보는 기분이었다. 십 년 뒤, 아니 오 년 뒤에 자신이 그 신세가 되지 않으리라는 확신이 없었다. 그걸 깨달은 순간 한주는 임계점을 넘었다. 양종훈의 저열함과 그걸 까발리지 못하게 만든 회사의 행태는 한주로 하여금 자괴감을 느끼게 했지만 사직서를 낸 직접적인 이유는 자신도 조만간 국장처럼 자기 생각을 갖지 못하는 회색 인간이 될 것 같다는 깨달음이었다.

에스프레소가 곧 바닥을 드러냈다. 초콜릿케이크는 아직 반 정도 남았다. 포크를 들어 남은 케이크를 다시 갈랐다.

한주는 그제야 이동진 생각이 났다. 음식점에서 자신을 쳐다 보던 '가짜 이동진'이 떠올랐다. 이 싸움의 중심에는 이동진이 있어야 했다. 여러 루트로 이동진의 정보를 얻으려 했지만 어 떻게도 연락이 닿지 않았다. 자신의 전화는 물론 효진도, 정치 부장도, 편집국장도, 심지어 사장의 전화도 소용없었다. 이동진 뿐 아니라 선호와 인혁, 수찬마저도 연락이 안 되었다. 효진의 말로는 의원실 문도 굳게 닫혀 있다고 했다.

한주는 선호를 생각해보았다. 자신과의 대면 이후 선호는 두 려움에 빠졌던 걸까. 이동진 행세를 하고 있는 가짜에게 '다 들 통났으니 도망가자' 하고 내뺀 걸까? 그래서 인혁도, 수찬도 연 락이 안 되는 걸까.

한주는 거기까지 생각하고는 곧 도리질했다. 자기가 아는 장 선호는 그렇게까지 타락하지 않았다. 장선호는 최소한의 선은 지키는 사람이다. 아니 그렇게 믿고 싶었다.

* * *

동진은 자신의 오피스텔 소파에 앉아 있었다. 술에 취한 채 로. 보름간 그는 그렇게 지냈다. 아무도 만나지 않았다. 자신의 인생에서 가장 흐트러진 시간이었다. 몇 년간 모아뒀던 양주와 와인이 바닥났다. 그는 멍하니 자신의 두 손을 내려다보았다.

동진은 잠이 드는 것이 두려웠다. 잠이 들면 자기 몸에서 '이방원'이라는 악마가 다시 깨어날 것 같았다. 더 정확히 말하면 자신이 사라지는 게 두려웠다. 또한 자신이 사라진 이후에도 모든 이들이 아무렇지 않게 살아가는 것이 두려웠다. 정신을 잃은 것도, 정신을 되찾은 것도 자신의 의지로 일어난 일이 아니었다.

하지만 잠은 매일 찾아왔다. 그래서 동진은 차라리 술에 취하는 방법을 택했다. 거대한 두려움에서 벗어나는 유일한 방편이 술이었다. 하지만 다음 날 아침이면 자괴감으로 괴로워하는 자신을 발견할 뿐이었다. 동진은 주위와 격리됐다. 그는 국회에서 벌어지는 일에 상관하지 않았고 인혁과 선호, 수찬의 동향에도 신경 쓰지 않았다. 스스로를 추스르기에도 벅찼다.

동진은 고개를 들어 자기 앞에 놓인 티브이를 보며 조용히 뇌까렸다.

"저 티브이를 몰랐다는 거지…… 저 작은 상자 안에서 뭘 하느냐고 물었다는 거지, 내가……."

동진이 스스로를 자책하고 있을 때 갑자기 귓속에서 누군가의 음성이 들려왔다.

"괴로워하지 말게. 과인이 그런 것이네."

동진은 고개를 번쩍 들었다. 아무도 없었다. 불 꺼진 동진의 오피스텔에는 옆 빌딩에서 뿜어낸 불빛만이 방을 비추고 있었다. 동진은 주위를 둘러보았다.

"누구야!"

"과인이네."

같은 음성이 들려왔다. 동진은 반사적으로 부엌으로 달려가 식칼을 집어 들었다.

"소용없네. 과인이 자네고 자네가 과인이네. 자네는 자진이 라도 할 요량인가?"

동진이 우뚝 섰다. 그는 칼을 내려놓고 떨리는 손으로 자신 의 머리를 감쌌다. 낮은 목소리가 귓속에 다시 울려 퍼졌다. 호 랑이가 으르렁거리는 듯했다.

"우선 미안하다는 말을 하지. 자네를 대신했던 자, 이방원일 세."

동진은 자신의 방에 놓인 거울을 바라보았다. 전신거울이었 다. 동진이 떨리는 목소리로 말했다.

"정말로 태종 이방원이란 말씀이신가요?"

"그러하네. 과인일세."

동진은 말하지 않았는데 거울에 비친 자신의 입이 열리는 게 보였다. 그제야 동진은 방원이 자신의 몸에 빙의된 것을 알았 다. 동진은 애써 침착함을 되찾았다.

"지금 이건 꿈인가요?"

"꿈일 수도, 아닐 수도…… 과인은 모르겠네."

동진은 자신의 뺨을 꼬집어보았다. 아팠다.

"꿈은 아니군요."

"그런가 보군."

"지금 제 안에 들어와 계시는 겁니까?"

"과인도 모르겠네. 확실한 건 과인의 의지와 생각이 자네의 몸을 빌려 표출되고 있다는 거네. 미안한 노릇이지."

거울에 비친 동진이, 아니 방원이 미안하다는 표정을 지으면서 말했다. 동진이 정신을 차리려 애쓰면서 물었다.

"여섯 달 동안 저를 대신하신 것이 맞습니까?"

"맞네."

거울 속에서 방원이 고개를 끄덕였다.

동진은 분노했다.

"도대체 왜 그러셨습니까? 과거의 사람이 왜 현대에 와서 저를 괴롭히신 겁니까? 제가 무슨 잘못이라도 저질렀습니까?"

"뭔가 착각하는 것 같네. 과인이 원했던 게 아닐세."

"원해서가 아니라뇨? 그럼 어떻게 제 몸에 들어와 계신다는 말입니까?"

"과인도 모르는 일이네. 과인이 뭣하러 거짓말을 한단 말인가. 무슨 도움이 된다고."

방원은 차분한 어조로 말을 이었다.

"임인년* 오월, 과인은 분명히 이 세상을 등졌네. 과인의 눈으로 마지막 본 세상은 궁궐의 전각과 푸른 하늘이었네. 과인이 죽은 뒤 혼령은 없었네. 그런데 다시 눈을 뜨자 세상은 육백 년이 지나 있더군. 그사이 과인은 아무것도 느끼지 못했고, 아무것도 알지 못했으며, 아무것도 만지지 못했네. 그렇게 장선

---

* 1422년.

호, 류다혜, 김수찬, 그리고 송인혁을 만났지."

"그래서…… 즐거우셨습니까?"

"한동안은 즐거웠네. 발전한 기물을 즐기는 것만으로도 만족했지. 자네들의 세상은 기이했지만 동시에 매력적이었네. 이 세상에 오랫동안 머물고 싶다는 생각이 들 정도로."

"그래서 지금 다시 나타나신 겁니까? 제 몸을 빼앗아 이 세상에 머물려고?"

"아니."

거울 속 이방원이 도리질했다.

"과인도 왜 자네 몸을 빌리게 됐는지 잘 모르겠네. 여가 알지 못하는 사이 자네의 몸에 들어온 것 같은데, 다만 자네가 깨어났을 때도 여전히 과인은 자네를 떠나지 않고 그대로 남아 있는 것 같네. 자네는 여섯 달 동안 깨어 있었나?"

"아닙니다. 눈을 감았다가 떠보니 여섯 달이 지나 있더군요."

"그러한가? 작금은 음양의 조화도, 기물의 조화도 아닌 것 같군. 천지신명의 힘이 작용하는 것 같다는 생각이 드네."

"그렇다면 언제든지 저를 대신하실 수 있는 거 아닙니까?"

"나는 태종 이방원이네. 이 세계에 와서 보자 하니 다들 나를 뛰어난 군주라고 칭하더구먼. 어찌 장선호도 그렇고 자네도 그렇고 과인을 믿지 못하나?"

"어떻게 믿겠습니까?"

"믿으라면 좀 믿게. 과인이 왕까지 지냈는데 자네한테 거짓말을 하겠는가."

방원은 약간 볼멘소리로 말했다. 동진이 거울을 잠깐 쳐다보다 의자를 갖고 와 앉았다. 거울 속 자신은 그대로 서 있는 모습이었다. 동진이 물었다.

"그러면 왜, 무엇 하러?"

"자네 안에만 있으려니 좀이 쑤셔서…… 해주고 싶은 말이 있다네."

"무엇입니까?"

"자네는 과인이 도모한 계획을 없앨 생각인가?"

방원의 물음에 동진은 고개를 들었다.

"무슨 말씀이십니까?"

"지금 자네의 모습에서 미루어 짐작하고 있네. 과인이 한 행적들은 자네의 행적이 되는 거네. 그걸 완전히 없애면 자네의 앞날은 어그러질 걸세. 그래도 괜찮은가?"

동진은 망연히 방원을 쳐다보았다. 방원이 다시 말했다.

"과인은 자네에게 좋은 기운을 주었네. 사람들이 이제 자네 곁으로 몰리기 시작할 걸세. 그 기운으로 하고 싶은 일이 없는가?"

동진은 무릎을 세워 천천히 일어났다.

"없습니다. 부정한 방법으로 얻은 힘을 쓰고 싶지는 않습니다."

"부정한 방법이라니."

"어떻게 얻은 건지도 모릅니다. 그리고 제가 언제 다시 이방원이 될지도 모르는 일 아닙니까." 동진이 소리치듯 말했다.

거울 안의 이방원이 낮은 목소리로 대답했다. 호랑이처럼 으르렁거리는 소리였다.

"그렇다 하여 자네의 미래를, 이 나라 현실을 포기할 것인가?"

"예?"

"다시 묻겠네. 그렇다 하여 자네의 삶을 포기할 것인가?"

"……아닙니다."

한동안 망설이다 동진이 겨우 대답했다.

거울 속의 방원이 눈을 감았다 뜨며 말했다.

"살아 있는 동안 최선을 다해야 하네. 과인은 그렇게 살았지. 그래서 아바마마와 반목하고, 새 왕조의 설계자들을 죽이고, 처가와 반목하고, 사돈까지 죽였지만 후회하지 않아. 결국 나는 성공한 삶을 살았네. 좋든 싫든 자네에게 지금부턴 '힘'이 주어지는 거네. 힘을 어떻게 쓰느냐는 자네에게 달려 있네. 힘을 잘 쓰는 것, 그것이 정치일세."

동진은 홀린 듯 방원을 바라보며 거울로 한 발짝 다가갔다. 방원은 평온한 얼굴로 그를 맞았다.

동진은 거울을 향해 팔을 뻗었다. 차가운 유리 감촉이 느껴졌다. 동진은 방원을 바라보며 말했다.

"저한테 원하시는 게 뭡니까?"

"원하는 거?"

방원은 한쪽 눈썹을 치켜올렸다.

"그런 거 없네. 자네가 알아서 할 일이야."

"그게 뭡니까?"

"나라와 백성을 위해 살아가는 것."

방원은 단호하게 말한 뒤 덧붙였다.

"자네의 지위로 살아보니 할 수 있는 일들이 꽤 많더군. 그리고 과인은 자네에게 전보다 더 많은 힘을 줬네. 그 힘으로 자네가 하고 싶은 일이 없던가?"

동진이 눈을 부릅떴다. 방원은 빙그레 웃었다.

"저잣거리의 아이들도 힘을 가지면 자기 뜻대로 하려고 하네. 대장 역할을 하려 들지. 당연한 이치를 왜 모른 척하는가?"

잠시 주저하던 동진이 결연한 표정으로 답하였다.

"저는 제가 가진 힘으로 세상을 바꾸고 싶습니다."

"좋아."

"더 나은 세상을 만들고 싶습니다."

"좋아."

"약자를 도와주고 강자를 견제하며, 돈이 없다고 무시당하는 일이 없는 사회를 만들고 싶습니다."

"좋네."

"양심에 따라 편히 살 수 있는 나라를 만들고 싶습니다. 차별을 줄이고 싶습니다. 나와 다르다 하여 비꼬고 낮추어보며 폄하하는 행태를 없애고 싶습니다. 약한 자와 소외받는 사람들에게 많은 관심을 기울이는 따뜻한 사회를 만들고 싶습니다."

"좋네."

"열강의 틈에 놓인 한반도에서 숱한 고난을 이겨내고 부강한 나라를 만들고 싶습니다. 다른 나라들이 우리를 업신여기지 않고, 우리도 다른 나라를 업신여기지 않는 강한 민주국가를 만들고 싶습니다. 또한 서로가 서로에게 최선을 다하는 그런 사회와 나라를 만들고 싶습니다. 권력을 지닌 자들이 부끄러움을 알고, 권력을 쓸 때 후안무치한 행태를 하지 않게끔 하고 싶습니다."

"좋네."

"부정부패를 반드시 없애고 싶습니다. 권력이 있다 하여 부패를 감추고 타인을 억압하며, 힘이 있다는 이유로 내 편은 용서하되 남의 편은 티끌만 한 잘못도 찾아내어 없애려 드는 일을 혐오합니다. 이런 행태를 없애고 싶습니다."

"좋네."

"오늘 우리가 당신과 같은 선조를 기리는 것처럼, 먼 훗날 후손들이 오늘의 우리를 자랑스러운 조상으로 기억하도록 노력하겠습니다."

"좋은 자세네."

"가능합니까?"

동진은 어느새 방원에게 묻고 있었다. 방원이 활짝 웃으며 대답했다.

"모두 자네에게 달렸네."

7. 처갓집 게이트

선호는 납골당 밖으로 나와 어두워지는 하늘을 바라보았다. 완전히 해가 지진 않아 서쪽 하늘엔 점차 핑크색으로 변해가는 붉은 빛 노을이 가득했다. 뉘엿뉘엿 넘어가는 햇빛 사이로 절정에 이른 단풍잎들이 보였다.

다혜의 마지막 안식처인 납골당 근처는 최근 들어 유튜버들에게 숨겨진 단풍명소로 알려져 인기를 끌고 있었다. 납골당답지 않게 사람들이 많이 오갔다. 바람이 불자 바닥에 깔려 있던 은행잎들이 살랑살랑 공중으로 떠올라 흩날렸다. 선호는 손을 휘저어 은행잎을 쳐내고는 흡연실로 향했다. 가을 정취를 얼마만에 느끼는지 몰랐다. 족히 10년은 넘은 것 같았다. 다혜가 남긴 선물일까.

주섬주섬 점퍼를 뒤적거려 라이터와 담배를 꺼냈다. 동진이 의원실에 그만 나오라고 한 직후부터 선호는 부쩍 담배가 늘었다. 이상하게도 전자담배는 끌리지 않았다. 5년여 만에 서랍 한

구석에서 다시 찾은 라이터는 언제인가 싸구려 라이브 바를 갔을 때 알바생이 준 거였다.

담배에 불을 붙인 뒤 깊게 빨았다. 전자담배와는 다른 느낌이 식도로 밀려왔다. 더 짙은 타격감이었다. 담배 피우는 모습을 보면서 방원이 "그게 맛있나?"라고 말하던 게 문득 생각났다. 담배는 임진왜란 이후에 들어왔으니 방원이 알 리 없지…… 자신도 모르게 피식 웃음이 나왔다. 백수 신세가 되었고 다시 국회로 돌아갈 수도 없지만 후회하고 싶지는 않았다. 다혜의 유골함 앞에 선 건 그 감정을 확인하고 싶어서였다. 선호는 확신할 수 있었다. 방원과 함께한 시간은 충분한 의미가 있었다. 그가 보여준 통찰력을 다시 보고 싶었다.

인혁이 언론을 접촉하며 이동진 의원의 비밀을 폭로하려 한다는 소리를 들었을 때 선호는 언론에 전화를 걸어 "무리하게 지어낸 이야기"라고 말했다. 그리고 "증거도 없지 않으냐"고 덧붙였다. 선호의 말처럼 인혁은 동진의 변화를 입증할 증거가 없었다. 인혁이라는 자의 욕망은 믿되 진심은 믿지 말라고 했던 방원의 조언을 기억한 결과였다.

선호는 다 피운 담배꽁초를 비벼 껐다.

그때 휴대전화가 울렸다. "응?" 선호는 화면에 뜬 발신자 표시를 의아해했다. 이동진 의원이었다.

동진은 선호에게 악수를 청했다. 선호는 어리둥절한 표정으로 말했다.

"빨리 오라고 하셔서 오긴 했지만…… 무슨 의미인지 모르겠습니다."

"화해네."

동진이 짧게 말했다. 선호는 화가 났지만 누그러뜨리며 물었다.

"다시 함께하자는 말씀이십니까?"

"그런 셈이지."

"왜요? 국회의원 그만둔다고 하셨잖아요?"

"이 손 안 붙잡을 건가?"

선호는 한숨을 내쉬며 말했다.

"국회의원과 보좌관의 관계를 상하 관계로 아는 사람들도 많고 저도 동의하긴 합니다만, 본질적으로는 동반자의 관계라고 생각합니다. 설득해보시죠. 왜 제가 이동진 의원과 같이해야 하는지를 말이죠."

동진이 고개를 가로저었다.

"여전하군. 그 톡 쏘는 말투는."

"성격 어디 갑니까."

"그래. 그게 장선호의 매력이지……."

동진은 자신의 휴대전화를 열어 뭔가를 캡처하더니 선호에게 보여주었다.

"후원금인가 보죠?" 선호가 말했다.

"그렇지. 18원에서 1,004원으로. 누군가는 1,004만 원을 나눠서 내기도 했더군."

"……왕의 능력 덕택이었습니다."

"맞아. 1년 전 수많은 사람들이 나를 향해 욕할 때, 아니 아예 무플 신세였을 때를 생각해보면 많이 달라졌지. 나에게 기대를 걸고 희망을 거는 사람들이 이렇게 많아졌는데 그들을 실망시키면 안 된다는 생각이 들었네. 다혜에게는 미안한 일이지만…… 내가 꿈꾸는 나라를 만들 수 있는 기회를 놓치기는 아쉽더군."

"위선입니까?"

선호가 물었다. 동진은 선호를 마주 보았다.

"위선일 수도…… 그보다는 현명한 현실 인식이라고 하는 편이 더 좋지 않을까?"

"있는 그대로 말해서 위선 아닙니까."

동진은 고개를 끄덕였다.

"그렇다면 맞네."

"예?"

"부정하지 않는다는 말이야."

"너무 편리한 답변 아닙니까?"

"그것도 부정하지 않겠네."

동진은 의자를 끌어다가 앉았다. 선호에게도 앉으라고 손짓했지만, 선호는 동진을 빤히 쳐다보기만 할 뿐 그대로 선 채 말했다.

"다혜가 죽기 전 태종 이방원과 다툴 때 이런 말을 했죠. 의원님이 가진 숭고한 가치를 지키고 싶다고요. 그걸 잃게 되면 지금까지 자기가 노력한 것들은 모두 허사가 된다고요. 그런데 어찌 그런 말씀을 하십니까?"

"동시에 다혜는 이런 말도 했지. 내가 지켜온 가치를 이루는 세상을 보고 싶다고."

동진이 나지막하게 말했다. 선호가 말없이 바라보자 동진이 말을 이었다.

"잠시 내 말을 듣지. 나는 한순간 죽음을 경험했네. 그리고 다시 눈을 떴을 때 놀라움과 당혹스러움으로 가득한 자네의 모습을 보았지. 그때 직감했네. 아 뭔가가 잘못되었구나…… 그러고 나서 이방원이 한 일들을 듣고 생각해보았지. 나였으면 어떻게 했을까…… 솔직히 말해 나였으면 그렇게 못했네."

동진은 선호를 보았다.

"김태현의 편을 들었다가 양종훈에게 밀려났겠지. 아니, 김태현은 내가 자기편을 든 것도 그리 탐탁히 여기지 않았을 거야. 나는 여당 내 왕따였으니까. 부의장 선거를 뒤집는 계략은 꿈에도 생각하지 못했을 거고. 양종훈의 비아냥을 받으며 공천은커녕 지금쯤 어디 교수직이나 알아보며 동분서주하고 있겠지. 집중호우 때엔 "그런 건 다 쇼야." 하면서 얼굴도 내비치지 않았을 거고, 괜스레 목청만 내세워서 젊은 병사의 죽음에 대해 섣불리 나섰다가 도움도 되지 못하고 그냥 수그러들었겠지. 부모는 아직도 한을 놓지 못했을 테고. 그런데 지금은 어떤가? 나에겐 적어도 언론을 움직일 수 있는 힘이 생겼어. 내 한마디 한마디가 관심을 끌 만한 수준까지는 됐지. 그런데 그 힘을 그냥 모르는 척하는 게 맞는 걸까? 설령 내가 준비한 게 아닐지라도 말이지."

"저도 그래서 이방원에게 협력했었죠."

선호가 고개를 숙인 채 말했다.

"다혜가 죽고 난 뒤 이방원은 저에게 정치를 하겠다고 했습니다. 저는 반대했죠. 육백 년 전 사람이 지금 현실을 어찌 알며 현실에 맞는 처방을 내릴 수 있겠냐고요. 이방원이 말하더군요. 제가 채워주면 된다고요. 사람과 정세에 대한 판단은 자기가 할 테니 현실에 대한 처방은 저더러 내려달라고 하더군요. 그 말에 현혹되었습니다. 제가 국회의원이 된다는 말이었으니까요. 그래서 잠시 이방원과 함께했죠. 몇 달 동안 저는 좋았습니다. 그동안 본회의를 몇 차례 했고, 법안 몇 개도 제 손으로 처리했죠. 그렇게 본다면 의원님이 정곡을 찌르신 거지요. '국회의원 노릇 하니 좋았나?'라고 하셨죠."

선호는 동진을 바라보았다.

"그래서 의원님이 저한테 그만두라고 얘기하셨을 때 그게 맞는 말이라고 생각했습니다. 그런데 지금 또 이렇게 말씀하시니 이해하기가 어렵습니다."

동진은 의자에서 일어나 오피스텔 창문으로 다가가 밖을 바라보며 이야기를 듣고 있었다. 몇 달 전 같은 자리에 선 이방원의 모습과 겹쳐 보였다.

"장선호…… 장선호 보좌관. 장 보좌관은 여의도에서 몇 년째지?"

"15년쯤 됐을 겁니다."

"나는 이제 3년째네. 벌써 이곳이 지긋지긋해. 장 보좌관은 15년 동안 어떻게 버틴 건가?"

"……그저 세상을 바꿔보겠다는 이상이었던 것 같습니다."

"아니, 아니지."

동진은 선호를 똑바로 바라보았다.

"성공하겠다, 세상의 주목을 받아보겠다, 그걸 통해 돈과 명예를 얻겠다, 자네도 그랬을 게야. 그런 걸 야심이라고 부르지. 아니었나?"

"……틀린 말은 아니겠네요."

"빌어먹을 이 정치판에 3년이나 있으면서 느낀 건 말이네. 내가 어디까지 타락할 수 있겠느냐였어. '이방원'이 나에게 오기 전, 나는 타락하는 게 싫었네. 타락하느니 사퇴하는 게 낫다고 생각했지. 그런데, 그런데 말이네……."

말을 끊고 동진은 다시 창밖을 내다보며 말했다.

"그런데 말이네, 다시 눈을 떠보니 나한테 힘이 생겼더군. 그때 깨달았지. 나는 타락하는 게 싫었던 게 아니라 나의 이상과 야망을 이루지 못하는 걸 두려워했던 거야."

자신도 몰랐던 진심을 말하는 게 어색한 듯 동진은 살짝 웃음 지었다.

"괴물이 되지 않으면 괴물한테 잡아먹히는 이 빌어먹을 여의도 판에 몸담고 있으면서 내가 느낀 건 정말로 정치가 무엇인지 모르겠다는 거였지. 오늘과 내일의 공기가 달라지듯, 오늘과 내일 만나는 사람들의 마음이 달라지는 거야. 생각지 못한 수많은 변수가 도사리고 있는데 그 사이를 조심스레 건너가야 해. 내 안에서는 끓어오르는 욕심, 타인에 대한 시기와 질투, 세상을 나아지게 하겠다는 결의와 내가 돋보여야 한다는 야망이 혼재되어 끓어오르고, 선거 때는 그런 자신에 대한 모멸감과 상대에 대한 적대감이 번갈아가며 내 마음을 직격하지."

동진이 계속 말을 이었다.

"다시 깨어나고 나서는 장 보좌관, 자네가 내 이름을 이용해서 한 일들에 분노했네. 그래서 사직을 요구하고 그만두게 했지. 그런데 가만 생각해보니 그건 내 알량한 자존심이었지. 장선호 자네는 자네의 할 일을 한 것이었는데⋯⋯ 그때 깨달았네. 나 역시도 남들과 다를바 없는 야망을 숨기고 있었다는 것을. 그러면서도 드러내 보이지 않으려 하는 위선이 나를 지배했던 거지."

선호는 동진을 쳐다보았다. 동진도 선호의 눈을 마주 보았다.

"그렇게 깨달은 순간 결심했네. 좋은 세상을 만들겠다는 야망을 실현하고야 말겠다고. 한 번 죽었다 깨어난 뒤에 나는 전력을 다해 질주하기로 결심했네."

그때 문 두들기는 소리가 났다. 소리치는 여자의 음성도 들렸다.

"장선호! 이동진 의원! 나 유한주예요!"

한주의 눈은 선호가 준 커피를 마시면서도 동진에게서 떨어질 줄 몰랐다. 동진은 그런 한주의 눈빛을 외면하지 않았다.

"그래서…… 기자직 내려놓고 제일 먼저 여기로 온 거야?"

한주가 퇴사했다는 이야기를 듣고 동진의 입에서 나온 첫마디였다. 한주가 고개를 끄덕거렸다.

"풀어야 할 숙제가 있어서죠."

"무슨 숙제?"

"장선호 보좌관이 말 안 하던가요?"

동진이 선호를 쳐다보았다. 선호는 어깨를 으쓱했다.

"아직 말 안 했어."

한주가 동진을 바라보면서 말했다.

"언제부터 공자와 맹자를 좋아하기 시작했죠?"

"무슨 말이야, 뜬금없이?"

"국정감사 때요. 참모총장을 상대로 한 말 기억 안 나요?"

"그때야, 내가 화가 많이 났었지. 그래서 있는 말 없는 말 다한 거고."

"있는 말 없는 말 다 한다고 평소 관심도 없던 옛날 사람 이야기를 해요? 당신 누구죠?"

한주의 음성이 약간 올라갔다. 동진은 살짝 웃었다.

"이 얘기…… 두 번째 듣는 거 같은데?"

"……그땐 뜬금없이 울어서 넘어갔었죠."

한주의 표정은 풀리지 않았다. 동진은 흘긋 선호를 보았다.

"장선호 보좌관이 말 안 해줬어?"

"뭘요?"

"내 영혼 안에 태종 이방원이 있다는 사실 말이야."

한주의 얼굴이 슬로모션으로 변하고 있었다. 분노에서 황당함, 황당함에서 어이없음, 그리고 다시 분노로.

"앗 뜨거워!"

동진이 한주가 자신의 얼굴을 정확히 겨냥해 끼얹은 커피를 맞고 소리를 질렀다.

"그걸 저보고 믿으라는 건가요?"

선호와 동진이 한주에게 그동안 있었던 일을 설명한 후에도 한주는 황당하다는 표정을 감추지 못했다. 한주가 그나마 이해한다는 표정이라도 지은 건, 선호가 보여준 휴대전화 대화방 메시지 내용 때문이었다. 거기에는 이방원과 선호, 다혜, 수찬, 네 사람이 나눈 대화가 남아 있었다. 한주는 메시지를 꼼꼼히 읽은 뒤에야 찜찜한 얼굴을 약간 풀었다. 한주는 다혜의 사망 사실도 그제야 알았는데 미심쩍다는 표정으로 "진짜 사고 맞아요?"라고 연거푸 물었다. 틀림없는 사고라고 선호가 확실하게 선을 그은 뒤에야 알겠다고 했다. 한주는 지금도 이동진의 머릿속에 이방원이 있냐고 여러 번 물었는데, 동진은 정색을 하며 아니라고 말했다. 그럼에도 한주는 믿지 못하는 모양새였다.

"분명히 말하는데 지금은 이방원이 아냐, 이동진이지. 어떻게 증명해야 할지 모르겠군."

"다시 돌아올 수도 있는 거 아니에요?"

"그럴 수도, 아닐 수도 있지."

동진은 팔짱을 풀었다. 한주는 동진을 쳐다보았다.

"정치권에서 동진 선배 위치가 어느 정도인지는 아시죠?"

"양종훈보단 아래지."

"김태현이 대선 레이스에서 탈락한 지금, 여당 경선에서 양종훈을 넘을 수 있는 사람은 그나마 동진 선배뿐이에요."

"알고 있어."

"그러면, 어떻게 할 건가요?"

동진과 선호의 시선이 한주를 향했다. 한주는 자신이 끼얹은 커피를 닦아내느라 지저분해진 행주를 보며 말했다.

"다시 묻죠. 사퇴하실 건가요?"

"그건 내가 묻고 싶은 말이야."

동진은 한주를 쳐다보지 않고 말했다.

"사퇴해야 할까 아니면 모르는 척 뻔뻔하게 나가야 하는 걸까?"

"반반이에요. 양종훈이 대통령이 되는 건 두고 볼 수는 없으니……."

"유한주 기자."

한주가 선호를 바라보았다.

"오래전부터 묻고 싶은 게 있었어."

"뭔데?"

"유 기자는 정치를 하고 싶어?"

한주가 바로 답했다.

"아니."

"세상을 바꾸고는 싶고?"

"그건 그래."

"그런데 왜 행동은 하지 않으려 하지?"

"내가 무너지고 싶지 않으니까."

동진이 끼어들었다.

"행동 없이 결과를 얻을 수는 없어."

한주가 동진을 바라보았다.

"무슨 말이죠?"

"말 그대로지. 이방원이 만든 변화를 봐봐. 한주 너도 말했다시피 양종훈에 그나마 대항할 수 있게끔 만든 건 내 능력이 아냐. 이방원의 능력이었지."

한주는 동진을 보았다. 동진은 말을 이었다.

"그걸 그냥 내버려 둘 수는 없다고 생각해. 그 능력을 잘 이용해서 좋은 결과를 얻는 게 차선은 되지 않을까?"

"……많이 변했군요."

"죽었다 살아나니 변하게 되네."

한주는 잠시 침묵하더니 몸을 일으켰다.

"보류라고 해두죠. 내가 알고 있던 '이동진'의 원칙을 믿어보곤 싶네요. 양종훈이 무너지는 꼴을 보고 싶은 마음도 크긴 하고요. 하지만……" 한주는 숨을 골랐다. "지켜야 할 '선'을 넘어가는 순간, 그때는 가만있지 않겠어요."

한주는 휴대전화를 들었다. 화면에 녹음 아이콘이 보였다.

"아까부터 녹음했어요. 이동진 의원이 '내 안에 이방원이 있었다'라고 인정했던 말들이요. 당신들을 지켜볼 거예요. 내가 알고 있는 이동진이 아니라고 판단되는 순간……" 한주는 잠시 침묵했다가 다시 말을 이었다. "동진 선배의 이 말은 세상에 공개될 거예요."

* * *

새해 첫날. 대통령은 집무실에 앉아 책상 앞에 놓인 서류를 아무 말 없이 오랫동안 응시했다. 대통령은 원래도 말이 없는 사람이긴 했으나 최근 들어 더욱 말수가 줄었다. 배석해 있던 비서실장과 정무수석이 초조해지기 시작할 즈음 대통령이 입을 열었다.

"이걸로…… 해결이 된다고 합니까?"

"양 장관의 의중은 그렇습니다."

"여당에서 책임지고 뒤를 막아준다고 합니다."

비서실장과 정무수석의 대답은 달랐지만 같은 의미라고 대통령은 생각했다. 대통령은 자신의 대통령직 사의서와 국회의원 총선거 실시 제안 서류를 번갈아 바라보았다.

김태현의 사퇴 후 주도권은 대통령에게로 돌아오는 듯했다. 적어도 국정감사와 예산안 처리 때까지는 대통령의 시간이었다. 양종훈은 조용히 대통령의 뜻을 따랐고, 양종훈의 수하로 채워진 새 여당 지도부도 그러하였다.

상황이 뒤집어진 건 국정감사 후 예산안 처리를 둘러싼 협상이 시작될 무렵부터였다. 대통령의 처조카가 사고를 친 게 언론에 노출되었다. 연예 관련 언론사가 대통령의 처조카와 유명여자 연예인의 열애설을 첫 기사로 내보냈다. 처음 보고를 받았을 때 대통령은 그저 "좋겠네."라며 시니컬하게 반응했다.

그런데 차츰 일이 커지기 시작했다. 대통령의 처조카가 연애만 한 게 아니었다는 얘기가 나오면서부터였다. 클럽에서 하루에 천만 원씩 뿌리며 술을 마셨다는 기사가 나오더니 마약 이슈로 번지기 시작했다. 대통령의 처조카가 클럽에서 약물에 취한 채 난동을 부렸다는 단독기사가 실리기까지 걸린 시간은 나흘이었다.

대통령이 사태를 바로잡을 수 있었던 시간도 그 순간 끝났다. 처조카가 클럽에서 난동을 부렸다는 기사에 대한 보고를 받은 순간, 침착함을 유지하던 대통령은 찻잔을 집어던졌다. 대통령은 산산조각이 난 찻잔을 보며 혼잣말처럼 중얼거렸다. "이제 통제할 수 없겠군."

정국은 대통령의 예측대로 흘러갔다. 한 언론이 이름 붙인 '처갓집 게이트'가 전 언론사의 1면 제목으로 뽑히기까지 오랜 시간이 걸리지 않았다. 처조카의 난동을 눈감아준 관할 경찰서장에 대한 기사는 곧 사정기관장들의 안일한 대처에 대한 지적으로 이어졌고, 뒤이어 영부인 집안의 재산증식 논란으로 확대되었다. 검찰이 나섰고 특수수사본부가 꾸려졌다. 하지만, 권력형 비리는 아니라는 특수본 중간 조사 결과가 나온 이틀 뒤, 여론조사에서 응답자의 65%는 특수본 조사를 신뢰하지 않는다고 답했다. 대통령의 지지율은 20%대로 떨어지고 있었다. 국회의원 총선거가 다섯 달 앞으로 다가온 시점이었다.

그때, 여당 내에서 특검 대신 대선과 총선을 함께 치르자는 아이디어가 나왔다. 야당의 특검 주장보다 대선-총선 동시실시에 대한 국민의 지지가 더욱 높았다. 국민의 눈에 대통령의 임기는 끝나 있었고, 끝나야 했다. 정권이 바뀌면 자연히 대통령은 감옥에 갈 수밖에 없다. 야당 성향 지지층들은 그렇게 생각해서 대선-총선 동시실시가 필요하다는 것을 받아들였다. 여당 입장에서는 특검을 피할 수 있었다. 절묘하게 여당과 야당의 이해관계가 맞아떨어진 순간이었다.

총대를 멘 건 한상경이었다. 그가 의원총회에서 대선-총선 동시실시에 대한 운을 띄웠다는 보고를 받은 순간 대통령은 말했다. "지난번 그 책사가 양종훈한테 다시 갔나 보군. 양종훈이 대통령이 될 수도 있겠는데……." 대통령은 그날 밤 오랜만에 대취했다.

* * *

"송 보좌관. 내일 후보님 일정은 어떻게 할까?"

"아직 시간이 있으니까요. 저녁때 결정하시죠."

"그래야겠지? 아무래도?"

인혁은 자신의 휴대전화에 뜨는 메시지를 확인하며 한상경의 말에 심드렁하게 답하였다. 한상경은 인혁의 그런 무례한 태도에도 별다른 토를 달지 않았다. 왠지 인혁과는 거리를 두는 게 좋을 것 같다는 생각이었다.

인혁이 이동진 의원실에서 나온 뒤 양종훈의 부름을 받기까지는 한 달 정도 걸렸다. 인혁은 이동진의 비밀을 폭로하겠다며 여러 차례 언론사를 찾아가곤 했지만, 그때마다 선호가 미리 수를 쓴 걸 알고 방향을 선회했다. 기다리기로. 국정감사 이후 이동진의 영향력은 커져가고 있었다. 이동진을 쓰러뜨리려면 확실한 무기가 필요했다. 이동진, 아니 방원과 선호는 인혁과 같이 일하면서 증거를 남기지 않았다. 선호와 동진은 인혁이 휴대전화를 가진 채로 자기들과 대화하는 것을 금지해 혹시 모를 녹음을 허용하지 않았고, 대화창에서는 일상적인 대화만 주고받았다. 인혁은 자신이 그만둔 뒤에야 두 사람의 치밀함을 인정했다. 인혁이 갖고 있는 것이라고는 언젠가 휴대전화로 몰래 찍은 한복 입은 방원의 모습뿐이었다. 그것만으로 방원의 실체를 드러낼 수는 없었다.

방원에 대한 복수심으로 가득 차 있을 때 인혁은 종훈의 전화를 받았다. 인혁에게 전화를 건 종훈은 거두절미하고 한마디만 하였다. "날 대통령으로 만들어주게."

인혁은 날것 그대로 살아 있는 종훈의 야심에 끌렸다. 거기엔 자신의 야망을 채울 수 있겠다는 계산도 섞여 있었다. 인혁은 다음 날부터 종훈에게 보고서를 올리기 시작했다. 보좌관의 신분은 아니었다. 종훈은 인혁에게 "판세가 확실해질 때까지는 어둠 속에 있는 게 좋겠네."라고 말했다. 인혁에게 주어진 건 정무특보라는 직책이었는데, 인혁은 숨어서 움직이기엔 오히려 안성맞춤이라 생각했다.

인혁은 충분히 제 역할을 해냈다. 대통령의 처조카 스캔들을 알아낸 건 인혁이 아니었지만 정보를 어떻게 하면 큰 이슈로 부풀릴 수 있는지를 아는 사람은 양종훈의 사람들 중 인혁밖에 없었다. 인혁은 처조카를 둘러싼 숱한 소문을 만들었다. 그렇게 만들어진 소문을 자신이 아닌 다른 사람을 통해 전파하는 수법을 썼다. 문제가 생겨 검찰이 수사를 들어오더라도 자신의 꼬리가 잡히지 않는 방법이었다. 야망과 열망은 있되 능력은 떨어져 허덕대는 '하이에나'들은 여의도에 너무나 많았다. 그런 하이에나들에게 귀띔만 해주면 그들이 알아서 정보를 만들었다. 자신들의 의견을 멋대로 덧붙이기도 했다. 인혁은 슬쩍 밀기만 해도 연속으로 쓰러지는 도미노처럼 자신의 손짓 하나로 빠르게 움직이는 소문의 광풍에 희열을 느꼈다.

'대선-총선 동시실시'도 인혁의 머릿속에서 나왔다. 대통령의 조직을 순식간에 종훈의 조직으로 끌어들일 수 있는 계책이었다. 총선을 앞둔 국회의원들의 불안감을 자극해 종훈에게 줄을 서도록 만들 수 있었다. 인혁의 생각에 종훈은 무릎을 쳤다. 그날 이후 인혁은 양종훈 캠프의 핵심 실세로 부상했다.

인혁은 권한을 충분히, 무한대로 사용하는 중이었다. 조직본부장이 찾아와 허리를 굽혔다. 종훈이 본선에 나갈 때 입을 옷과 스타일링을 결정할 패션 업체와의 면담도 미리 잡기 시작했다. 인혁은 자신에게 주어진 모든 권한을 예전부터 누려왔던 것인 양 자연스럽게 받아들였다. 권력도, 돈도.

인혁은 처음에는 동진의 행보를 주의 깊게 살폈다. 인혁이 마지막으로 본 동진은 '이방원'이 빠져나간 이동진이었지만, 방심하면 안 된다고 생각했다. 그랬던 인혁이 동진에 대해 어느 정도 마음을 놓게 된 건 '처갓집 게이트'가 발생했을 초기, 이동진이 보여준 모습 때문이었다. 이동진은 언제나 그렇듯 철저한 조사와 책임자 처벌을 요구했다. 더 나아가 특검 도입을 주장했다. 야당 의원들이 그러했듯이. 초선의원이라면 괜찮은 행보일 수 있었다. 하지만 대통령을 비판하는 행보는 여당 내 지지세를 깎아먹는 데 결정적인 한계로 작용할 것이 뻔했다. 말하자면, 경선도 아직 통과하지 못했는데 대선 전략을 들고나온 셈이었다. 인혁은 동진이 TV에 출연해 선제적 특검 수용을 주장하는 걸 본 뒤로 후배 보좌진들에게 이동진 동향에 대한 보고서 제출은 더 이상 하지 말라고 지시했다. 그 후 인혁은 동진에 대한 경계심을 점차 줄여갔다.

* * *

"의원님은?"

"방에 계세요. 혼자."

수찬의 답에 선호는 동진의 방을 슬쩍 쳐다보고는 일을 시작했다.

이동진 의원실의 보좌진은 정원을 채웠다. 동진이 돌아오고, 선호도 복귀를 결정한 후 가장 먼저 추진한 건 보좌진을 채우는 일이었다. 수찬이 곧 돌아왔고, 선호는 동진과 함께 보좌관과 비서관 채우기에 나섰다. 선호는 방원이 자신이 올린 이력서를 대부분 물리치면서도 그나마 괜찮을 것 같다고 말했던 사람들을 채용했다. 선호는 수찬에게도 업무의 일부를 나누어주었는데, 다혜가 주로 했던 업무들이 수찬에게 넘겨졌다.

겨울이 지나가는 동안에도 이동진은 이방원으로 변하지 않았다. 가장 가까이 있던 선호가 확신할 수 있었다. 이방원으로 변했을 때 나오는 어투나 예스러운 말들, 무심코 하는 말 같아도 타인의 행보에 대한 소름 끼칠 정도의 정확한 예측 등, 이동진의 언행에서 그런 모습들은 보이지 않았다.

동진은 나름 잘해내고 있었다. 과거처럼 쓸데없는 고집을 부리거나 선호의 냉소를 자아내는 행동도 줄어들었다. 아니, 안 하는 것처럼 보였다. 초선의원들이 보이는 특유의 객기도 사라졌다. 선호 외에 동진의 '과거'를 아는 유일한 인물인 수찬도 "의원님이 많이 달라지셨네요."라고 말했다.

사실 선호는 그래서 불안했다. 김태현이 다음 총선 불출마를 선언한 지금, 당내에서 양종훈 대세론에 대응할 만한 사람은 이동진뿐이었다. 그리고 동진의 정치적 경험이 상승하긴 했으나 양종훈이 가진 '조직'과 '돈'에 맞설 만큼의 힘을 가진 것은 아니었다. 대통령을 둘러싼 정국에서 특검론을 내세웠던 것도 마이너스 요인이었다. 동진의 주장대로 특검 수용 촉구 기자회견을 했고 이후 지지율이 상승한 건 맞았지만 당내에선 '자기만 안다'는 비아냥이 나오기 시작했다. 선호가 예측한 대로였다. 물론 예전만큼 주변의 비아냥에 무작정 들이박는 행동은 하지 않았지만. 선호는 이동진의 행동에서 누군가를 흉내 내는 것 같다는 느낌도 들었다.

선호의 마음속에 불안감이 더해진 건 어느 순간부터 동진이 혼자 있는 시간이 많아졌다는 걸 알고 나서였다. 예산안 정국이 시작되면서부터 동진은 일정을 관리하는 보좌진에게 30분 정도만 혼자 있는 시간을 달라고 했다. 처음엔 대수롭지 않게 받아들였는데 그게 12월 들어서는 한 시간으로 늘어났고 이번 주부터는 한 시간 반을 채웠다. 양종훈에 맞서는 대선후보로 주목을 받다 보니 전문가나 기업인으로부터 대면 요청도 자주 들어왔는데 동진이 별다른 이유도 대지 않고 혼자 있는 시간을 늘리겠다고 하니, 스케줄을 짜는 비서관과 선호도 골치가 아팠다. 선호는 언젠가 동진에게 "그리 오랜 시간 혼자 있을 때 뭐 하십니까?"라고 물어봤는데 동진은 그냥 생각을 정리하는 것이라고 했다.

"회의합시다."

방문이 열렸다. 상념에 빠져 있던 선호가 고개를 치켜들었다.

집으로 돌아온 선호는 거실 소파에 무너지듯 앉았다. 지치고 피곤했다. 술을 한잔할까 하는 생각도 들었지만, 곧 고개를 가로저었다.

여기저기 뛰어다니며 동분서주하였지만 별다른 성과 없이 지난 하루였다. 두 시간 넘게 이어진 회의는 상황을 타개할 아이디어 없이 '잘해봅시다'라는 말로 끝났다.

대선까지 한 달이 남았다. 전국을 순회하며 벌어지는 경선에서 최종 선출되는 대선후보가 총선 공천까지 좌지우지할 것이 뻔했다. 당 조직 중 60% 가까이가 양종훈에 쏠려 있었고, 앞으로 더 심해질 것이다.

여론으로 양종훈의 조직을 뒤엎자는 것이 이동진 의원의 생각이었고 선호도 동의했지만 문제는 '어떻게?'였다. 지지율에서도 양종훈이 이동진보다 앞서 있었다. 양종훈은 김태현 사퇴 과정에서 한 차례 대통령과 대립각을 세웠고, 대중은 이를 대통령과 다른 양종훈의 변별점으로 보았다. 이동진이 특검 도입을 요구하며 지지율이 조금 올라가긴 했지만, 양종훈의 지지율을 따라잡기란 요원했다. 말하자면, 대중에게 이동진은 좌충우돌하는 초선의원의 모습이었다. 양종훈은 이를 잘 알고 있었다.

선호는 눈을 감았다. 뾰족한 수가 떠오르지 않았다. 진동모드로 해놓은 선호의 휴대전화가 부르르 떨기 시작했다. 별다른 생각 없이 휴대전화를 보았다. 이동진 의원이었다.

"무슨 일이십니까, 의원님?"

답이 없어 재차 확인했다.

"의원님?"

"날세!"

낮은 목소리였고 한 번 들으면 잊지 못할 그 목소리였다.

선호는 순간 반가움을 느꼈다. 마음 깊숙한 데서 우러나오는, 생각지도 못한 감정이었다.

"주상전하!"

"기억해주니 고맙군."

"반갑습니다."

휴대전화 너머 방원의 유쾌한 웃음소리가 들렸다.

"과인도 반갑기 그지없네."

"……그런데 어떻게 전화를 하셨습니까?"

선호는 궁금한 것부터 물어보기로 했다.

"아, 이동진 의원이 걸어준 걸세."

"예?"

"전화기라는 이 기물로 자네와 소통하기로 이동진 의원과 합의를 보았지."

방원의 어조는 유쾌하였지만 뭔가 여운이 남는 듯했다. 선호는 당황했다.

"그게…… 가능합니까?"

"가능한 일이네."

방원의 설명은 간결했다. 동진이 깨어나긴 했지만 방원이 완전히 사라진 것은 아니었다. 동진의 잠재의식 가장 깊숙한 곳에 방원이 살아 있었다. 처음에 그저 지켜만 보던 방원은 어느 순간 동진에게 말을 걸었다.

"하는 행동을 보니 답답해서 말이네. 과인이 약간의 조언을 주기로 했지." 방원이 선호에게 말했다.

"그래서요?"

"가끔씩 조언을 하고 있는데 이 이동진이라는 이가 받아들일 때도 있고 받아들이지 않을 때도 있네. 최근에 이야기를 하다가 서로 의견이 갈리게 되었는데 과인이 제의했지. 자네의 생각을 들어보자고."

"무슨 이야기입니까?"

방원의 음성은 낮지만 또렷했다.

"이대로 가다간 자네와 이동진은 양종훈에게 필패한다는 건 아나?"

"알고 있습니다."

"그러면 어떻게든 수를 두어 흔들어야 한다는 것도?"

"예상하고 있습니다."

"양종훈을 어떻게 흔들 건가?"

"그걸 모르겠습니다……."

선호의 솔직한 심정이었다.

전화기 너머 방원의 웃음 띤 목소리가 들렸다.

"내 이야기 하나 해줌세. 아바마마가 위화도에서 말을 돌려 개경으로 온다는 소식이 들렸을 때 일이네. 과인은 그때 조정에서 일을 하고 있었지. 아버님의 회군은 갑작스럽게 이뤄진 일이었어. 아바마마는 개경에 있던 가솔들한테 귀띔을 해주지 않고 의주로 가셨다네. 위화도에서 말을 돌렸다는 걸 가별초가 알고 나에게 소식을 전해주었지. 그때 과인이 한 일이 뭔지 아나? 두 어머님을 모시고 가족들과 함께 함흥으로 돌아가는 거였지. 주저 없이 결행했다네. 그때 조금이라도 머뭇댔으면 최영의 군대가 찾아왔을 테고, 그대로 붙잡혔겠지. 최영은 우리를 인질로 삼아 아바마마와 협상하려 들었을 테고."

잠시 부스럭거리더니 방원의 목소리가 또 들렸다.

"과인이 그때 생각했던 것은 주어진 상황에서 최선의 수를 두는 거였네. 지금도 생각은 다르지 않아. 양종훈의 장점은 기세라고 했던가? 또 재화라고 했지. 그러면 그 수를 제거하면 되지 않겠나. 그러기 위해서는 자네도 이동진도 위험을 각오해야겠지. 과인이 홀로 어머님과 동생들을 수행했던 것처럼 말일세. 아바마마가 위험을 무릅쓰고 군을 돌려 개경으로 진격했던 것처럼 말일세. 위험을 감수하지 않으면 성과를 얻을 수 없네."

뒤이어 약간 톤이 높은 소리가 들렸다. 이동진이었다.

"아, 난 이동진이야. 지금 왕이 하는 말은 들었지? 위험을 각오해야 한다는 말에 동의해. 하지만 '어떻게'가 문제야. 우리는 지금 이성계처럼 군을 가지고 있지도 않아. 어떤 방법이 있을지 떠오르지가 않더군. 최근에 태종 이방원과 몇 번 이야기를 나누었지만 서로 합의가 안 돼 그때마다 답답했어. 그런데 왕이 자네는 항상 자기 말을 듣고 뭔가 행동을 개시했다고 하더군. 그래서 창피함을 무릅쓰고 물어보는 거네. 자네 생각은 어떤가."

선호는 잠깐 고민했다. 오랜 시간이 걸리지는 않았다.

* * *

양종훈은 자신의 앞에서 열심히 자기주장을 하는 남자를 보았다. 종훈은 그 얼굴이 왠지 낯설었다.

"그래서 이 양종훈의 결정을 되돌려야 한다고?"

인혁이 외쳤다.

"그래야 합니다. 우리가 왜 이동진의 사정을 봐줘야 하는지 모르겠습니다."

종훈은 싱긋 웃었다.

"어제까지는 우리가 99% 이기고 있는 게임이라며. 아니 99.9%라고 했어, 자네는."

"그렇습니다. 하지만 지금 틈을 보이면 안 됩니다. 사자도 토끼를 잡을 때는 전력을 다하는 법입니다."

"어이, 송 보좌관. 후보님이 토론에서 이동진에게 밀린다고 생각하는 거야?"

갑작스럽게 말귀를 자르고 들어온 건 양종훈의 옆자리에 앉은 한상경이었다.

종훈은 기다란 탁자 위에 놓인 재떨이를 흘깃 보며 담배 한 대를 뽑아 불을 붙였다. 실내에는 자신과 인혁, 상경, 세 사람뿐이었다. 종훈은 이런 단출한 자리가 몇 달 만인지를 생각해보았다. 자신이 '대세'가 된 이후로는 처음인 것 같았다.

인혁이 말을 이었다.

"굳이, 무엇하러 이동진에게 틈을 주는지 모르겠습니다. 어차피 장관님이 이기는 게임 아닙니까. 왜 일대일 맞수토론을 허락하셨는지 모르겠습니다."

"내가 이기는 게임이니 허락한 거네."

담배 한 대를 급하게 피운 종훈이 재떨이에 꽁초를 비벼 껐다. 그는 꽁초를 힘차게 비벼 끄면서 인혁을 바라보았다.

"내가 이기는 게임이네. 이미 승부는 결정 나지 않았나. 이동진이 전화를 했네. 이렇게 말하더군. '어차피 이기는 게임입니다, 양 장관. 본선에서 낙승을 하려면 지금부터 판을 잘 짜야 합니다.' 이동진 외에는 고만고만한 후보들뿐 아닌가. 이동진과 내가 일대일 토론을 벌이고 난 뒤에 '한계를 절감한' 이동진이 후보직을 사퇴하고 나에 대한 지지를 선언하는 것, 괜찮은 그림 아닌가. 본선을 준비한다면 지금부터 이동진과의 관계를 우호적으로 만들어야 돼."

잠시 침묵하던 인혁이 낮은 목소리로 말했다.

"그래서, 그래서 이동진이 얻는 건 무엇이랍니까?"

"이동진이 얻는 것?"

종훈이 되물었다. 인혁이 재차 말했다.

"이동진이 뭔가 노리는 게 있으니 제의를 한 것 아닙니까? 그렇게 판을 짜서 얻는 게 무엇인데요?"

"후계를 도모하겠다는 거지. 하지만……."

종훈은 잠시 뜸을 들이더니 재떨이에 비벼 끈 꽁초를 보면서 말했다.

"당선 뒤에는 지옥을 보여주지."

어금니에 힘을 가득 준 목소리였다.

**

"선배! 여기예요."

한주는 주위를 두리번대다 효진의 얼굴을 보며 마주 손을 흔들었다. 방송사 스튜디오는 오랜만이었다. 퍽 낯설었다. 기자를 그만둔 지금은 더더욱. 한주는 잠시 핸드백을 추슬러 메곤 효진에게 안부 인사를 건넸다.

"잘 있었어?"

한주는 실업급여를 받으며 지내고 있었다. 국장의 마지막 배려였다. 처음엔 한두 달 정도 해외여행이라도 갈 생각이었다. 하지만 동진과의 만남 후 한주는 예약해놓았던 항공권을 취소했다.

한주는 가만히 생각해보았다. 왜일까? 나는 왜 이동진을 놓지 못하는 걸까? 그리고 "너는 정치를 하고 싶지 않아?"라는 선호의 말이 계속 머릿속을 맴돌았다. 한주는 단호하게 아니라고 답했었지만 그 물음이 점점 머릿속을 어지럽혔다. 기자직을 내려놓은 후 기존의 정치판이 더욱 크게 요동치고 있는 것도 한주가 항공권을 취소한 요인이었다.

효진은 한주에게 가끔 알찬 정보를 전해주었다. 지난주에 효진은 이동진과 양종훈 간 일대일 대결로 여당 대선후보 경선이 압축됐다는 소식을 전해주었고, 두 사람 간 방송토론이 열릴 예정이라는 사실도 알렸다. 한주가 방송토론에 관심을 보이자 효진은 마침 친한 기자가 방송국에 다니고 있다면서 방청권을 한 장 얻어주었다. 어렵게 구했다면서.

한주는 토론장 방청석에서 다른 방청객들과 함께 섞여 앉아 있었다. 토론을 주관하는 방송사 PD가 다가와서 토론 중에 떠들지 말고, 질문은 사전에 합의된 사람만 하라는 주의 사항을 전달하고 갔다.

조금 뒤 방송국 카메라의 불이 켜졌다. 홀 가운데 앉아 있는 아나운서가 오프닝 멘트를 했다. "안녕하십니까. 제 XX대 대통령선거 XXX당 예비후보 경선 토론회에 오신 걸 환영합니다……."

한주는 무의식중에 핸드백 안에 넣어둔 수첩을 꺼내 펴들다가 다시 넣으며 겸연쩍은 듯 혼잣말을 했다. "인이 박였군."

한주는 두 사람의 토론을 들으면서 지루하다는 생각을 했다. '왜 제대로 공격을 안 하는 거지?' 한주의 눈에 양종훈은 빈틈이 많은 사람이었다. 아니 문제가 덕지덕지 붙어 있는 사람이다. 이동진이 들고나온 병역 비리 의혹만으로도 공격거리는 충분했다. 하지만 이동진은 양종훈의 약점은 건드리지 않았다. 이동진의 질문은 양종훈의 정책에 국한되어 있었고, 정책에 숙달되어 있지 않은 종훈이 두어 번 말실수를 하긴 했지만 그로인해 이동진이 큰 점수를 딴 것도 아니었다. 한주의 눈에 동진은 종훈의 들러리를 서려 작정하고 나온 듯 보였다.

100분에 걸친 토론이 종반부로 접어들고 있었다. 아나운서가 말했다. "방청석으로 마이크를 넘기겠습니다." 사전 약속대로 양종훈 쪽 방청객 한 명, 그리고 이동진 쪽 방청객 한 명의 손이 올라갔다. 순간 한주가 갑자기 손을 들었다. 충동적이었다. 한주를 향해 방송국 PD들이 손을 내리라고 큐시트를 크게 흔들었다.

동진도, 종훈도 한주를 알아보았다. 얼굴에 당혹감이 스치는 종훈과 달리 동진의 표정에선 여유로움이 묻어났다. 종훈이 질문자를 호명하려는 순간 동진이 먼저 지목했다.

"저기, 왼쪽 위 하늘색 재킷을 입은 여성분 질문하시죠."

동진은 예정된 질문자 대신 한주를 지목했다. 한주가 천천히 몸을 일으켰다. 단어 하나도 신중히 선택하여 질문해야겠다고 생각하며 말문을 열었다.

"두 분께 여쭤보고 싶습니다. 지금 우리는 혼돈 속에 살고 있습니다. 대통령과 여당, 야당은 모두 각자의 입장만 내세우고 있습니다. 상생의 정치가 아닌 대립과 반목, 상호비방과 저열한 싸움만 있을 뿐입니다. 지금의 어지러운 정치 상황이 그걸 증명하고 있죠. 두 분은 여당의 대선후보입니다. 하지만 지금 이 토론에서 두 분이 내놓은 말들은 공허할 뿐입니다. 어떻게 대통령직을 수행해나가실 건지, 이 나라를 어떻게 이끌 것인지에 대한 답이 없습니다. 그 답을 지금 듣고 싶습니다."

한주는 발언을 마치고 자리에 앉았다. 동진과 종훈이 서로를 쳐다보았다. 종훈은 꽤 안심하는 듯했다. 자기가 쫓아낸 사람, 자기에게 적대감이 있을 법한 한주가 엉뚱한 질문을 했다고 여기는 듯했다. 한주는 동진을 쳐다보았다. 동진은 종훈에게 손바닥을 내밀었다. '먼저 하시죠'라는 제스처였다. 종훈은 헛기침을 몇 번 하고는 입을 떼었다. 그의 넥타이가 살짝 흔들렸다.

"저는 4선 의원입니다. 15년 넘게 정치를 해왔지요. 여기 계신 이동진 의원처럼 패기와 젊음은 없지만 노련함이 있습니다. 오래 정치를 하는 동안 배운 게 있다면 다른 사람들과 의견 차이를 좁히는 방법을 안다는 것이지요. 저는 이렇게 생각합니다. 지금 한국 사회에 있어서 가장 큰 갈등의 요체는 다들 남의 말을 듣지 않고 내 말만 한다는 것입니다. 그리고 누구보다 자기 말이 옳다고들 생각하죠. 제가 만약 대통령이 된다면, 저는 '제 말'만 하는 대통령이 아니라, '남의 말'을 듣는 대통령이 되려고 합니다. 남의 말을 들어 제 말처럼 소화하는 대통령이 되고자 합니다. 그것이 이 갈등과 분열의 시대에 대통령이 해야 할 일이라고 생각합니다."

종훈이 말을 마쳤다. 저 멀리 종훈의 뒤편 녹화장 한쪽 구석에 서서 웃고 있는 인혁이 한주의 눈에 들어왔다. 인혁이 써준 원고일 테다. 종훈은 앵무새처럼 그대로 읽었을 게 분명했다.

동진은 종훈을 보지 않고 카메라 쪽으로 눈길을 주었다. 한주는 카메라 뒤쪽에 앉아 있는 자신을 동진이 쳐다보는 것 같다고 생각했다. 그 눈빛이 동진의 것인지 아니면 식당에서 자신을 바라보던 이방원의 눈빛인지 헷갈렸다. 동진이 말을 시작했다.

"무릇, 세상을 이끄는 사람이 되려면 자신만의 논리, 자신만의 철학이 있어야 합니다. 저의 철학은 분명합니다. 국가는 공정해야 하고, 기업은 법을 어기지 말아야 합니다. 자본의 탐욕은 일정 수준에서 제어되어야 합니다. 이른 아침, 새벽달을 보며 첫차를 타기 위해 종종거리면서 나오는 빌딩 청소부 아주머니와, 같은 시간 비행기를 타고 외국으로 여행을 가는 스무 살 금수저의 인생은 같을 수 없습니다. 하지만 적어도 정부는 이들을 같은 선상에서 대해야 합니다. 지금 우리 정부가 그러고 있습니까? 하고 싶은 말, 해야 하는 말을 자신 있게 할 수 있는 정부여야 합니다. 존경하는 양종훈 후보께서 갈등과 대립에 대해 말씀하셨습니다. 그 갈등과 대립을 치유하기 위해 '말하지 않겠다', '듣겠다' 하셨습니다. 저는 이것이 거짓말이라고 생각합니다. 무의미한 말이라고 생각합니다."

동진의 말에 주위가 웅성거리기 시작했다. 종훈은 동진을 노려보고 있었다. 동진은 양종훈을 전혀 개의치 않고 카메라를 응시하며 말했다.

"지금 한국 사회의 갈등이 커지고 있는 이유는 우리의 말과 생각, 주장들이 우리의 머릿속에서 나오지 않고 있기 때문입니다. 누군가의 논리, 누군가의 생각을 빌려 자신의 주장인 것처럼 말합니다. 자신의 생각인 양 말합니다. 철학이 없고, 논리가 없습니다. 남는 것은 생각이 아니라 주장입니다. 지금 우리는 대립하고 서로 증오하고 있습니다. 지역과 성별, 세대, 학력, 우리는 쪼개질 만큼 쪼개져서 상대방을 공격하기만 할 뿐 상대를 이해하려 하지 않고 있습니다. 우리가 소통을 하지 않아서입니까? 아닙니다. 지금 우리는 생각하지 않고 있습니다. 그래서 우리는 불통하는 것입니다. 서로 대립하는 것입니다. 서로의 생

각이 뚜렷하면 백 분의 십만 일치하고 구십이 다르더라도 같이
갈 수 있지만, 생각이 명확하지 않으면 구십이 같고 십만 다르
더라도 같이 갈 수 없다고 생각하는 것이 인간입니다. 저는 명
확히 말하고자 합니다. 저는 철학이 있습니다. 생각이 있습니
다. 생각을 구현하기 위해 최선을 다할 것입니다. 그 과정에서
다른 분들의 말을 들을 것이고, 제 결정에 반영할 것입니다."

토론회장이 고요해졌다. 종훈이 동진을 보았다.

"말장난 아닙니까?"

종훈의 화가 난 듯한 목소리였다. 아나운서가 종훈을 제지하
려고 나서자 종훈이 손을 들고 말했다.

"제가 받아야 하는 질문 시간을 이 순간 쓰도록 하죠. 묻겠
습니다. 이동진 의원은 초선의원입니다. 15년 이상 이 여의도
에 있었던 저와는 다릅니다. 물론 패기 넘치는 분이라는 건 알
지만, 그것뿐이지 않습니까? 지금 대한민국은 세계 경제순위
10위입니다. 수십만의 군대를 거느리고 북한과 맞서야 하며 중
국, 러시아, 일본, 그리고 미국과 복잡다단한 외교를 해야 합니
다. 단 4년의 의정 경험으로 이를 수행하는 데 이 의원의 능력
이 된다고 생각하십니까. 저는 앞서 말씀하신 그 훌륭한 이야
기들이 국회 경험이 4년밖에 안 되는 분의 한계를 드러내는 말
이라고 생각합니다. 말은 좋습니다. 하지만 현실은 다릅니다."

종훈은 잠시 말을 끊었다가 다시 입을 열었다.

"특히 한 차례 정신적 아픔을 겪으신 분이라면 더더욱 그렇
습니다."

한주는 종훈의 말을 들으면서 종훈과 동진을 바라보기보다 그들 뒤에 있는 사람들의 눈빛을 보았다. 인혁은 우위를 점했다는 듯 미소를 띠고 있었다. 그렇다면 선호는? 한주는 선호를 재빨리 찾아보았다. 마침 선호도 한주를 쳐다보고 있었다. 그역시 웃고 있었다. 선호는 한주에게 입 모양으로만 말했다. '이 겼어.'

동진의 얼굴에 미소가 희미하게 번졌다.

"감사합니다, 양종훈 의원님. 제 병을 말씀해주셔서요. 사실 제 입으로 꺼내기는 낯부끄러운 말입니다. 제가 지녔던 병과 그에 따른 논란에 대해서 '괜찮다', '이제 다 나았다'라고 말하는 것도 낯간지럽습니다. 그렇습니다. 저는 일 년 전 공황장애를 겪었습니다. 의사의 처방을 받았고, 지금은 괜찮습니다. 원하신다면 진료기록도 보여드릴 수 있습니다. 예전 건강 상태로만 따지면 제가 나약하다고 말할 수도 있습니다. 어쩌면 지도자로 적합하지 않다고 할 수도 있습니다. 우리 모두는 자신보다 강한 사람이 세상을 이끌어주기를 원하니까요."

동진이 잠시 숨을 골랐다. 한주의 눈에 선호가 주먹을 꽉 쥐고 있는 모습이 보였다.

"수많은 신화와 역사는 완전한 영웅이 세상을 이끌었다는 환상을 심어줍니다. 그래서 정치 캠페인을 하다 보면 '완전한 지도자'가 되라고 조언하곤 합니다. 백마 탄 초인이 이 세상에 내려와 더 나은 세상을 구현하는 것처럼 말입니다. 완벽한 기만입니다. 여기 계시는 양종훈 의원도, 저도, 그리고 아나운서분이나 방청객 여러분, 또 이 방송을 보고 계신 시청자 여러분도 마찬가지입니다. 우리 모두는 완전하지 않습니다. 때론 감정에 치우치고 때론 이기적이기도 합니다. 자신에겐 한없이 너그럽고 타인에겐 엄격합니다. 시기와 질투, 욕망과 아집이 순간순간 우리 마음을 점령하기도 합니다."

동진은 이제 카메라를 정면으로 바라보았다.

"그렇기에 우리는 민주주의라는 이념을 세우고 정치를 합니다. 불완전한 사람들끼리 모여 더 나은 사회를 만들기 위해 서로의 부족한 부분을 채워나갑니다. 내가 지지하는 정치인이 이 세상을 완전히 바꿔줄 수 있다는 기대는 환상입니다. 민주주의의 세상에서 정치인은 완벽한 초인이 아닙니다. 저는 불완전한 사람입니다. 여기 계신 양종훈 의원도 단점이 있습니다. 저는 양종훈 의원이 가진 단점 때문에 저를 찍어달라고 말하고자 하는 게 아닙니다. 제가 가진 단점보다 제가 가지는 장점이 조금이나마 우리 사회를 바꿀 수 있다고 생각합니다. 그래서 외람되게 이번 선거에 나섰고, 지지를 호소하고 있는 겁니다. 저는 저의 허물과 단점을 외면하거나 감추지 않겠습니다. 여러분들에게 있는 모습 그대로 손을 내밀겠습니다. 그것이 지금 정치에 필요하다고 생각합니다. 우리는 서로를 도울 준비가 되어 있으니까요. 우물에 빠지려 하는 아이는 누구나 도와주고 싶은 마음이 듭니다. 그 아이의 부모가 아니더라도 말이지요. 그걸 맹자는 '측은지심'이라고 말했습니다. 제가 대선에 나온 건 그 측은지심 때문입니다."

스튜디오에 있는 모든 사람들이 얼굴 가득 미소를 띠고 동진을 바라보았다. 선호는 벅찬 표정으로 한주를 보며 소리 없이 입만 벙긋거렸다. 한주는 그 눈빛만으로 알 수 있었다. 선호는 말하고 있었다. 이제야 다혜에게 면목이 설 것 같다고.

8. 공자가 말했다

인혁은 소주 한 잔을 단숨에 비웠다. 그리고 연거푸 또다시 한 잔을 털어 넣었다. 그가 잘 가는 국회 앞 김치찌갯집이었다. 인혁은 취한 채 누구에게인지 모를 욕을 해댔다. 소주 한 병을 비우기까지 10분도 채 안 걸렸다. 인혁은 손에 얼굴을 파묻고 중얼거렸다. "제기랄."

여당의 대선후보 경선이 끝난 날이었다. 여당은 대선과 총선을 함께 치를 후보로 이동진을 선택했다. 양종훈은 인혁의 예상보다 더 큰 격차로 떨어졌다. 조직과 돈은 종훈이 월등했지만 동진은 방송사 토론 한 방으로 이를 뒤집었다. 다음 날부터 동진의 연설을 편집한 다양한 동영상들이 인터넷에 떠돌았고 동진의 지지율은 수직 상승했다. 동진과 종훈의 지지율이 골든 크로스를 이루며 역전되는 시점에서 종훈이 압력을 행사했던 병역 비리가 기사화됐다.

대통령의 사퇴가 코앞으로 다가왔다. 다음 주였다. 여야 합의로 인해 대통령은 선거 전 사퇴를 하는 것으로 결정되었다. 두 달 뒤에는 새 대통령이 뽑힌다. 국무총리가 권한대행이 되어 대선을 관리할 예정이었다. 예정보다 일 년여 앞당겨진 선거였다.

인혁은 취한 순간 이방원의 모습이 떠올랐다. 어느 날 방원이 자신과 선호를 데리고 회의를 하던 도중 했던 말이 새삼스레 생각났다. 그때 그는 분명 태조 이성계에 대한 이야기를 하고 있었다.

"어느 날인가…… 아바마마가 나를 불러서 삼봉을 처단할 때 같이했던 조온,* 조영무,** 이무***를 처벌해야 한다고 하시더군. 원래 그들은 아바마마의 신하였지. 가별초의 일원들이었고. 과인은 그때 사병을 혁파해야 하는 상황에 놓여 있었지. 아바마마의 요구를 따르자니 과인을 따르는 신하들이 분열되고, 그렇다고 거절하자니 아바마마께 불효를 저지르는 셈이 되고…… 그때 과인의 계책이 뭐였는지 아나?"

방원이 빙긋 웃으며 했던 말이다. 그렇다. 분명 그때 방원은 빙긋 웃었다.

"일단 아바마마의 명을 받들어서 세 사람을 귀양보냈지. 그

---

* 1347~1417. 이성계 누이의 의붓아들로, 이성계는 그에게 궁궐 수비를 맡겼다. 무인정사에서 이방원의 편을 들었다. 이방원의 즉위 후 공신에 봉해졌다.
** 미상~1414. 가별초 소속으로 이성계가 각별하게 아꼈다. 이방원의 명으로 1392년 정몽주를 죽였다. 태종 때 우의정을 지냈는데 우유부단했다는 기록이 남아 있다.
*** 1355~1409. 정도전과 친분이 있었는데 무인정사 당시 이방원의 편에 섰다. 조온, 조영무와 달리 가별초 소속은 아니다.

리고 나에게 충성해야 하는 이유가 있는 권근*이 그들을 풀어 줘야 한다는 상소를 올렸지. 물론 과인이 지시한 건 아니야. 정치란 말일세, 나와 다른 사람들이 어떤 욕구, 어떤 욕망을 가지고 있는지 아는 데서 성패가 갈린다네. 그 욕망을 나의 욕망과 합치시키는 것, 그것이 정치일세."

인혁은 다시 거칠게 한 잔을 들이켜며 읊조렸다. "그래, 아직 뒤집을 수 있어!"

* * *

선호는 하늘을 쳐다보았다. 오랜만의 휴식이었다. 담배를 꺼내 들다가 피식했다. 전자담배에 끼울 전용 스틱을 깜빡하고 의원실에 두고 왔다. 다시 들어갈까 하다 그만두었다. 이 시간을 온전히 쓰는 게 차라리 나았다. 들어갔다간 이런저런 회의에 붙잡혀서 당분간 못 나올 성싶었다.

선호는 벤치 의자에 앉아 고개를 젖혀 하늘을 바라보았다. 경선은 어제부로 끝났고 이젠 본선이었다. 야당의 상대 후보는 만만치 않은 사람이었다. 동진은 중도 사퇴하는 대통령의 당 후보라는 핸디캡을 안고 싸워야 할 판이었다. "이런저런 계책은…… 국회의원 이방원이 다 했지 뭐." 문득 혼잣말을 했다.

---

* 1352~1409. 이성계의 요구로 이무와 조영무 등이 귀양 갔을 때 대사헌으로 이들을 구명하는 상소를 올렸다. 이색 문하에 있었으며, 태조 때 정도전과 명나라 사이의 외교 갈등이 벌어지자 이를 해결하기 위해 중국으로 파견 가기도 했다.

이방원이 자신의 건재를 알린 뒤 동진이 '혼자 있는 시간'은 선호와 동진이 '함께 있는 시간'으로 바뀌었다. 선호는 동진과 함께 의논할 사안이 있다며 종종 방에 틀어박혔다. 곧 차기 대권주자 이동진의 최측근 핵심 참모 장선호에 대한 찌라시들이 돌기 시작했다.

선호는 그 시간에 동진의 몸을 빌린 방원과 이야기를 했다. 선호는 방원과 나눈 대화를 떠올렸다.

"잘나갈 때일수록 조심해야 하네. 무슨 일이 벌어질지 몰라. 아바마마가 낙마했을 때, 포은이 대간들을 이끌고 신속하게 공격해오더군. 과인이 벽란도에서 아바마마를 뫼셔오지 않았더라면 자칫 포은이 우리를 저승길로 보낼 수도 있었지. 급박한 순간에는 빠른 판단이 필요하다네. 길게 내다보고 수를 두는 건 자충이 될 수도 있어."

선호는 눈을 감았다. 이대로 가면 대선 승리도 가능해 보였다. 아니, 가능했다. 방원이 준비해준 여러 방책과 그를 토대로 장선호 자신이 만든 계획들을 떠올려보았다. 꽤 뛰어났다. 만일 동진이, 아니 방원이 대통령이 되면 어떻게 해야 할까. 이기는 것에만 집중해야 하는 걸까? 선호는 답을 생각하지 않기로 했다. 답을 해야 할 때임을 알고 있으면서도.

벨소리가 울렸다. 선호의 휴대전화 화면에는 이동진 의원-3이라고 적혀 있었다. 동진이 갖고 다니는 다른 휴대전화였다. 이동진이 방원이 아닌, 자신과 둘만의 대화를 나누려고 할 때 쓰는 전화였다. 선호는 몸을 일으켰다.

"소문이 도는 거 같아."

문을 닫고 들어서자 소파에 앉아 있던 동진이 말했다. 자연스레 선호가 옆에 앉았다.

"무슨 소문입니까?"

"이방원이 있다는 소문."

"아무도 안 믿을 텐데요?"

"그렇지. 아무도 안 믿겠지. 그런데 말야. 고약하게 소문이 나고 있어. 내 안에 다른 인격이 있다는 소문이야. 이중인격이라는 거지. 은밀하게 찌라시 형태로 돌고 있는데 누가 뿌리고 있는지 짐작이 안 가. '이방원'의 존재를 알고 있는 사람들은 다 우리가 잘돼야 이득을 받는 사람들이지 않나?"

선호는 바로 답했다.

"한 명은 아니죠."

동진의 얼굴이 굳어졌다.

선호는 아무런 말 없이 앞에 앉은 사람을 쳐다보았다. 국회 앞에 있는 조그마한 찻집이었다. 선호는 이 찻집 전체를 반나절 전세 냈고, 주인과 알바생에게 넉넉하게 돈을 주고 잠깐 쉬다 오라고 했다. 선호는 들어가기 전 꼼꼼히 의자와 벽에 카메라가 있는지 점검했다. 그러고 난 뒤 방원과 몇 달 동안 있으면서 배운 실력으로 두 잔의 차를 따랐다. 조금 뒤 인혁이 피식거리면서 들어왔다. 그는 선호를 보더니 휴대전화를 건넸다. 선호는 인혁의 휴대전화 전원을 꺼버렸다. 그리고 인혁에게 자신의 휴대전화가 꺼져 있는 상태임을 보여주었다. 선호는 안경을 낀 인혁을 보면서 말했다.

"요샌 안경에 카메라를 달거나 녹음기를 숨기는 기능도 있던데."

"나를 그렇게도 못 믿나?"

"당연하지 않을까?"

선호가 인혁을 쳐다보았다.

"나쁜 소문을 퍼뜨리는 이유가 뭐지?"

"뭐…… 말석이라도 한 자리 차지하려고 하는 거랄까?"

"그렇다고 하기에 유언비어는 너무 심하지 않나. 유언비어를 퍼뜨린 사람을 어떻게 우리가 채용하지?"

"내가 유언비어를 퍼뜨렸다고? 그 찌라시를?"

"너 말고 누가 있지?"

인혁은 어깨를 으쓱거렸다.

"잘 찾아보라고."

"그러면 거래가 성립하지 않는 거 같은데. 난 이만 일어서지."

선호는 주저 없이 일어서려 했다. 인혁은 선호를 빤히 쳐다보았다. 선호가 인혁을 두고 나가려다 얼굴을 돌렸다.

"안 붙잡아?"

"이거 데자뷔 같은데?"

"데자뷔 맞네."

"뭐 그러면…… 이 차 한 잔 마시면 다시 함께 일하는 건가?"

인혁은 계속 피식거렸다. 선호는 선 채로 인혁을 내려다보았다.

"원하는 게 뭐지? 솔직하게 말해봐."

"말했잖아. 말석."

"너의 욕심은 그걸로 충족이 안 될 텐데?"

"호구지책은 되겠지."

선호가 인혁을 노려보자 인혁은 딴청을 부렸다. 그러더니 별 안간 질문을 했다.

"너 태종 이방원 책 읽어봤어?"

"갑자기 무슨 엉뚱한 소리야?"

"읽어봤겠지. 아니면 최소한 드라마라도 봤겠지. 근데 그거 알아? 이방원이 왕위에 오른 뒤에 무슨 일을 했는지."

"뭔 얘기야?"

인혁이 왼손을 폈다. 그리고 엄지부터 손가락을 한 개씩 천천히 접기 시작했다.

"사병을 혁파한다면서 최측근들을 내쳤지. 그 뒤에는 자기 처남들을 몰살시켰어. 아들을 폐세자시켰지. 죽여도 된다고까지 말했고. 마지막으로는 사돈가를 멸문했어. 그리고 이방원이 얻은 게 뭐지?"

"무슨……."

"권력!"

인혁의 눈이 빛났다.

"이방원과 권력을 따로 떼어서 생각할 수 있을까? 그는 평생 권력을 탐했고, 또 그걸 마다하지 않았어. 그리고 지금 이 시대에 왔어. 이방원이 어떻게 행동했을 거 같아? 육백 년 전의 조선과는 비교조차 할 수 없을 정도로 발전한 나라에 온 이방원이라면 말은 '이 시대에 개입하지 않겠다'라고 하지만 이 나라를, 이 대한민국을 자기 것으로 만들려 하지 않을까? 어떻게 생각해?"

선호가 고민을 한 듯 한참이 지난 뒤에야 입을 열었다.

"나를 시험하는 건가?"

"시험이라니, 생각을 묻는 거야."

"참모는 생각이 없어. 그저 따를 뿐이지."

"어이쿠. 내가 알던 장선호와는 전혀 다른데?"

인혁은 비아냥거리는 표정이었다. 선호가 천천히 찻잔을 입에 댔다. 다시 침묵이 길어졌다. 인혁은 선호의 침묵을 끝까지 기다려주겠다는 기색이었다. 선호가 마침내 고개를 들어 인혁을 바라보았다.

"이방원은 나에게 그런 말을 하지 않았지. 그리고 설령 이방원이 그렇게 사욕을 부리려 한다면 결사적으로 내가 막겠어."

"오케이. 기억하겠어. 그렇다면 내 답은 이거야."

인혁이 손가락을 튕기더니 이어 문 쪽을 가리켰다. 선호는 그 손가락을 따라 문 쪽으로 시선을 돌렸다.

유리문 뒤에 한주가 있었다.

선호는 인혁을 매섭게 노려보았다. 인혁은 웃는 얼굴로 재킷 안주머니에서 무언가를 꺼냈다. 10여 년 전에 쓰던 작은 휴대전화였다. 인터넷 기능은 없고 통화 기능만 가능한.

한주가 문을 여는 소리가 들렸다. 선호는 또각또각 하이힐 소리를 내며 다가오는 한주를 멀뚱히 바라보았다. 한주는 귀에서 뭔가를 빼냈다. 무선 이어폰이었다.

"송인혁 보좌관이 전화를 걸었어. 이 시간에 여기로 잠깐 와 달라고 하더군. 와봤는데, 전화가 오더라고. 받았는데 지지직거리는 소리만 들려서 끊으려 하던 찰나 네가 이상한 말을 하는 게 들렸어."

선호는 아무 말도 하지 못했다. 한주가 말을 이었다.

"이동진 몸 안에 이방원이 있는 거야?"

* * *

"이방원과 이야기를 좀 해야겠는데?" 선호에게서 보고를 들은 동진의 첫 반응이었다. 동진은 눈을 감았다. 선호는 이동진 의원실의 문을 굳게 닫고 창문엔 블라인드를 쳤다. 약간의 시간이 지난 뒤 동진이 눈을 뜨며 말했다.

"다행히 자네가 대응을 빠르게 잘했다고 칭찬하시더군."

* * *

"그렇다면, 지난번 그 방송토론에 이방원이 나갔다고 생각하는 거야?" 선호의 첫마디였다. 한주가 선호를 노려보았다.

"준비한 거라면, 충분히 그렇게 말할 수 있어."

"어떤 순간에 무슨 질문이 나올지 모르는데 그걸 다 미리 대비한다고? 그게 말이 될 거 같아?"

"너, 장선호를 믿지 못하겠어."

선호는 한주를 똑바로 쳐다보며 말했다.

"그렇다면, 이렇게 하지. 아무런 원고 없이, 프롬프터 없이 내일 아침에 지금 퍼져 있는 유언비어 관련해서 기자회견을 하겠어. 그걸 보고 나서 판단해."

"하나 묻고 싶은 게 있어."

"뭐지?"

"그때 이동진 의원이 토론회에서 한 말, 철저히 의도된 발언이었지? 그 말 때문에 지금 당 후보로 지명되는 문턱까지 왔는데, 내가 그런 질문을 안 했다면 지금 같은 상황이 마련되진 않았을 거야. 내가 그런 질문을 하리라는 것, 아니 내가 그곳에 나타나리라는 걸 어떻게 알았지?"

"네가 온다는 걸 안 건 서효진 기자를 통해서야. 그리고 그 질문은…… 맞아, 우리는 네가 질문을 할 거라고 예상했어."

선호는 자신이 동진과 방원에게 했던 말을 떠올렸다. "위험을 감수하려면 우리가 완벽하게 상황을 만들고 거기에 양종훈을 몰아넣어야 합니다." 그리고 방원이 웃으며 맞받았던 말도 기억났다. "뜻하는 대로 신하를 몰아가는 데 있어 대간만큼 좋은 자리는 없지."

선호가 진지한 표정으로 한주에게 말했다.

"네가 10년 넘게 우리를 봐온 것처럼, 우리도 10년 넘게 너를 봐왔어. 넌 우리를 잘 안다고 생각하겠지만, 우리도 너를 잘 알아. 너는 궁금한 걸 못 참는 성격이면서 동시에 세상이 바뀌기를 열망해. 10년 넘게 정치부 기자로 살아왔던 것도 그 때문이 겠지. 누군가는 네가 시간이 흐른 뒤 정치에 뛰어들 것이라고 말하지만, 너는 이미 정치를 하고 있었어. 세상을 바꾸려는 열망, 그게 바로 정치지. 너의 직업이 무엇이든 말이야."

한주의 눈빛이 불타올랐다.

"세상을 바꾸고 싶은 거 인정해. 그래서 기자를 했던 거지. 내가 이동진 후보를 좋아하는 것과 별개로 말야." 한주는 잠시 호흡을 고르고 힘이 들어간 목소리로 말을 이었다. "내일 회견에 따라 많은 게 달라질 거야. 나는 기자를 그만두었지만 기자 정신은 아직 살아 있어."

그 말을 끝으로 한주는 또각거리는 하이힐 소리를 내며 멀어져갔다.

* * *

"한 가지 묻고 싶은 게 있습니다." 선호가 동진에게 말했다.

"뭔가?"

"지난번 토론 때…… 태종의 도움은 정말로 없었습니까?"

동진이 무거운 얼굴로 선호를 바라보았다.

선호는 마지막 연설 때 준비한 원고와 실제 동진의 연설이

상당 부분 달라졌다는 사실을 알고 있었다. 그렇기에 인혁이 의문을 제기한 뒤부터 한 가지 생각을 떨쳐버릴 수 없었다. 이동진이 이방원으로 조금씩 기울어지고 있다는 느낌이 들었다.

돌이켜보면 두 사람이 어떤 방식으로 대화를 하는지, 동진이 방원을 어떻게 생각하고 방원이 동진을 어떻게 생각하는지 선호는 알 수 없었다. 몇 번의 대화를 통해 동진과 방원은 몸의 주도권이 바뀌어도 서로의 언행을 아는 것처럼 보였다. 최근 들어 방원으로 바뀌는 순간이 점차 많아지고 있는 게 영 꺼림칙했다. 그건 동진이 방원의 논리에 차츰 동화되어가고 있다는 의미였다.

동진은 선호의 질문에 답을 하지 않았다. 선호가 내린 블라인드에 초겨울의 빛이 다가와 부딪혔고, 그 빛은 두 사람에게 짙은 그림자를 남겼다.

* * *

국회 소통관은 2월임에도 더웠다. 수많은 사람이 몰려서일 수도 있고, 카메라와 조명이 계속 켜 있어 그렇기도 했다. 각 신문사와 방송사의 로고 스티커가 붙은 노트북이 일렬로 줄을 서 있었다. 그런 열기와 달리 실내는 조용했다. 천장에서 물이 떨어지면 그 소리마저 들릴 듯했다. 선호는 이 순간이 역사에 기록될 것 같다는 생각이 들었다.

오전 10시였고, 날은 맑았다. 멀리서 동진이 천천히 걸어오고 있었다. 처음 방원이 동진의 몸속에 들어왔을 때 입었던 회색 줄무늬 양복이었다. 단정한 차림이었다. 선호는 동진의 얼굴을 찬찬히 살펴보았다. 낯설다는 생각이 들었다.

동진이 자리에 서자 플래시가 터지기 시작했다. 눈이 부셨다. 한주와 약속했던 대로 그가 준비한 연설문은 없었다. 동진이 입을 열었다.

"존경하는 국민 여러분. 제가 오늘 이 자리에 선 이유는 최근 여의도에 저를 둘러싼 의혹이 일고 있기 때문입니다. 참담하게도 의혹의 골자는 저의 마음속에 또 다른 인격이 있다는 것입니다. 처음에는 황당한 주장이라 그냥 덮고 넘어가려 했지만 점차 소문이 커져가면서 저에게 직접 묻는 사람들도 있었습니다. 그래서 저는 오늘 이 자리에서 분명히 밝히려 합니다. 아시다시피, 제가 가지고 있는 질환은 완치가 됐습니다. 저는 정상입니다. 의사의 소견과 실제 생활을 통해 확인이 됐습니다. 그럼에도 저에 대한 악의적인 논란이 더해지는 것은 참을 수 없는 일이라고 생각합니다. 국민 여러분. 여러분께서 지금 이 상황을 종식해주셨으면 좋겠습니다. 저는 이 자리에서 기자 여러분들의 모든 질문에 답하는 것으로 저에 대한 논란을 끝내고자 합니다."

동진의 말이 끝나자 여기저기서 손이 올라가기 시작했다. 동진이 한 사람을 지목했다. 지목을 받은 기자가 일어섰다. 효진이었다.

"대한신문 서효진 기자입니다. 후보님, 후보님을 둘러싼 수

303

많은 소문이 악의적일 수도 있겠지만 그에 대한 근거 또한 명확해 보입니다. 왜냐하면 후보님은 실제로 이상한 행동을 보이셨기 때문입니다."

효진이 자신의 휴대전화에 마이크를 갖다 대고 동영상 클립을 재생했다. 곧 음성이 흘러나왔다. 1년 전 동진이 종묘에서 위패에 부딪친 영상이었다. 부딪친 뒤 수찬의 부축을 받는 장면인 듯 동진이 수찬에게 말하는 소리가 고스란히 들려왔다. "주상전하는 어디에 있는가!"

효진은 동진을 쳐다보았다.

"이 음성과 화면 속의 인물은 이동진 후보가 맞습니다. 저희 대한신문이 여러 방송 전문가들에게 의뢰하여 맞는다는 검증을 받았습니다. 후보님, 후보님은 갑작스럽게 공황장애 선언을 하셨고 여름이 지나가는 동안 의정 활동을 전혀 하지 않으셨습니다. 이에 대한 설명이 필요하다고 생각합니다."

동진이 곧바로 답했다.

"이때 저는 종로 출마를 계획하고 있었기에 종묘에서 있었던 위패 봉안 행사에 참가하던 중이었습니다. 그런데 그날 위패를 운반하던 분이 발을 헛디디며 저와 부딪혔고 제가 잠시 정신을 잃었었습니다. 물론 바로 깨어났지만 멋쩍은 상황이라 농담으로 그 순간을 모면해야겠다는 생각을 했습니다. 그래서 여러분이 보신 바와 같이 행동했습니다. 공황장애는 저 영상과는 무관한 일입니다."

효진은 물러서지 않았다.

"이해가 가지 않는 설명이라고 생각합니다. 우연치고는 너무나 공교롭습니다. 이후 후보님이 별다른 입장 표명 없이 칩거하였는데 그동안 아무런 활동이 없었던 것도 언론 입장에서는 의아한 대목입니다. 후보님, 후보님은 앞으로 이 나라를 이끌어갈 대통령이 되실 수도 있는 분입니다. 지금 대한민국은 대통령 중도 사퇴라는 초유의 상황에 있습니다. 무엇보다 다음 대통령이 되실 분은 거짓이 없는, 모든 이들에게 신뢰를 얻을 수 있는 분이어야 한다고 생각합니다. 후보님에겐 한 점 문제가 없어야 하는데, 그런가요?"

동진이 잠시 효진을 보았다. 뭔가 말을 고르는 듯하더니 마침내 입을 열었다.

"기자님의 말씀처럼, 지도자가 될 사람은 어떤 거짓도 없어야 하고 신뢰를 줘야 한다고 생각합니다. 그것은 예나 지금이나 같습니다. 공자님도 말씀하셨죠. 정치에서 가장 중요한 것은 '신뢰'라고 말입니다. 다른 사람의 신뢰를 얻으려면 그에 따르는 행동이 중요하다고 생각합니다. 말은 누구나 할 수 있습니다. 주장은 누구나 할 수 있습니다. 하지만 말과 주장에 일치하는 '행동'을 하지 않으면 말은 비루해집니다. 주장은 빛을 잃습니다. 서효진 기자님, 그리고 여기 계신 다른 기자님들, 또 이 방송을 지켜보고 있을 많은 국민 여러분. 지난 4년간의 행적 중 제가 여러분에게 불신을 심어주는 행동을 해서 저에 대한 지지를 철회하신다면, 감내하겠습니다. 저는 지난 4년간 정권 실세와 맞서왔습니다. 그 때문에 많은 고초와 비난을 받았고 그로 인한 정신적 어려움도 겪었습니다. 그런 고난을 훈장이라고 자랑하고 싶지 않습니다. 그저 제가 해야 할 일이라고 생각했습니다. 세상의 어려운 일에는 직접 나서서 돕고 싶었습니다. 카메라 앞에서만 꾸며 말하고 행동하는 것이 아닌, 진정한 마음으로 세상에 저의 진심을 드러내고 싶었습니다. 제가 지금까지 해왔던 행동이 바로 그러합니다. 권력이 내리눌러 억울한 사람이 생기면 안 된다고 생각했습니다. 그래서 부딪쳤습니다. 권력과 맞서 싸웠습니다. 저는 그렇게 행동했습니다. 제가 지금 이 자리에 서 있는 건 지금까지 제가 살아온 인생에 대한 국민 여러분의 평가가 쌓여 이루어진 결과입니다. 그렇기 때문에 감히 말씀드립니다. 저는 어떠한 거짓말이나 속임수를 쓰지 않았음을 제 인생을 걸고 당당히 말씀드립니다."

그때였다. 누군가 손을 드는 모습이 보였다. 이동진 의원이 그를 가리켰다. 처음 보는 젊은 남성 기자였다. 선호는 의아함을 느꼈다. 경선 막바지였다. 전투나 다름없는 경선 과정 속에서 자신이 모르는 기자가 있다는 건 불가능했다. 선호는 그 순간 오싹함을 느꼈다. 송인혁이 보낸 기자였다.

"안녕하세요. 명정신문의 조상원 기자라고 합니다. 의원님께서는 거짓말을 하지 않으신 게 분명한가요?"

"그렇습니다."

"그렇다면 이건 뭔가요?"

조상원 기자가 사진 하나를 내밀었다. 동진이 한복을 입고 있는 사진이었다. 멀리서 찍어 흐릿하긴 했지만, 동진이 분명했다. 동진이 기자를 가만히 내려다보았다. 동진의 첫 마디는 엉뚱했다.

"한복을 입은 게 잘못된 일입니까?"

"지금까지 평생 입지 않았던 한복을 갑자기 입는다고요? 의원님은 미국 유학을 다녀오셨습니다. 과거 기사를 찾아보니, 한자나 고사성어에 익숙하지 않아 국회에서 일할 때 힘들다고 말씀하신 적도 있더군요. 그런 분이 최근 들어 갑자기 한자를 쓰고 공자와 맹자를 논하십니다. 갑작스러운 심경의 변화가 있으신 게 아니라면 이해하기 어렵습니다."

동진이 선호를 바라보았다. 선호도 동진을 쳐다보았다. 동진은 숨을 가다듬었다.

"We hold these truths to be self-evident, that all men are created equal, that they are endowed by their Creator with certain unalienable Rights, that among these are Life, Liberty and the pursuit of Happiness."

갑작스러운 영어에 사람들이 당황할 때쯤 다시 동진이 말했다.

"또한 공자는 이렇게 말했습니다. 구분廐焚. 자퇴조子退朝 왈曰 '상인호傷人乎?' 불문마不問馬."

기자들이 웅성거리는 소리가 들렸다. 동진이 말을 이었다.

"첫 번째 말씀드린 건, 미국의 독립선언문입니다. 이렇게 간략히 해석할 수 있겠죠. '우리 인간은 모두 평등하게 태어났으며, 그 누구에게도 양도할 수 없는 권리를 부여받은바 그 권리

중에는 생명과 자유와 행복의 추구가 있다.' 그리고 다음에 말씀드린 건 이런 뜻입니다. '공자가 퇴근을 한 뒤 마구간에 불이 난 것을 알고 사람이 다쳤느냐고 물었지만 말에 대해서는 묻지 않았다.' 제가 인용한 두 문장이 똑같이 강조하는 것은 '인간'입니다. 정치하는 사람의 가장 큰 본령은 사람을 귀하게 여겨야 한다는 것입니다. 2,500년 전 중국의 한 위대한 학자가 그랬고, 300년 전 미국의 독립을 외치던 사람들도 그러했습니다. 이를 제가 공감하고 존중한다고 하여 정신적으로 이상한 사람이 되어야 합니까?"

* * *

미세먼지 바람이 강하게 불었다. 국회 앞 횡단보도를 건너는 모든 사람들이 마스크를 쓰고 있었다. 문득 1년 전 방원의 얼굴을 가리기 위해 마스크와 선글라스를 씌웠던 때가 생각났다. 그래도 눈에 띄기는 마찬가지였지만. 1년 사이 수많은 일들이 일어났다. 선호에게도, 이 나라에도.

"취임식 날에도 이러면 곤란한데……." 선호가 혼잣말을 내뱉었다.

동진의 승리는 코앞으로 다가왔다. 본 투표가 내일이었다. 사전투표는 이미 끝났다. 선호는 지역 조직으로부터 보고를 받았는데, 전통적으로 야당이 유리한 선거구에서는 사전투표율이 낮고, 여당이 유리했던 선거구에서는 사전투표율이 높다고 했다. 선호와 동진은, 아니 방원까지 승리를 예감하고 있었다.

두 달간의 유세 기간 동안 동진은 여론조사 결과에서 단 한 번도 뒤처진 적이 없었다. 대통령의 탈당 및 자진 사퇴와 조기 대선이라는 악재 속에서도 동진이 이길 수 있었던 건 대통령 및 양종훈과 각을 세웠던 행보를 통해 '여당 내 야당'이라는 인식이 가장 주요했다. 경선 후 양종훈의 조직을 모조리 흡수한 행보도 승리에 큰 요인이 되었다.

이 과정에서 동진과 선호에게 가장 큰 도움을 준 사람이 방원이었다. 방원은 본인이 반反 정도전 세력을 어떻게 규합했는지 세세히 알려주었다. "가별초엔 아바마마 사후에도 권한과 명예가 그대로 이어진다고 얘기했지. 삼봉의 반대편에 섰던 신하들에겐 삼봉만 죽으면 그 일파의 권력을 받을 수 있다고 귀띔했고. 과인의 지지 세력들한테는 마지막까지 믿고 맡길 만한 사람들은 자네들밖에 없다고 주지시켰지."

방원의 귀띔대로 동진은 각자의 이해관계에 맞는 말로 지지를 얻어냈다. 그러는 중에 선호는 방원이 없으면 동진이 제대로 대통령직을 할 수 있을까 하는 의구심도 들었다. 그러나 그 문제는 우선 선거에서 승리하고 난 다음 생각하기로 했다. 그 뒤에 고민해도 될 터였다. 방원이 언젠가 충고해준 적이 있었다. "지금 결정할 문제는 지금 결정하고, 다음에 결정할 문제는 다음에 결정하게. 지금 결정할 것과 나중에 결정할 것을 구분하여 판단하는 게 무엇보다 중요하네." 선호는 그 말을 따랐다.

횡단보도를 건너와서 의원회관을 쳐다보았다. 10년 넘게 봐온 건물이었지만 이상하게 낯설다는 생각이 들었다. 선호는 무의식중에 휴대전화를 들어 카메라 애플리케이션을 켠 다음 회관 건물을 찍었다. 대통령실로 들어가면 당분간 와볼 수 없을 터였다.

"후보님이 찾으세요."

"나를? 왜?"

회관으로 들어온 선호를 기다리는 건 동진이 자신을 찾고 있다는 소식이었다. 얘길 전해 들은 선호는 고개를 갸웃했다. 휴대전화도 있는데 굳이 그럴 필요가 있나 싶은 생각이 들었다. 더구나 동진은 지금 마지막 유세 중이었다. 선거일 하루 전, 동진은 부산에서 서울로 올라와 마지막 유세를 진행하는 중이었다. 그 바쁜 시간에 자신을 찾는다고? 무슨 일이지?

선호의 의아해하는 표정을 눈치챘는지 수찬이 재빨리 동진의 말을 전했다.

"'그곳'에서 보자고 하시네요."

"아아……."

선호가 고개를 끄덕였다. 여당 대선후보가 된 뒤, 동진의 보안 문제가 대두됐다. 기존 동진의 오피스텔은 보안사고가 날 공산이 컸다. 동진은 종종 방원과 대화를 나누기 위해 '전신 거울'을 쓰곤 했는데 그런 모습이 카메라에 잡히기라도 하면 큰일이 날 터였다. 그래서 동진과 선호, 수찬은 또 다른 장소를 하나 빌렸다. 경복궁 옆 동십자각 바로 앞에 있는 건물이었다.

310

정면에는 경복궁, 양옆으로는 국가 시설들과 대사관이 몰려 있어 보안에 용이하다는 점이 고려됐다. "반대편 건물에서 길게 망원렌즈를 뽑아도 이 건물을 볼 수는 없다는군." 하는 동진의 말에 수긍하면서도 선호는 '이방원의 아이디어가 아닐까?' 짐작을 해보았다. 수찬이 말을 이었다.

"유세가 다 끝나고 난 뒤, 12시 이후에 보자고 하셨고요."

선호는 별다른 생각 없이 고개를 끄덕였다.

선호가 경복궁 앞 오피스텔에 도착한 건 새벽 1시가 조금 넘었을 때였다. 선거 당일 해야 할 몇 가지 일정 검토를 마친 선호는 쓰고 있던 안경을 내리누르면서 살짝 하품했다. 오피스텔 앞에는 언제나 그렇듯 경호 차량이 서 있었고, 건물 안에서는 대선후보 지명 직후부터 대통령실에서 파견 나온 후보 경호 인력들이 선호를 쳐다보고 있었다. 선호는 그들을 향해 눈인사를 했다. 경호 인력이 있다는 건 동진이 안에 있다는 말이었다. 경호원들도 선호가 익숙한 듯 제지하지 않았다. 선호는 엘리베이터를 타고 동진의 오피스텔이 있는 8층 버튼을 눌렀다. 그때까지만 하더라도 그는 별다른 낌새를 눈치채지 못했다.

평소와 다른 이상한 느낌이 든 건, 동진의 오피스텔 문 앞에 와서였다. 문 앞을 지키고 있어야 할 경호원들이 보이지 않았다. 문이 살짝 열려 있었다. 대선후보가 있는 집의 문이 열려 있다니. 선호는 빠르게 심장이 뛰는 걸 느꼈다. 안으로 살짝 발을 들이밀자 서서히 문이 열렸다. 선호는 아주 느릿느릿하게 발걸음을 옮겼다. 현관 앞 긴 복도를 따라 부엌이 딸린 거실 쪽으로 향했다. 거실 오른쪽에는 회색빛 소파가 있고, 거실과 부엌을 가르는 곳에 흰색 식탁이 놓여 있었다. 거실 창문 밖으로는 경복궁과 동십자각이 보였다.

동진은 거실에 없었다. 선호는 부지불식간에 거실 왼쪽에 달린 방으로 시선을 돌렸다. 살짝 열린 방문 사이로 거울을 마주하고 서 있는 한 남자가 보였다. 방원과 대화를 나누고 있는 동진이었다. 경호원이 자리를 비운 것이 이해되었다. 아무도 몰랐어야 했으니까. 선호는 몸을 돌려 조용히 나가려다 두 사람이 나누는 대화 소리에 발걸음을 멈추었다. 무슨 이야기를 나누는지 궁금했다.

"재미있으셨습니까?"

동진의 말에 거울 속 방원이 웃으며 말했다.

"백성들에게 권력을 달라고 애걸하는 거, 두 번은 못 하겠네만 재미있긴 하더군. 권력을 갖는 일인데 그 정도가 대수겠나."

"지난번에…… 시장에서 잠시 몸을 빌려드린 적이 있지요. 그때도 여느 대선후보처럼 길거리 음식도 사드시고 필요 없는 물건도 구매하고 재미있게 하시더군요."

"과인이 경험해보고 싶다고 조르지 않았나. 가면을 쓰고 있는데 하나 더 쓴다고 뭐가 달라질까."

두 사람이 거울을 사이에 두고 함께 웃는 모습이 보였다. 방원이 웃음을 멈추더니 말했다.

"그래, 이제 '힘'을 가지게 됐군. 과인에게 다짐한 대로 이 나라를 이끌 생각인가?"

"그렇지만 원칙은 유지할 생각입니다. 지난번에 말씀드린 것처럼 말이죠."

방원이 혀를 끌끌 차는 모습이 거울을 통해 비쳤다.

"권력이란 말일세. 다른 자들을 의식하면 제대로 쓸 수 없네. 나라를 제대로 이끌기 위해서는 자네가 똑바로 진두지휘해야 한다는 걸 몇 번이나 말했나?"

동진이 방원에게 말했다.

"말씀해주신 걸…… 이해는 합니다만…… 지난번 토론 전에, 그 전에 말씀드리지 않았습니까. 이 대한민국을 이끌고 가려면 증오와 반대만으로는 안 된다고요. 국왕께서도 그건 동의하지 않으셨습니까."

"그래…… 그랬지. 왕은 자신의 감정에 치우쳐 결정을 내려서는 안 되지. 국가를 위해서는 감정을 내려놓고 결정을 내려야 해. 과인이 자네에게 양녕을 내칠 때의 감정을 말한 적이 있었나?"

"그러셨죠. 그때는 한 가정의 아비가 아니라, 국가를 맡은 통치자로 결정했다고 말씀하셨죠."

"그랬지. 과인이 주상*에게 마지막으로 남긴 말도 양녕을 도성에 들이지 말라는 거였네. 양녕이 도성으로 들어오면 주상에게 흠집이 생기니까. 주상을 반대하는 사람들이 양녕에게 붙을 것이 명약관화하니까. 정치를 잘 몰랐던 그때의 주상은 그걸

---

* 세종.

313

몰랐을 테니까. 과인이 자네에게 지금 말하고자 하는 것도 같은 이치일세."

"무슨 말씀이십니까?"

"장선호와 김수찬 말일세. 특히 장선호."

동진이 거울 안의 방원을 바라보았다.

"장선호를…… 쓰지 말라는 말씀이십니까?"

거울 안 방원이 고개를 도리질했다.

"쓰지…… 않는 것만으로는 안 되지."

방원이 단호하게 말했다.

"내쳐야 하네."

동진의 얼굴이 어떤 표정인지 선호는 알지 못했다. 동진이 등을 돌리고 있었으니까. 단지 어조는 평이했다.

"왜입니까?"

거울 안 방원이 냉담한 태도로 말했다.

"과인이 양녕을 내쳤듯이, 주상을 올리고 처가를 몰아낸 것과 같은 이유지. 과인이 계속 자네의 몸속에 있는다고 하면, 장선호와 김수찬은 자네의 일에 방해가 되는 사람들일세. 자네의 '약점'을 잡은 사람들이란 말이지. 특히 장선호가 문제네. 얼마 전에 장선호가 자네와 이야기하다가 속내를 삼키는 걸 느꼈네. 아니, 보았지. 권력이 다가오고 힘을 쓸 때가 다가오니 그 친구도 자신의 속내를 숨기기 시작했어. 그것이 문제네. 어느 날 밤인가, 남산 아래에서 '왕은 정치를 하시면 안 됩니다.'라고 말하던 장선호가 아니네. 그 역시 권력이 오니 자기를 잃어버리기

314

시작한 게지. 그런 자들을 계속 같이 두었다간 제 발에 넘어지기 일쑤네. 그리고 과인 탓을 하겠지. 과인에게 대들었던 양녕처럼 말일세."

동진은 침묵했다. 방원의 말이 이어졌다.

"이 시대에 온 뒤로 많은 사람들이 과인을 평가하는 것을 보았지. 학살자라는 표현부터 피도 눈물도 없는 냉혈한, 자식에 관대했던 군주, 아버지와 대립한 패륜아 등등. 누군가는 '킬방원'이라고 하더군. '킬'이라. 과인의 이름 앞에 '죽음'이 있다니 생경한 느낌이었네. 과인은 모든 말에 부정하지 않아. 왜인 줄 아나? 나는 내 아이가 붙인 '태종' 이방원이기 때문이지. 결국 과인은 조선을 반석 위에 올렸어. 내 아이가 그래서 나에게 '태종'이라는 묘호를 붙인 게지. 과인이 역사에 남을 수 있었던 이유가 뭔지 아나? '힘'과 '뜻'을 일치시켰기 때문이지. 자네가 말해준 이 나라를 이끌겠다는 포부, 좋네. 마음에 들어. 하지만 뜻을 관철하려면 반드시 '힘'이 필요하네. 지금까지 과인의 조언으로 힘을 얻기 직전까지 간 건 맞지만, 앞으로는 더 험난한 세월이 기다리고 있을 걸세. 자네는 그걸 잘 헤쳐 나갈 수 있겠는가?"

방원의 말이 이어지는 동안 동진은 고개를 떨구고 있었다. 동진은 방원의 말이 끝난 뒤에도 한참 동안 말이 없었다. 동진이 고개를 천천히 들어 올렸다. 선호는 동진의 굳어 있는 어깨를 바라보았다. 결심이 선 듯 동진이 입을 열었다.

"장선호와 함께하지 않겠습니다."

9. 열아홉 해의 호랑이 등

선호는 책 한 권을 파란색 플라스틱 바구니에 넣었다. 이어 휴대전화가 담겼고, 마지막으로 자동차 키가 들어갔다. 선호는 더 이상 전자담배도, 연초도 피우지 않았다. 선호는 경호원의 몸수색을 담담히 받았다. 경호원이 이상 없다는 신호를 보냈다. 문이 서서히 열렸다. 부속실장이 말하는 소리가 들렸다.

"대통령님. 장선호 씨가 오셨습니다."

책상 앞에 익숙한 얼굴이 앉아 있었다. 뒤에는 봉황 그림 액자가 걸려 있었다. 모니터가 켜져 있었다. 남자는 한참 뭔가를 읽고 있다가 얼굴을 들었다. 선호를 본 남자가 환하게 웃었다. 선호는 고개를 숙였다. 남자가 말했다.

"얼마 만인가, 자네. 고맙네."

"아닙니다. 무탈하게 잘 지내셨습니까?"

"이 자리에 오르고 보니 힘들군. 남보다 윗자리에 있는 건 몇 년이 지나도 익숙하지 않아. 자네도 알지 않은가."

선호는 고개를 들었다. 남자가 손짓했다. 남자는 책상 옆에 마련된 소파로 향했다. 선호가 그 뒤를 따랐다.

"이리 와서 앉게. 오랜만에 옛이야기나 하자고."

선호가 주위를 둘러보더니 낮게 속삭였다.

"성은이 망극하옵니다."

남자가 살짝 웃었다.

"이제는 아니야. 더는 아닐세."

* * *

동진은 거울 속 방원을 똑바로 바라보았다. 한마디 한마디 명확하게 그는 말했다.

"장선호와 함께하지 않겠습니다."

방원이 고개를 끄덕이는 모습이 보였다. 동진은 바로 말을 이었다.

"바깥에 두고 조언을 얻고자 합니다."

"무슨 말인가?"

방원은 애써 침착하려는 얼굴이었지만 당황스러움은 숨기지 못했다. 동진이 말했다.

"예전에 말씀드린 바 있지 않습니까? 한국의 역대 대통령들은 모두 다 구중궁궐에 갇혀 쓴소리를 듣지 않으려고 해서 결과적으로 다 자신들의 임기도, 인생도 망쳐버렸다고요. 그때 임금께서는 뭐라고 하셨습니까?"

"다 대간을 두지 않아서라고 했지."

"그러셨죠. 그러면서 말씀하셨죠. '과인이 왜 대간을 뒀는지 아나? 과인도 귀찮고 피곤했지. 매일 과인에게 이래라저래라 쓴소리하는 게 마음에 들지 않았지. 하지만 그게 나라를 위해서는 다행한 일이네. 비판하고 욕하는 관직을 상설화하여 더 큰 권한을 쥐여주니, 그들은 그들의 역할을 다하기 위해 과인뿐 아니라 대신들도 견제하고 비판했지. 결과적으로 나라를 운영하는 큰 동력이 되었지.'라고 하셨죠."

"그래 그랬네."

"장선호에게 그 역할을 맡기겠습니다."

"내치지 않고?"

의아한 듯 물어보는 방원에게 동진이 말했다. 부드럽고 여유 있는 말투였다.

"그의 재능이 아깝다고 말하면, 저를 우유부단한 사람이라고 하시겠죠?"

"한번 들어보지. 자네의 '정치'에 대해."

"저의 '정치'는 타인에 대한 믿음을 기반으로 합니다. 그래서 저는 장선호를 믿어보려 합니다."

동진의 대답이 끝남과 동시에 밖에서 몰래 엿듣고 있던 선호가 두 사람이 있는 방 안으로 불쑥 들어섰다. 선호를 향해 동진이 고개를 돌렸고 거울 속 방원이 눈을 치켜뜨며 외마디 소리를 질렀다.

"장선호!"

선호는 고개를 숙였다.

"죄송합니다. 본의 아니게 엿듣게 되었습니다."

방원은 화를 냈다. 선호가 재빨리 말했다.

"제 거취에 대한 이야기여서 어쩔 수 없더군요. 엿듣게 되었습니다."

동진이 쓴웃음을 지으며 말했다.

"괜찮아. 어디부터 들었어?"

선호가 턱을 긁적거렸다.

"저를 내치라는 말씀부터요."

방원의 얼굴은 냉담했다.

"미안하다는 말은 할 수 없네."

"저도 압니다. 권력이란 원래 그러니까요…… 후보님에게 묻고 싶습니다. 왜 저를 믿는다 하셨습니까?"

선호는 동진이 자신을 믿는다고 말할 때 지난 시간을 보상받는 느낌이었다. 동진이 말했다.

"자네는 나를 얼마나 믿나?"

"……100%라고 답해야겠지만, 저기 태종 이방원께서 제 마음을 꿰뚫고 있으니, 80% 정도라고 해야겠네요."

"나도 그 정도야."

순간 선호가 동진을 바라보았다.

"그럼에도 믿으신다는 건……."

"사람 쓰는 게 원래 그런 거야."

동진이 고개를 돌려 거울 속 방원을 쳐다보았다.

"언젠가 황희*를 내칠 때 경험을 들려주신 적이 있으시죠?"

거울 속 방원이 말했다.

"그랬네. 그렇게 과인이 믿었는데, 결정적인 순간에 과인을 배신하고 양녕을 택하더군. 과인이 죽고 난 뒤 왕위에 오를 게 분명한 양녕에 공을 세우려는 것으로밖에 보이지 않았지. 그래서 내쳤네."

"그리고 나중에 돌아가실 즈음 황희를 불러올리셨고요. 왜 그러셨습니까?"

거울 속 방원이 뺨을 긁적거렸다.

"정치적 경험이 부족한 내 아이에겐 황희만한 사람이 없었으니까. 황희는 내 진심을 알아주고 주상에게 충성을 다할 테니까."

"저도 그런 이유입니다."

동진이 다시 선호에게 몸을 돌렸다.

"나는 지난 몇 달간 태종 이방원과 많은 걸 같이했지. 그의 말을 들으면서 느낀 건, 결국 정치는 내가 추구하는 가치와 그것을 현실화시키는 힘의 조화라는 거였어. 왕은 나에게 계속 정치를 잘하려면 타인의 욕망과 욕심을 건드리고 그걸 이용하라고 했지. 일리가 있는 말이었지. 그래서 철없던 비례대표 초

---

* 1363~1452. 고려 말 조선 초의 문신. 태종 때에는 지신사(도승지의 전신)로, 태종의 최측근으로 활동하며 국정 전반을 관할했지만 양녕대군의 폐세자를 반대하다 태종의 분노로 파직, 유배까지 갔다. 이후 세종대에 태종의 조언으로 다시 조정에 등용, 이후 18년간 영의정직을 지내며 세종의 정치에서 상당히 활약했다.

선의원 이동진은 막중한 책임을 짊어진 대선후보가 된 거고, 그렇게 대통령 자리에까지 다가선 거지."

잠시 침묵이 흐른 뒤 동진이 다시 말했다.

"하지만, 그것만으로는 나라를 다스릴 수 없지. 상대방에 대한 증오와 분노가 판을 치는 대한민국에서 타인의 욕망을 자극하고 타인의 욕심을 이용하는 정치는 오래가지 못해. 내가 내린 결론은 결국 사람에 대한 믿음이네. 믿음 위에서 욕망과 욕심을 말하고자 하네. 그것이 내 결론이야."

거울 안 방원이 냉정한 표정을 지었다.

"자네의 믿음을 누군가는 이용하려 들 걸세. 자네에게 패배를 안기려 하겠지. 그래도 괜찮은가?"

동진이 팔을 둘러 선호의 어깨에 걸쳤다.

"그래서 장선호입니다. 주상의 이야기를 알아듣고 의도를 파악해내던 그 능력은 저의 정치를 판단하고 평가해주는 데 맞습니다. 대간의 역할로 장선호가 적합한 것 같습니다."

* * *

이동진 대통령은 잔잔한 미소를 지으며 장선호를 바라보았다. 그리고 시선을 한쪽으로 돌렸다. 선호도 대통령의 시선을 따라 고개를 돌렸다. 대통령의 시선이 책상 뒤편에 걸린 봉황 그림 쪽으로 움직였다. 그리고 어느 한 대상에 멈췄다. 책상 오른쪽에 놓인 기나긴 전신거울이었다. 대통령과 조선의 임금이

321

마주 보며 말하던 바로 그 거울을 대통령은 한동안 바라보았다. 그리고 다시 선호를 응시했다. 쑥스럽다는 듯 대통령이 웃으며 말했다.

"어쩌면, 태종 이방원이 다시 올 수도 있을 것이라 생각했지. 그래서 여기에 가져다 놓았어. 하지만 오지 않더군. 올 수 없으리라 알고는 있었지만 때로는 보고 싶어지더군. 자네는 그렇지 않은가?"

"저도 그렇습니다."

주저하지 않고 선호가 답했다.

* * *

"고맙네."

방원이 말했다. 동진과 선호는 거울 속 방원을 쳐다보았다.

방원이 부드럽게 웃음 지었다.

"자네들이 고맙네. 이 세상에 떨어진 후 자네들은 나의 가족이었네. 그리고 자네들이 지금 해준 말이 과인이 왜 이 세상에 오게 되었는지에 대한 답이 되었네."

거울 속 방원은 천천히 무릎을 꿇었다. 방원의 갑작스러운 행동에 동진과 선호도 같이 무릎을 꿇었다. 방원은 무릎 꿇은 자세로 동진과 선호를 정면으로 바라보았다.

"그때 위패에 내 머리를 부딪치라고 했을 때, 과인이 어떤 생각을 했는지 아는가?"

"어떤 생각이었습니까?"

선호의 질문이었다.

"돌아가고 싶지 않다는 생각이 들었네. 자네들의 세상은 기이하고 매력적이어서 도저히 떠나고 싶지 않았네. 괴력난신이 이 세상을 즐겨보라고 과인을 내려보냈으니, 재미있게 놀려고 했지…… 그래서 마음속으로는 아조로 돌아가지 않게 해달라고 빌었네. 이제 알겠네. 과인이 왜 지금 여기 이 대한민국에 내려왔는지, 과거 열여덟 해 동안 호랑이 등에 올랐던 과인이 어째서 작금에 다시 호랑이 등에 타려 했는지."

방원은 잠시 말을 끊고 눈을 감은 채로 느릿느릿 말했다.

"이동진. 장선호. 자네들은 이 땅 위에서 훌륭한 정치인이 될 걸세. 정치란 말이지, 원칙을 놓아서도 안 되지만 현실을 외면해서도 안 되네. 과인은 그래서 아바마마와 반목했고, 포은을 죽이고 삼봉을 처단했네. 그렇게 만든 국가를 충녕에게 물려주었고, 충녕은 번듯한 나라를 만들어 보답했네. 자네들도 그렇게 하면 되네. 다시 생각해보니 조선은 내가 반석 위에 올린 것이 아니었네. 내 아이, 막둥이* 충녕…… 세종대왕이 만들었지. 나는 지금 태종이라는 이름보다는 세종의 아버지로 칭해지는 것이 뿌듯하네. 언젠가 류다혜가 말했던 것처럼, 세종이 있었기에 내가 있었지. 그리고 지금, 과인은 여기 이 땅 위에 다시 자네들을 남기네. 자네들의 답이 왜 일 년 동안 과인이 다시 호

---

* 세종대왕의 아명.

랑이 등에 올라탔는지를 깨닫게 해주었네. 고맙네. 과인은 이
제…… 다시 돌아가야겠지."

순간 방원의 다리 부분이 지우개로 지워지듯 조금씩 사라지
고 있었다. 지워져가는 몸의 경계 부분은 마치 여의도 앞 한강
의 윤슬처럼 반짝이고 있었다. 그리고 사막 위의 신기루처럼
순간순간 흔적을 감추었다. 선호와 동진은 놀라 소리를 지를
뻔했는데 눈을 감은 방원의 평온한 미소를 보며 겨우 참아낼
수 있었다.

방원이 살며시 눈을 뜨고는 담담히 말을 이었다.

"괜찮네. 과인이 천지신명의 뜻으로 여기 온 것처럼 다시 본
래 자리로 돌아가는 것일 뿐이네. 자네들이 있기에 이제 과인
은 이 땅에 있을 필요가 없을 것 같군. 과인이 들려주고 싶었던
이야기도 다 해준 것 같고……."

영롱한 빛의 파장이 점점 몸 위로 번져 올라왔다. 발이 사라
지고 종아리가 사라졌다. 무릎 위로 올라오는 반짝이는 빛의
속도가 점차 빨라졌다. 거울 속 방원의 몸이 허리 위로만 남았
을 때 방원은 느릿하게 말했다.

"하나만 당부하지. 대간으로는 장선호보다는 유한주를 쓰게.
장선호는 대간보다는 더 중요하고 긴한 일을 맡겨야 할 거야.
무슨 말인지는 좀 지나면 자네도 알 수 있을 것 같네. 할 말을
서슴없이 하는 유한주야말로 권력에 바른 소리를 하는 대간에
적합하네. 유능하고 양심 바른 대간이 있을수록 조정은 평안해
지지. 그래서 과인이 대간을 싫어하면서도 유지한……."

마지막 말을 채 마치지 못하고 방원은 거울 속에서 밝은 빛과 함께 사라졌다. 동진과 선호는 방원이 사라지는 모습을 끝까지 지켜보며 아무 말도 할 수 없었다.

방원이 밝은 빛과 함께 사라진 날 동진은 선호에게 부탁했다. "책을 한 권 써주게. 이방원이 이 세계로 온 이후 있었던 일을 남김없이 기록해주게. 앞으로 우리에게 필요한 책이 될 것이네. 책이 완성되면 그때 우리 만나서 다시 이야기하지."

선호는 그렇게 하겠다고 답했다. 대통령의 부탁이라서가 아니었다. 선호 역시도 지난 1년의 시간에 대한 정리가 필요하다고 생각해서였다.

* * *

"책이란 걸 처음 써보는 터라 어떻게 써야 할지 몰라 그간 일어난 일들과 제 기억 속의 이야기들, 그리고 태종께서 해주신 여러 이야기들을 소설 형식으로 정리해보았습니다. 제가 직접 경험하지 못한 일들과 몇몇 장면들은 상상으로 채워 넣었고요. 그리고…… 태종께서 하신 말 중에 직접 드러낼 수 없거나 예스러운 어투들은 조금 다듬고 걸러내기도 하였습니다."

선호는 동진에게 책을 건네주었다. 동진은 감회에 젖은 듯 말없이 책을 쓰다듬었다. 조심스러웠다. 그러고는 소파에서 일어났다. 의원회관에서 가져온 소파였다. 방원이 처음 앉았던.

동진은 집무실 책상 뒤 봉황 그림 아래에 있는 책장으로 향했다. 잠시 그는 책을 고르는 듯하더니 한 권의 책을 찾아 꺼냈다. 조선시대 제본 형식으로 만들어졌지만 최근에 나온 듯 표지와 내지의 상태는 깨끗했다. 거기에는 조선시대 제본 형식으로 만들어진 책답지 않게 군데군데 포스트잇이 붙어 있었다. 동진이 선호에게 책을 건네주었다.

"태종께서 계셨을 때 쓴 책이네. '태종 이방원이 후대에 이르는 책'이라는 제목이더군. 언젠가 자네가 태종에게 이 책을 써주면 돈을 준다고 했다지. 태종께서 그 말을 잊지 않고 쓰신 것 같네. 책값은, 종묘에 지불하기로 했네. 내가 중요한 사안에 대해 결정을 내릴 때 참고하는 책 중 하나지. 아니, 절대적으로 신뢰하고 의존하네."

소파에 앉은 선호를 바라보며 동진이 담담하게 말했다.

"책을 넘겨보게."

선호는 책장을 넘겨보았다. 붓글씨로 쓴 한자가 가득했다. 위에서 아래로, 오른쪽에서 왼쪽으로 읽어야 했다. 그런데 책의 첫 시작 페이지는 한글로 다음과 같은 글이 적혀 있었다.

장선호 보게.

이방원일세. 전조에서 내 아이 세종이 올린 묘호로는 태종일세. 이 글은 자네가 과인에게 일어난 일을 기록해달라고 청했던 게 생각나서 적어본 것이네. 재화를 달라고 했네만 언젠가 이동진에게 물어보니 다 써야 준다 하더군.

유세가 벌어지는 동안 내 옛날 일들을 좀 생각해보았지. 정리가 잘 되더군. 기억나는 대로 밤에 정리해보았네. 처음엔 수찬이 받아 적긴 했네만 과인이 직접 쓰는 게 결국 옳다는 생각이 들더군.

고마웠네. 과인이 이 땅 위에 서게 된 후 자네는 나의 아바마마와 같은 사람이었고, 어마마마 같은 사람이었네. 그걸 자네에게 말하진 않았지만 알고 있을 것이라 생각하네. 과인이 자네와 만난 건 천행이었어.

언젠가 자네가 나에게 물었네. 왜 지금 여기서 정치를 하려고 하는지 궁금하다고 말일세. 나는 스스로에 당당해지고 싶다고 했지만 돌이켜보니 그건 아닌 것 같네.

언젠가…… 그 자동차인가 뭔가 하는 기물을 타고 오다가 과인이 예전에 살던 궁궐을 본 적이 있네. 동십자각이 따로 떨어져 있더군. 작금 과인의 신세가 저 동십자각과 그리 다르지 않다고 생각했네. 홀로 전각 하나가 솟아 있는데 쓸쓸한 내 신세와 같다고 생각했지. 과인은 이 시대와 맞지 않네. 과인은 조선이 좋네. 작금은 과인의 시대가 아니지. 그래서 더 몸부림쳤을 수도 있다고 생각하네.

어쩔 수 없이 정치를 하였지만, 정치라는 걸 할 때마다 외로움을 많이 느낄 수밖에 없었네. 다른 사람의 의도를 파악해내야 하고 그 의도대로 움직이거나 때로는 반대의 결과를 모색해야 하지. 그 누구와도 마음을 공유할 수 없지. 때로는 속이고 때로는 속았지.

과인은 열여덟 해 동안 그 고통스러운 일을 해왔네. 그 일에서 물러났을 때는 마치 맹렬한 호랑이 등에서 내려온 것처럼 시원했네. 그런데 내 아이는 달랐지. 내 아이는 나보다 나은 정치를 했네. 사람을 죽이지도 않았고, 신하의 욕심과 욕망을 자극하지도 않았지. 작금에 몇몇 책을 읽어보니 내 아이의 행적이 보이더군. 그 아이는 과인이 살아 있을 때처럼 뚝심 있게 의견을 신중히 검토하고, 신하들과 토론하더군. 그렇게 과인과 달랐기에 내 아이는 세종대왕이 될 수 있었네.

결국 정치가는 원칙과 현실을 조화시켜야 하네. 원칙을 놓아서도 안 되지만 현실을 외면해서도 안 되네. 후회하지 않네. 과인은 결국 결과를 보았네. 뿌듯하네. 내 아이에게 그리고 양녕을 버리고 그 아이를 택한 나에게. 정치라는 건 그런 거 아니겠나. 원칙이라는 좁디좁고 위험한 나무다리를 현실이라는 번듯한 돌다리로 만드는 것. 과인과 내 아이는 방안은 달랐지만, 결국 성공했네. 그게 정치네. 자네는 어떻게 생각할지 모르겠지만.

자네에게 고마운 마음 전하려 쓴 글인데 말이 많아졌군. 이만 줄이겠네.

에필로그

뜨겁고 눈부신 햇살이 내리쬐는 7월이었다. 종묘의 정문을
나선 선호는 횡단보도를 향해 천천히 걸었다. 정면에 세운상가
가 보였다. 선글라스를 쓴 선호는 손을 펴 머리 위 햇살을 가렸
다. 창덕궁에 잠시 모셨던 조선왕조 왕들의 위패는 종묘 안 정
전正殿*의 수리가 끝난 뒤 다시 종묘로 돌아왔다. 선호는 정전
의 두 번째 칸 앞에서 오랫동안 서 있었다. 아주 오랫동안.

종묘와 세운상가를 이어주는 횡단보도에 파란불이 켜졌다.
횡단보도를 건너며 선호는 대통령실에서 나눈 동진과의 대화
를 떠올렸다.

"나도 궁금했지. 왜 태종 이방원께서 선호, 자네가 아니라 유
한주를 복직시키라고 했는지 말이야."

---

* 종묘의 중심건물로 태조를 비롯해 19명의 조선왕조 임금과 30명 왕후의 위패가 모
셔져 있다. 태종의 위패는 19칸 중 왼쪽 두 번째다.

"저 역시 궁금했습니다."

"태종이 쓴 저 책을 여러 차례 읽고 나서야 깨달았네." 동진이 소파에 앉으며 말을 이었다. 낮고 가라앉은 음성이었다. "태종 이방원이 왜 여기로 왔는지, 누가 그를 불렀는지 궁금하지 않은가?"

"……네……에?"

선호의 입에서 신음 같은 소리가 흘러나왔다. 대통령 이동진이 결연하게 말했다.

"나와 태종 이방원이 어떻게 한 몸을 쓰게 됐는지, 그가 왜 다시 돌아갔는지 궁금하지 않은가? 유한주가 이방원의 빙의를 눈치챌 무렵 대한신문에 양종훈의 비리를 제보한 사람은 누구였을까? 이방원의 의식 밑에 놓여 있던 나를 불러내 현실에서의 역할을 새롭게 맡게 한 존재는 무엇이고, 그날 밤 자네를 내 오피스텔로 오게 하여 살짝 열어놓은 문틈으로 나와 태종 이방원 간의 대화를 엿듣게 한 이는 누구였을까…… 그리고…… 이 모든 의문을 풀고 싶지 않은가?" 대통령의 얼굴은 조금 더 굳어졌다. "……동네 마실 다녀오듯 창덕궁에서 위패를 가지고 왔다가 다시 돌려놓은 그 조일선이란 작자의 실체를 먼저 확인해주기 바라네."

선호는 종묘에서 종로 3가 쪽으로 걸어 올라가며 주변을 둘러보았다. 올려다보니 3층과 4층짜리 작은 건물들이 즐비했다. 낡고, 좁았다. 선호는 이동진 대통령의 말을 다시 떠올렸다.

"태종 이방원은 이 모든 것을 우리가 직접 알아내기를 바란 것 같네. 그리고 대통령으로서도 장선호, 자네가 그 일을 맡기를 원해. 무엇보다⋯⋯."

선호는 자신을 바라보던 대통령의 표정과 눈빛이 이방원을 닮았다고 생각했다.

"무엇보다⋯⋯ 류다혜가 왜 죽었는지 알고 싶어. 그녀의 죽음은 사고가 아닐 수도 있어. 태종께서 이야기해주더군. 그녀의 죽음으로 많은 것이 바뀌었다고. 태종 자신이 이 땅 위에서 정치를 하게 만들었고, 그녀의 꿈을 이루기 위해 선호 자네는 모든 전력을 다했으며 무엇보다 나의 권력을 향한 욕망은 류다혜의 죽음을 헛되지 않게 하려는 생각 때문이었다고 말야. 그러니 다혜의 죽음은⋯⋯ 우연이 아니었다고."

길을 걷다 한 지점에 우뚝 멈춰 선 선호의 눈에 간판 하나가 보였다. 간판에는 '조일선 흥신소-3층'이라 쓰여 있었다. 그리고 바로 밑 2층에 또 다른 간판이 걸려 있었다. '해남 절임 배추 판매'.

선호의 입꼬리가 살짝 올라갔다.

헌릉에 다녀온 후

휴대전화를 뒤져 날짜를 찾아보니, 태종 이방원의 무덤인 헌릉에 찾아가 속으로 '이러이러한 책을 쓰기 시작했습니다. 죄송합니다.'라고 말했던 게 2021년 11월이었다. 물론 헌릉은 아무런 답을 하지 않았다.

알고 있었지만 용서를 빌어야 할 것 같았다. 나 역시 이방원이라는 역사적 인물을 멋대로 해석한 거니까. 그러므로 이 책은 실제 역사와 무관하다. 아울러 대한민국이 겪었거나 겪는 여러 정치적 사건과도 무관하다. 이 작품에서 등장한 모든 이름, 인물, 사건들은 허구다. 대한민국의 실존하는 인물, 장소, 건물, 제품과는 일절 관련이 없다. 그저 소설일 뿐이다.

헌릉에 다녀온 후 2년 반 가까운 세월 동안 '국회의원 이방원'은 언제나 머릿속 한편에 놓여 있었다. 사람들에게 읽히는 것 자체가 보람되고 영광된 일이다. 이 책을 집어든 분들은 지금 대한민국의 '정치'에 대해 하고 싶은 말이 많을 것이다. 나

역시 그 생각으로 이 책을 썼다. 책을 통해서라도 대한민국이 어디로 가야 하는지에 대한 생각과 토론이 많아지기 바란다. 그것만이 지금 하고 싶은 말이다.

책은 결코 혼자 만드는 것이 아니라는 걸 깨닫는 시간이었다. 그래서 감사드릴 분들이 많다. 조남규 편집국장, 정치부장이 된 이천종 선배, 우상규 선배를 비롯해 함께했던 경제부 식구들을 포함한 세계일보 구성원들에게 감사드린다.

좋은 기자는 어떻게 행동해야 하는지를 누구보다 일깨워주셨던 남상훈 선배, 기자를 넘어 좋은 사람은 어떤지를 알게 해준 김아진 선배에게 감사드린다. 장선호 보좌관의 모티브가 된 김진호 형, 많은 아이디어를 준 진성오 선배를 비롯한 여의도 사람들에게도 감사하다. 일하느라 힘들었을 텐데도 원고를 보고 의견을 준 이윤경, 양태욱, 배성철에게도 감사드린다. 좋은 벗 박성완, 박세희도 감사하다. 추천사를 써주신 이철희 전 청와대 정무수석과 장성철 소장에겐 특히 감사드린다.

초짜 저자를 데리고 책 만드느라 고생한 '첫 번째 독자' 북레시피 김요안 대표와 출판사 구성원들에게도 벅찬 감정이다. 어머니, 아버지, 형, 형수, 조카를 비롯한 가족들도 고마울 따름이다. 무엇보다 말하고 싶은 건, 내 인생을 수면 위로 끌어올린 S형이 없었다면 못 만들 책이었다.

2024년 3월
마포에서 이도형

국회의원 이방원

초판 1쇄 발행 2024년 3월 22일

지은이   이도형
펴낸이   김요안
편집   강희진
디자인   김이삭
펴낸곳   북레시피

주소   서울시 마포구 신수로 59-1
전화   02-716-1228
팩스   02-6442-9684
이메일   bookrecipe2015@naver.com | esop98@hanmail.net
홈페이지 https://bookrecipe.modoo.at/

등록   2015년 4월 24일(제2015-000141호)
창립   2015년 9월 9일

ISBN 979-11-93551-13-4   03810

종이|화인페이퍼 인쇄|삼신문화사 후가공|금성LSM 제본|대흥제책